आनंदमठ

बंकिम चंद्र चटर्जी

PAGES PLANET PUBLISHING

Published by

PAGES PLANET PUBLISHING

Email: pagesplanetpublishing@gmail.com

Copyright © 2024 Pages Planet Publishing.
All rights reserved.

For details or inquiries, please reach out to the publisher at the email above.

First published by Pages Planet Publishing in 2024

आमुख

श्री अरबिंदो फरवरी, 1893 को या उसके आसपास इंग्लैंड से भारत लौटे। वह 14 साल (1879-93) तक इंग्लैंड में रहे थे। जब वह केवल सात वर्ष के थे तब उन्हें इंग्लैंड ले जाया गया था। भारत लौटने के बाद, अरबिंदो ने *7 अगस्त, 1893 से मार्च, 1894 तक* इंदु प्रकाश में "पुराने के लिए नए दीपक" लेखों की कई श्रृंखलाएं लिखीं।

8 अप्रैल, 1894 को बंकिम की मृत्यु हो गई।

अतः भारत लौटने के बाद अरबिंदो का पहला वर्ष बंकिम के जीवन का अंतिम वर्ष था।

"पुराने के लिए नए दीपक" श्रृंखला में अरबिंदो ने कांग्रेस की "मेडिकेंट पॉलिसी" पर हमला करने के लिए खुद को समर्पित कर दिया। उन्होंने कांग्रेस की "बुर्जुआ" राजनीति पर भी हमला किया और "सर्वहारा" के उत्थान की वकालत की: उन्होंने एक समाजवादी कार्यक्रम पेश किया। उन्होंने यह भी सुझाव दिया कि फ्रांसीसी क्रांति की तरह, जब तक "रक्त और आग से शुद्धिकरण" नहीं होगा, राष्ट्र को वांछित अंत नहीं मिलेगा - स्वतंत्रता।

अरबिंदो की आलोचना का प्रभाव सरकार पर ही उतना नहीं था, जितना कि बॉम्बे नरमपंथियों पर। न्यायमूर्ति रानाडे ने अरबिंदो को अपने समक्ष बुलाया और उनसे कांग्रेस पर अपना हमला बंद करने को कहा। अरबिंदो आठ महीने से हमले कर रहे थे और उन्होंने श्री रानाडे के अनुरोध को स्वीकार कर लिया और कांग्रेस (मार्च, 1894) के खिलाफ लिखना छोड़ दिया। अगले महीने में बंकिम की मृत्यु हो गई (8 अप्रैल, 1894)।

बंकिम की मृत्यु के लगभग तीन महीने बाद अरविंद ने *इंदु प्रकाश* में बंकिम चंद्र चटर्जी पर सात लेख (16 जुलाई – 27 अगस्त, 1894) लिखे। बंकिम पर सात लेखों का यह धारावाहिक मेरे लिए बॉम्बे उच्च न्यायालय के माननीय न्यायमूर्ति श्री सी. सी. सेन द्वारा 1940-41 में की गई खोज थी। लेख थे: "यूथ टू कॉलेज लाइफ" (16 जुलाई); "जिस बंगाल में वह रहते थे", (23 जुलाई); "उनका आधिकारिक कैरियर" (जुलाई, 30); "उनकी बहुमुखी प्रतिभा" (अगस्त, 6); "उनका साहित्यिक इतिहास" (13 अगस्त); "उन्होंने बंगाल के लिए क्या किया" (20 अगस्त) और "भविष्य में हमारी आशा" (27 अगस्त); जुलाई में तीन लेख; अगस्त, 1894 में चार। इन लेखों से स्पष्ट सिद्ध होता है कि अरबिंदो पर बंकिम का बहुत प्रभाव था। मैं इन लेखों से कुछ अंश उद्धृत करता हूं:

"सबसे अच्छी अंग्रेजी उपन्यासकारों के साथ उनकी (बंकिम) तुलना में अधिक कठिनाइयाँ आती हैं; फिर भी मुझे लगता है कि वह उनमें से किसी से भी ऊंचा है, सिवाय एक के; प्रत्येक के कुछ गुणों में वह कम पड़ सकता है, लेकिन उसके गुणों का योग अधिक है; और उसके पास यह सर्वोच्च लाभ है कि वह एक अधिक दोषरहित कलाकार है। अपने जीवन और भाग्य में, और कभी-कभी अपने चरित्र में भी, वह

अंग्रेजी कथा साहित्य के पिता, हेनरी फील्डिंग के लिए एक हड़ताली समानता रखता है; लेकिन दो पुरुषों का साहित्यिक कार्य अलग-अलग विमानों पर चलता है। दार्शनिक संस्कृति और जीवन की कविता के प्रति गहरी भावना और सौन्दर्य की अमोघ भावना बंकिम की शैली के विशिष्ट चिह्न हैं; उन्हें फील्डिंग में कोई जगह नहीं मिलती। फिर, बंकिम, अब बहुत प्रचलित बोलने के बजाय मूर्खतापूर्ण फैशन के बाद, कुछ लोगों द्वारा बंगाल के स्कॉट के रूप में इंगित किया गया है। यह एक आश्चर्यजनक बात है कि जो लोग इस वाक्यांश को एक प्रशंसा के रूप में दुरुपयोग करते हैं, वे यह नहीं समझ सकते कि यह अपमान व्यक्त करता है। वे हमें कल्पना करेंगे कि उपन्यासकारों में से एक सबसे परिपूर्ण और मूल एक दोषपूर्ण और अधूरे स्कॉच लेखक की मात्र प्रतिकृति है! स्कॉट के पास कई अद्भुत और अद्वितीय उपहार थे, लेकिन उनके दोष कम से कम हड़ताली हैं। उनकी शैली कभी भी निश्चित नहीं होती है; वास्तव में, अपने प्रेरित क्षणों को छोड़कर, उनकी कोई शैली नहीं है: हास्य की उनकी स्कॉच इच्छा हमेशा ज्वलंत घटना की उनकी शक्ति के खिलाफ है; उनके पात्र, और मुख्य रूप से वे जिनमें उन्हें हमें सबसे अधिक रुचि लेनी चाहिए, आमतौर पर बहुत प्रकट कठपुतलियाँ हैं; और उनके पास यह सब कमी है, कि उनके पास कोई आत्मा नहीं है; वे शानदार या हड़ताली या बोल्ड रचनाएं हो सकती हैं, लेकिन वे बाहर से रहती हैं और भीतर से नहीं। स्कॉट रूपरेखा पेंट कर सकता था, लेकिन वह उन्हें भर नहीं सकता था। यहाँ बंकिम उत्कृष्टता प्राप्त करता है; उनके साथ भाषण और कार्रवाई इतनी बारीकी से परस्पर जुड़ी हुई है और एक गहरे अस्तित्व से भरी हुई है कि उनके पात्र हमें उनके वास्तविक पुरुष और महिला होने का एहसास देते हैं। उनकी बेहतरीन प्रतिक्रियाओं के अद्भुत जुनून और कविता के अलावा, ब्रोंट्स और सर्वोच्च प्रतिभा, जॉर्ज मेरेडिथ के बाहर, अंग्रेजी कथा साहित्य में कोई समानांतर उदाहरण नहीं हैं। अपने स्त्री चरित्रों के रहस्य की अंतर्दृष्टि, वह सर्वश्रेष्ठ नाटकीय शक्ति का एक और उल्लेखनीय संयोजन है और वह भी बंकिम के पास है। समकालीन कथा साहित्य के दलदल के माध्यम से आप जैसा कि करेंगे, आप वहां किसी भी जीवित महिला से नहीं मिलेंगे। प्रतिभा के उपन्यासकार भी बाहर से रुक जाते हैं; वे आत्मा में अपना रास्ता नहीं खोज सकते। यहां फिर से क्षेत्ररक्षण हमें विफल करता है; स्कॉट की महिलाएं मोम के आंकड़ों की एक मात्र गैलरी हैं, रेबेका खुद एक अत्यधिक रंगीन कठपुतली से अधिक नहीं है; ठाकरे में भी असली महिलाएं तीन या चार हैं। लेकिन सर्वोच्च नाटकीय प्रतिभा ने स्त्रीत्व के इस रहस्य का पता लगा लिया है। शेक्सपियर के पास यह किसी भी हद तक था, और हमारे देश में, मेरेडिथ, और खुद बंकिम के बीच। समाज सुधारक, निस्संदेह कलकत्ता विश्वविद्यालय द्वारा उसे दिए गए उस सराहनीय चश्मे के माध्यम से, हिंदू जीवन में कुछ भी उत्कृष्ट नहीं पा सकता है, सिवाय इसके सस्तेपन के, या हिंदू महिला में, सिवाय उसकी अधीनता के। इसके आगे वह केवल इसकी संकीर्णता और उसकी अज्ञानता को देखता है। लेकिन बंकिम के पास एक कवि की आंख थी और उसने इससे कहीं अधिक गहराई तक देखा। उन्होंने देखा कि हिंदू जीवन में क्या सुंदर, मधुर और अनुग्रहपूर्ण था, और हिंदू महिला में क्या प्यारा और महान था, उसकी भावनाओं का गहरा दिल, उसकी दृढ़ता, कोमलता और प्रेम, वास्तव में, उसकी महिला की आत्माएं और यह सब हम उसके पन्नों में जलते हुए पाते हैं और एक कवि और एक कलाकार के स्पर्श से दिव्य बना दिया। हमारे समाज सुधारकों को बंकिम से कुछ सीखना चाहिए। वर्तमान में उनका उत्साह विवेक से बहुत कम

शासित है। वे बुरे दर्जी की तरह हैं, जो अपने आकार देने के लिए दिए गए समृद्ध सामान को खराब करने में बहुत चतुर हैं लेकिन भविष्य की आवश्यकताओं को पूरा करने में काफी असमर्थ हैं। उन्होंने एक अंग्रेजी क्रूसिबल के माध्यम से महिला को पारित किया है और पुराने प्रकार के स्थान पर, जो अपने सभी घातक दोषों के साथ, इसमें कुछ सर्वोच्च संभावनाएं थीं, वे केवल इश्कबाज, मंगनी और पियानो पर खेलने के लिए एक आत्माहीन और सतही फिट हो गए हैं। ऐसा लगता है कि उन्हें अस्तित्व से बाहर हर अच्छी चीज को सुधारने का जुनून है। अब समय आ गया है कि यह दयनीय घपला बंद होना चाहिए। निश्चित रूप से यह संभव होगा, आत्मा की उस दिव्य महानता को खराब किए बिना इसे एक व्यापक संस्कृति और शक्तिशाली चैनल देने के लिए। इसलिए हमारे पास बौद्धिक और भावनात्मक रूप से महान महिलाओं की एक दौड़ होनी चाहिए, जो बकबक करने वालों और पैसा बनाने वालों की मां नहीं बल्कि उच्च विचारकों और वीर कर्ताओं की मां बनने के लिए उपयुक्त हैं।

बंकिम की शैली के बारे में मैं शायद ही बोलने के लिए खुद पर भरोसा करूंगा। इसकी सुंदरता, संक्षिप्तता, शक्ति और मिठास का वर्णन करना मेरे जैसे कलम के लिए बहुत अधिक काम है। मैं केवल यह टिप्पणी करूंगा कि बंकिम को जो चीज सबसे ऊपर रखती है, वह है उनकी सुंदरता की अमोघ भावना। यह वास्तव में बंगाली साहित्य का नोट है और एक चीज जो इसने यूरोपीय मॉडलों के साथ घनिष्ठ परिचित से प्राप्त की है। पुरानी हिंदू कला के घृणित विकृति, राम के बंदर खरगोश और रावण के दस सिर इसलिए इसके लिए असंभव हैं। शकुंतला स्वयं गर्भाधान की अधिक परिपूर्ण कृपा से शासित नहीं है या कोपल कुंडल और विष वृक्ष की तुलना में अधिक मानवीय मिठास के साथ विसरित नहीं है "

बंकिम चंद्र चटर्जी: उनका साहित्यिक इतिहास;
"इंदु प्रकाश", 23 अगस्त, 1894।

अरबिंदो, जब उन्होंने यह लिखा; वह केवल बाईस साल का था। हिंदू कला की उनकी समयपूर्व अवधारणा के अलावा, बंकिम की मृत्यु के बाद पहले वर्ष में बंकिम की यह पहली प्रशंसा है। वह बंकिम की तुलना अंग्रेजी साहित्य के सर्वश्रेष्ठ उपन्यासकारों से करते हैं और उन्हें उनसे बहुत ऊपर पाते हैं। वह बंकिम की तुलना कालिदास से भी करते हैं और बंकिम को "दोषरहित कलाकार" कहते हैं। बंकिम के चरित्र के बारे में अरबिंदो लिखते हैं:

उन्होंने कहा, 'वह (बंकिम) एक कामुक युवक और खुशमिजाज व्यक्ति थे. जीवन की गर्मी और सुंदरता के लिए कलाकार की भावना के साथ सर्वोच्च रूप से प्रतिभाशाली, वह तपस्वी की क्रूर तपस्या से मुस्कुराहट के साथ और शुद्धतावादी के सुनसान पंथ से एक कंपकंपी के साथ बदल गया था।

— वही: 13 अगस्त, 1894.

अपने बड़े भाई की तरह। प्रोफेसर मनमोहन घोष, अरबिंदो महान कवि हैं। उन्होंने बंकिम पर एक कविता लिखी, – "कमल के साथ सरस्वती" – उसी वर्ष; 1894. कुछ ही समय बाद, उन्होंने एक और कविता लिखी, - "बंकिम चंद्र चट्टीजी" - उन्हें "सबसे मधुर आवाज जो कभी गद्य में बोलती थी" के रूप में चित्रित करती है।

1898 में अरबिंदो ने दिनेंद्र कुमार रॉय के तहत बंगाली साहित्य के अध्ययन का एक नियमित पाठ्यक्रम लिया, जिन्होंने लिखा है कि अरबिंदो बंकिम को बिना किसी मदद के पढ़ते थे और इसे स्पष्ट रूप से समझते थे।

1905 में अरबिंदो ने बड़ौदा में रहते हुए "भबानी मंदिर" लिखा। यह एक क्रांतिकारी उद्देश्य के साथ एक राजनीतिक पुस्तिका थी। उन्होंने इसे अपने छोटे भाई बरिंद्र कुमार घोष द्वारा कलकत्ता में मुद्रित और वितरित किया। रॉलेट कमेटी को 1918 में भी नहीं पता था कि अरबिंदो इस पर्चे के लेखक थे। इस पर्चे में अरबिंदो ने बंकिम के उपन्यास आनंदमठ के प्रत्यक्ष प्रभाव में काम किया है ।

"यह याद किया जाएगा कि 1906 में भवानी मंदिर का पैम्फलेट प्रकाशित किया गया था, जिसने क्रांतिकारियों के उद्देश्य और उद्देश्यों को निर्धारित किया था। यह एक से अधिक तरीकों से उल्लेखनीय था .... किसी दिए गए धार्मिक आदेश के रूप में केंद्रीय विचार बंकिम चंद्र के प्रसिद्ध उपन्यास "आनंदमठ" से लिया गया है। यह एक ऐतिहासिक उपन्यास है, जिसमें 1774 के संन्यासी विद्रोह की स्थापना की गई है, जब संन्यासियों के सशस्त्र बैंड ईस्ट इंडिया कंपनी के साथ संघर्ष में आए और सफलता के अस्थायी कैरियर के बाद दबा दिए गए ...

बंगाल में क्रांतिकारी समाजों ने क्रांतिकारी हिंसा के रूसी विचारों के साथ भवानी मंदिर में वकालत किए गए सिद्धांतों और नियमों को संक्रमित किया। जबकि भवानी मंदिर में धार्मिक पहलू के बारे में बहुत कुछ कहा जाता है, रूसी नियम तथ्य की बात है। 1908 के बाद बनी समितियों और संगठनों ने धीरे-धीरे भवानी मंदिर के पर्चे (शपथ और शपथ की औपचारिकताओं को छोड़कर) में निहित धार्मिक विचारों को छोड़ दिया और डकैती और हत्या की आवश्यक संगत के साथ आतंकवादी सहयोगी को विकसित किया।

- रॉलेट समिति की रिपोर्ट।

भवानी मंदिर (1905) में हम अरबिंदो को आनंद मठ के प्रत्यक्ष प्रभाव में पाते हैं। यह प्रभाव "क्रांतिकारी हिंसा के रूसी विचारों" के साथ राजनीतिक के रूप में साहित्यिक नहीं है। अरबिंदो के एक से अधिक राजनीतिक शिष्य, विशेष रूप से हेम चंद्र कानूनगो, पहले ही स्वीकार कर चुके हैं कि वे *अरबिंदो*

के नेतृत्व में 1906, '07, '08 के दौरान गुप्त हत्याओं के अपने प्रयासों में आनंद मठ को कार्रवाई में डालना चाहते थे।

"अरबिंदो न केवल एक खुले राष्ट्रीय आंदोलनों के नेता और पैगंबर थे, बल्कि अर्ध-देवता भी थे और एक भूमिगत आंदोलन के निर्माता भी थे। भारत के लिए इस चौंकाने वाले तथ्य को जानना एक आश्चर्य की बात हो सकती है, लेकिन भारत सरकार के लिए यह कोई खबर नहीं है जिसने एक समय में उनका लगातार पीछा किया जब तक कि श्री अरबिंदो को ब्रिटिश भारत से बाहर भागना पड़ा। अपनी वार्षिक पूजा यात्राओं के अलावा, वह विशेष मिशन के साथ दो बार बंगाल आए, जिसे इतिहास में गहरे और क्रांतिकारी महत्व के रूप में दर्ज किया जाना चाहिए।

— *"डॉन ऑफ इंडिया," 15 दिसंबर, 1933;*

बरिंद्र कुमार घोष

अरबिंदो के दो प्रत्यक्ष शिष्यों द्वारा इस स्पष्ट स्वीकारोक्ति के साथ, कोई भी आसानी से समझ सकता है कि अरबिंदो ने *राजनीतिक गतिविधियों* के अपने शुरुआती करियर में आनंद मठ का क्या उपयोग किया था। अरबिंदो के लिए आनंद मठ का विशेष महत्व था।

1907 (16 अप्रैल) में अरबिंदो ने बंदे मातरम् में "ऋषि बंकिम" लिखा । बाद में इसे "बंदे मातरम्" गीत के गद्य में अंग्रेजी अनुवाद के साथ एक पुस्तिका के रूप में पुनर्मुद्रित किया गया था। अरबिंदो ने लिखा:

"ऋषि संत से अलग हैं। उनका जीवन न तो श्रेष्ठ पवित्रता से प्रतिष्ठित हो सकता है और न ही उनके चरित्र को एक आदर्श सौंदर्य द्वारा। वह खुद जो था, उससे महान नहीं है, बल्कि उसने जो व्यक्त किया है, उससे महान है।

— *ऋषि बंकिम।*

मैं निश्चित रूप से नहीं कह सकता कि अरविन्द ने "ऋषि बंकिम" (ऋषि को संत के समान नहीं बताया) के अपने विचार में "रामतनु लाहिड़ी-ओ-तत्वलीन-बंग-समाज" में पंडित शिवनाथ शास्त्री द्वारा बंकिम के चरित्र पर किए गए हमले का जानबूझकर जवाब दिया था।

"हमारे महान प्रचारकों में से सबसे पहले, उन्होंने राजनीतिक आंदोलन के तरीकों के खोखलेपन और निर्थकता को समझा — जो उनके समय में प्रचलित था और इसे अपने "लोकरहस्य" और "कमला कांता के दफ्तर" में निर्दयी व्यंग्य के साथ उजागर किया ... उन्होंने हमें लियोनिन के लिए आंदोलन के कुत्ते के

9

तरीकों को छोड़ने के लिए कहा। उसकी दृष्टि की माँ ने अपने दो बार सत्तर मिलियन हाथों में ट्रेंचेंट स्टील रखा था, न कि भिक्षुक का कटोरा ...

"आनंदमठ" में यह विचार (किसी के देश और एक तरह के लिए काम) पूरी किताब का मुख्य स्वर है और महान गीत में अपनी सही गीतात्मक अभिव्यक्ति प्राप्त की है जो संयुक्त भारत का राष्ट्रगान बन गया है। बत्तीस साल पहले बंकिम ने अपना महान गीत लिखा था और कुछ ही लोगों ने सुना; लेकिन लंबे भ्रम से जागृति के अचानक आंदोलन में, बंगाल के लोगों ने सच्चाई के लिए चारों ओर देखा, और एक क्षण में किसी ने *बंदे मातरम गाया। मंत्र* दिया गया था और एक ही दिन में पूरी प्रजा देशभक्ति के धर्म में परिवर्तित हो गई थी।

— *ऋषि बंकिम।*

आनंद मठ पहली बार 1883 में प्रकाशित हुआ था, छब्बीस साल (और तीस नहीं, जैसा कि ऊपर कहा गया है) अरविंद ने "ऋषि बंकिम" लिखा था।

1894 में अरबिंदो ने बंकिम को "दोषरहित कलाकार" के रूप में पाया; 1907 में, उन्होंने उनमें एक राजनीतिक गुरु की खोज की और यह मुख्य रूप से *आनंद मठ* और अरबिंदो पर *बंदे मातरम* गीत के प्रभाव के कारण है । 1908 (29 जनवरी) में अरबिंदो ने अमरावती (बरार) में एक भाषण दिया। इस भाषण में:

उन्होंने कहा कि यह गीत न केवल एक राष्ट्रगान था जैसा कि यूरोपीय राष्ट्र अपने आप को देखते थे, बल्कि एक शक्तिशाली शक्ति से परिपूर्ण था, जो "आनंद मठ" के लेखक द्वारा हमारे सामने प्रकट किया गया एक पवित्र 'मंत्र' था, जिसे एक प्रेरित "ऋषि" कहा जा सकता है ... बंकिम चंद्र के "मंत्र" को उनके अपने समय में सराहा नहीं गया था, और उन्होंने भविष्यवाणी की थी कि एक समय आएगा जब पूरा भारत गीत के गायन से गूंजेगा, और पैगंबर का वचन चमत्कारिक रूप से पूरा हुआ।

अरबिंदो को 2 मई 1908 को अब प्रसिद्ध अलीपुर बम मामले के सिलसिले में गिरफ्तार किया गया था। उन्हें पूरे एक साल तक जेल में रखा गया था। अरबिंदो के मित्र और भारत में राज्य-परीक्षणों के सबसे बड़े वकील श्री सीआर दास ने सफलतापूर्वक उनका बचाव किया। अरबिंदो को 6 मई, 1909 को रिहा किया गया था। अपनी रिहाई के केवल साढ़े तीन महीने बाद, अरबिंदो ने 14 अगस्त, 1909 से *कर्मयोगिन* में आनंद मठ के इस *अंग्रेजी अनुवाद* को शुरू किया ; और उन्होंने पुस्तक के भाग I के 15 वें अध्याय तक समाप्त किया।

आनंद मठ का अनुवाद करने में साहित्यिक रुचि के अलावा उनका और क्या मकसद था, इसका अनुमान लगाना मुश्किल है। लेकिन कालक्रम साबित करता है कि अरबिंदो ने पहले *आनंद मठ को कार्रवाई में अनुवाद करने का प्रयास किया* और बाद में असफल होने पर, उन्होंने इसे व्यापक जनता के लिए अंग्रेजी

10

में अनुवाद करने का प्रयास किया। लेकिन चूंकि उन्हें अपने अनुवाद को पूरा करने के लिए इन लंबे वर्षों के दौरान समय नहीं मिला, इसलिए किसी को संदेह हो सकता है कि क्या वर्तमान में उनकी पुस्तक में वैसी ही रुचि है जैसी निश्चित रूप से अनुवाद शुरू करते समय थी।

गिरिजा शंकर रॉय चौधरी

एक विस्तृत अनंत वन। अधिकांश पेड़ *साल* हैं, लेकिन अन्य प्रकार के पेड़ नहीं चाहते हैं। ट्रीटॉप के साथ ट्रीटॉप घुलमिल जाता है, पत्ते पत्ते में पिघल जाते हैं, अंतहीन रेखाएं प्रगति करती हैं; दरार के बिना, अंतराल के बिना, प्रकाश में प्रवेश करने के लिए एक रास्ता भी बिना, लीग के बाद लीग और फिर लीग के बाद लीग पत्तियों का असीम महासागर आगे बढ़ता है, हवा में लहर पर लहर उछालता है। नीचे, घना अंधेरा; दोपहर में भी प्रकाश मंद और अनिश्चित होता है; भयानक उदासी की सीट। वहाँ मनुष्य के पाँव कभी नहीं चलते; वहाँ पत्तियों की असीम सरसराहट और जंगली जानवरों और पक्षियों के रोने के अलावा, कोई आवाज नहीं सुनाई देती है।

अंधी उदासी के इस अंतरिम, अभेद्य जंगल में, यह रात है। घंटा आधी रात और बहुत अंधेरी आधी रात है; वुडलैंड के बाहर भी अंधेरा है और कुछ भी नहीं देखा जा सकता है। जंगल के भीतर उदासी के ढेर धरती के गर्भ में अंधेरे की तरह हैं।

पक्षी और जानवर पूरी तरह से और गतिहीन रूप से स्थिर हैं। उस जंगल के भीतर कितने हजारों, कितने लाखों पक्षी, पशु, कीड़े-मकोड़े, उड़ने वाले लोग रहते हैं, लेकिन कोई आवाज नहीं दे रहा है। बल्कि अंधकार कल्पना के भीतर है, लेकिन अकल्पनीय है कि नित्य बड़बड़ाती, कभी शोर से भरी पृथ्वी की वह नीरवहीन शांति है। उस असीम खाली जंगल में, उस आधी रात के घने अंधकार में, उस अकल्पनीय सन्नाटे में एक आवाज थी, 'क्या मेरे दिल की इच्छा कभी पूरी होगी?

उस आवाज के बाद जंगल फिर से शांति में डूब गया। तब किसने कहा होगा कि उन जंगलों में एक मानवीय आवाज सुनी गई थी? थोड़ी देर बाद, आवाज फिर से आई, फिर से आदमी की आवाज ने चुप्पी को परेशान किया, "क्या मेरे दिल की इच्छा कभी पूरी होगी?"

तीन बार अंधकार का विस्तृत समुद्र इस प्रकार हिल गया। फिर जवाब आया, "क्या दांव लगाया गया है?"

पहली आवाज ने जवाब दिया, "मैंने अपना जीवन और उसका सारा धन दांव पर लगा दिया है।

गूंज ने उत्तर दिया, "जीवन! यह एक छोटी सी चीज है जिसका त्याग सभी कर सकते हैं।

"और क्या है? मैं और क्या दे सकता हूं?"

यह उत्तर था, "आपकी आत्मा की पूजा।

भाग I

I

अध्याय I

यह बंगाली वर्ष 1176 का ग्रीष्मकालीन दिन था। सूरज की चकाचौंध और गर्मी पडाचिन्हा गांव पर बहुत भारी पड़ी। गांव में घरों की भीड़ थी, फिर भी वहां कोई आदमी नजर नहीं आ रहा था। बाजार में दुकानों की लाइन पर लाइन , मार्ट में बूथों की पंक्ति पर पंक्ति, सैकड़ों मिट्टी के घर हर तिमाही में उच्च और निम्न पत्थर की हवेलियों के साथ घिरे हुए हैं। लेकिन आज सब चुप थे। बाजार में दुकानें बंद हैं, और दुकानदार कहां भाग गया है, कोई आदमी नहीं बता सकता। आज बाजार का दिन है, लेकिन मार्ट में खरीद-बिक्री नहीं हो रही है। यह भिखारियों का दिन है लेकिन भिखारी बाहर नहीं हैं। जुलाहे ने अपना करघा बंद कर लिया है और अपने घर में रोता हुआ पड़ा है; व्यापारी अपने यातायात को भूल गया है और अपने शिशु को गोद में लेकर रोता है; देने वालों ने देना छोड़ दिया है और शिक्षकों ने अपने स्कूल बंद कर दिए हैं; बहुत शिशु, ऐसा प्रतीत होता है, अब जोर से रोने के लिए दिल नहीं है। राजमार्गों में कोई राहगीर नहीं देखा जा सकता है, झील में कोई स्नान करने वाला नहीं है, दरवाजे और दहलीज पर कोई मानव रूप नहीं है, पेड़ों में कोई पक्षी नहीं है, चरागाहों में कोई मवेशी नहीं है, केवल जलते हुए कुत्ते और सियार की भीड़ में है। घरों की उस भीड़ भरी वीरानी में एक विशाल इमारत जिसके बड़े-बड़े घुमावदार खंभे दूर से देखे जा सकते थे, पहाड़ी की चोटी की तरह शानदार हो गई। और फिर भी महिमा कहाँ थी? दरवाजे बंद थे, घर पुरुषों के जमावड़े से खाली, शांत और आवाजहीन, हवा के प्रवेश के लिए भी मुश्किल था। इस घर के भीतर एक कमरे में जहां दोपहर भी अंधेरा था, उस अंधेरे में, आधी रात में फूल वाले लिली के जोड़े की तरह, एक विवाहित जोड़ा सोच में बैठा था। सीधे उनके सामने अकाल खड़ा था।

वर्ष 1174 की फसल खराब थी, परिणामस्वरूप वर्ष 1175 में चावल थोड़ा महंगा था; लोगों को नुकसान हुआ, लेकिन सरकार ने अपने राजस्व को अंतिम अंश तक बढ़ा दिया। इस सावधानीपूर्वक गणना के परिणामस्वरूप गरीबों ने दिन में केवल एक बार खाना शुरू किया। 1175 में बारिश प्रचुर मात्रा में हुई थी और लोगों ने सोचा कि स्वर्ग ने भूमि पर दया की है। खुशी से एक बार फिर चरवाहे ने खेतों में अपनी डिट्टी गाई, जोतने वाले की पत्नी ने फिर से अपने पति को चांदी के कंगन के लिए चिढ़ाना शुरू कर दिया। अचानक, अश्विन के महीने में, स्वर्ग ने अपना चेहरा बदल दिया। अश्विन और कार्तिक में बारिश की एक बूंद भी नहीं गिरी; खेतों में अनाज सूख गया और खड़े होकर पुआल में बदल गया। जहां भी एक या दो कान उगते थे, अधिकारियों ने इसे सैनिकों के लिए खरीदा था। लोगों के पास अब खाने को कुछ नहीं था। पहले उन्होंने दिन में एक बार भोजन किया, फिर अपने एकल भोजन से भी वे आधे पेट पेट उठे, अगले दो भोजन-समय दो उपवास बन गए। चैत्र में जो थोड़ी बहुत फसल निकली थी, वह भूखे मुंह को भरने के लिए पर्याप्त नहीं थी। लेकिन मोहम्मद रजा खान, जो राजस्व के प्रभारी थे, ने खुद को एक वफादार नौकर के रूप में दिखाने के लिए उपयुक्त समझा और तुरंत करों में दस प्रतिशत की वृद्धि की। पूरे बंगाल में बड़े रोने का शोर मचा था।

पहले लोग भीख मांगकर गुजारा करने लगे, लेकिन बाद में भिक्षा कौन दे सकता था? उन्होंने उपवास करना शुरू कर दिया। इसके बाद वे बीमारी के चंगुल में फंस गए। गाय बेची गई, हल और जुए बेचे गए, बीज-चावल खाए गए, चूल्हा और घर बेचा गया, जमीन और सामान बेचा गया। इसके बाद उन्होंने अपनी लड़कियों को बेचना शुरू किया। इसके बाद उन्होंने अपने लड़कों को बेचना शुरू किया। इसके बाद वे अपनी पत्नियों को बेचने लगे। अगली लड़की, लड़का या पत्नी, - कौन खरीदेगा? वहां खरीदार कोई नहीं थे, केवल विक्रेता थे। भोजन के अभाव में मनुष्य वृक्षों के पत्ते खाने लगे, घास खाने लगे, खरपतवार खाने लगे। निचली जातियों और वनवासियों ने कुत्तों, चूहों और बिल्लियों को खाना शुरू कर दिया। कई भाग गए, लेकिन जो भाग गए वे केवल भूख से मरने के लिए किसी विदेशी भूमि पर पहुंचे। जो रह गए उन्होंने खाने योग्य नहीं खाया या भोजन के बिना निर्वाह किया जब तक कि बीमारी ने उन्हें पकड़ नहीं लिया और वे मर गए।

बीमारी का अपना दिन था, - बुखार, हैजा, खपत, चेचक। चेचक का विषाणु विशेष रूप से महान था। हर घर में लोग बीमारी से मरने लगे। उसके साथी को पानी देने वाला कोई नहीं था, कोई भी नहीं था जो उसे छू सकता था, कोई बीमार का इलाज करने के लिए नहीं था। पुरुष एक-दूसरे के कष्टों की देखभाल करने के लिए नहीं मुड़ते थे, न ही लाश को उठाने के लिए कोई था जहाँ से वह पड़ी थी। अमीर हवेलियों में खूबसूरत लाशें सड़ रही थीं। जहां एक बार चेचक ने प्रवेश किया, वहां रहने वाले घर से भाग गए और अपने डर में बीमार आदमी को छोड़ दिया।

पड़चिन्हा गांव में मोहेन्द्र सिंघा बहुत धनवान व्यक्ति थे, लेकिन आज अमीर और गरीब एक स्तर पर थे। भीड़ के कष्टों के इस समय में उसके रिश्तेदार, दोस्त, नौकर, नौकरानियां सभी बीमारी से जब्त हो गए थे और उससे चले गए थे। कुछ की मौत हो गई थी, कुछ भाग गए थे। उस घर में केवल खुद, उसकी पत्नी और एक शिशु लड़की थी। यह वही जोड़ा था जिसके बारे में मैंने बात की थी।

पत्नी कल्याणी ने विचार करना छोड़ दिया और गाय का दूध निकालने के लिए गौशाला में चली गई; फिर उसने दूध गर्म किया, अपने बच्चे को खिलाया और गाय को घास और पानी देने के लिए फिर से चली गई। जब वह अपने काम से लौटी तो मोहेन्द्र ने कहा, "हम इस तरह कब तक चल सकते हैं?"

"लंबे समय तक नहीं," कल्याणी ने उत्तर दिया, "जब तक हम कर सकते हैं। जब तक संभव हो मैं चीजों को जारी रखूंगा, बाद में आप और लड़की शहर जा सकते हैं।

मोहेन्द्र : "अन्त में अगर हमें नगर जाना ही पड़े तो मैं तुम पर यह सब कष्ट क्यों डालूँ? आओ, हम तुरंत चलते हैं।

पति-पत्नी के बीच बहुत बहस और विवाद के बाद कल्याणी ने कहा, "क्या शहर जाने में कोई खास फायदा होगा?"

मोहेंद्र: "बहुत संभव है कि वह जगह भी मनुष्यों से खाली हो और निर्वाह के साधनों से खाली हो क्योंकि हम यहां हैं।

कल्याणी: "यदि आप मुर्शिदाबाद, कासिमबाजार या कलकत्ता जाते हैं, तो आप अपना जीवन बचा सकते हैं। इस जगह को छोड़ना हर तरह से सबसे अच्छा है।

मोहेन्द्र ने उत्तर दिया, "यह घर कई वर्षों से पीढ़ियों से एकत्रित धन से भरा पड़ा है। यह सब चोरों द्वारा लूटा जाएगा!

कल्याणी: "अगर चोर इसे लूटने के लिए आते हैं, तो क्या हम दोनों खजाने की रक्षा कर पाएंगे? अगर जीवन नहीं बचाया गया तो आनंद लेने के लिए कौन होगा? आइए, हम इस पल पूरी जगह बंद कर दें और चले जाएं। अगर हम जीवित रहते हैं, तो हम वापस आ सकते हैं और जो बचा है उसका आनंद ले सकते हैं।

"क्या तुम पैदल यात्रा कर पाओगे?" मोहेन्द्रा ने पूछा। "पालकी ढोने वाले सभी मर चुके हैं। जहां तक गाड़ी या गाड़ी का सवाल है, जहां बैल हैं वहां कोई ड्राइवर नहीं है और जहां ड्राइवर है वहां बैल नहीं हैं।

कल्याणी: "ओह, मैं चल पाऊँगी, डरो मत।

मन ही मन उसने सोचा कि रास्ते में गिर कर मर भी जाए तो कम से कम ये दोनों तो बच ही जाएंगे।

अगले दिन भोर होते ही दोनों अपने साथ कुछ पैसे ले गए, कमरे और दरवाजे बंद कर दिए, मवेशियों को छोड़ दिया, बच्चे को अपनी बाहों में ले लिया और राजधानी के लिए निकल पड़े। शुरुआत के समय मोहेंद्र ने कहा, "रास्ता बहुत कठिन है, हर कदम पर डकैत और हाइवेमैन मंडरा रहे हैं, खाली हाथ जाना ठीक नहीं है। इतना कहकर मोहेन्द्र घर लौट आया और उसमें से मस्कट, गोली और पाउडर ले लिया।

जब उसने अस्त्र देखा तो कल्याणी ने कहा, "चूंकि तुम्हें अपने साथ शस्त्र धारण करना याद है, इसलिए एक क्षण के लिए सुकुमारी को पकड़ो और मैं भी अपने साथ एक अस्त्र ले आऊंगी। " यह कहकर उसने अपनी बेटी को मोहेन्द्र की बाहों में डाल दिया और बारी बारी से घर में घुस गई।

मोहेन्द्र ने उसे पुकारा, "क्यों, तुम अपने साथ कौन सा हथियार ले जा सकती हो?"

जैसे ही वह आई, कल्याणी ने अपनी पोशाक में जहर का एक छोटा सा ताबूत छिपा दिया। दुर्भाग्य के इन दिनों में उसके साथ क्या हो सकता है, इस डर से, उसने पहले ही जहर खरीद लिया था और अपने पास रखा था।

यह ज्येष्ठ का महीना था, एक क्रूर गर्मी, पृथ्वी जैसे जलती हुई, हवा बिखरती आग की तरह, आकाश गर्म तांबे की छतरी की तरह, सड़क की धूल आग की चिंगारी की तरह। कल्याणी को बहुत पसीना आने लगा। अब बबला-वृक्ष की छाया में विश्राम करके, अब खजूर की शरण में बैठकर, सूखे तालाबों का मटमैला

पानी पीकर, बड़ी कठिनाई से आगे की यात्रा की। लड़की मोहेन्द्र की बाहों में थी और कभी वह उसे अपने वस्त्र से पंखा मारता था। एक बार दोनों तरोताजा हो गए, एक लता से ढके पेड़ की शाखाओं के नीचे बैठे थे, जो गंध वाले खिलते थे और घने छाया देने वाले पत्ते के साथ गहरे रंग के होते थे। मोहेन्द्र थकान के तहत कल्याणी के धीरज को देखकर आश्चर्यचकित हो गया। उन्होंने अपने बागे को पड़ोस के एक कुंड के पानी से भिगोया और इसे अपने और कल्याणी के चेहरे, माथे, हाथों और पैरों पर छिड़का।

कल्याणी थोड़ी ठंडी और तरोताजा थी, लेकिन बड़ी भूख से दोनों परेशान थे। वह सहन किया जा सकता था, लेकिन उनके बच्चे की भूख और प्यास को सहन नहीं किया जा सकता था, इसलिए उन्होंने अपना मार्च फिर से शुरू किया। आग की उन लहरों के माध्यम से तैरते हुए वे शाम से पहले एक सराय में पहुंचे। मोहेन्द्र को बड़ी आशा थी कि सराय में पहुँचकर वह अपनी पत्नी और बच्चे को पीने के लिये ठंडा पानी और उनकी जान बचाने के लिये भोजन दे सकेगा। लेकिन उन्हें बड़ी निराशा हाथ लगी। सराय में एक भी आदमी नहीं था। बड़े-बड़े कमरे खाली पड़े थे, सभी लोग भाग गए थे। मोहेंद्र ने जगह देखने के बाद अपनी पत्नी और बेटी को एक कमरे में लिटा दिया। वह तेज आवाज में बाहर से पुकारने लगा, लेकिन कोई जवाब नहीं मिला। तब मोहेन्द्र ने कल्याणी से कहा, "थोड़ी हिम्मत रखोगी और यहाँ अकेले रहोगे? यदि इस क्षेत्र में एक गाय पाई जाती है, तो श्रीकृष्ण हम पर दया करें और मैं आपके लिए थोड़ा दूध लाऊंगा। उसने हाथ में मिट्टी का पानी का घड़ा लिया और बाहर चला गया। इस तरह के कई जार जगह के बारे में पड़े थे।

मोहेन्द्र चला गया। उसके पास कोई नहीं था, लेकिन एक छोटी लड़की, कल्याणी, उस एकान्त और अपरिचित जगह में, उस लगभग घनघोर अंधेरे झोपड़ी में हर तरफ बारीकी से अध्ययन करना शुरू कर दिया। उस पर बड़ा भय छा गया था। कहीं कोई नहीं, मानव अस्तित्व की कोई आवाज सुनाई नहीं देती, केवल कुत्तों और गीदड़ों की चीख-पुकार सुनाई देती है। उसे अपने पति को जाने देने का पछतावा हुआ, - भूख और प्यास शायद थोड़ी देर और सहन हो सकती थी। उसने सारे दरवाजे बंद कर बंद घर की सुरक्षा में बैठने की सोची। लेकिन एक भी दरवाजे में पैनल या बोल्ट नहीं था। जैसे ही वह इस प्रकार हर दिशा में देख रही थी, अचानक द्वार में कुछ ऐसा हुआ जो उसके सामने था, उसकी आंख पर छाया की तरह कुछ पड़ा। यह उसे एक आदमी का आकार लग रहा था और फिर भी मानव नहीं था। कुछ पूरी तरह से सूख गया और सूख गया, एक बहुत ही काला, एक नग्न और भयानक मानव आकृति जैसा कुछ आया था और दरवाजे पर खड़ा था। थोड़ी देर बाद छाया ने एक हाथ उठाया, - एक लंबे सूखे हाथ की लंबी मुरझाई हुई उंगली के साथ, सभी त्वचा और हड्डी, यह किसी को बाहर बुलाने की गति करने के लिए लग रहा था। कल्याणी का हृदय भय से उसके भीतर सूख गया। तभी मुरझाई हुई, काली, लंबी, नंगी ऐसी ही एक और परछाई आई और पहले के किनारे खड़ी हो गई। फिर एक और आया और फिर एक और आया। कई लोग आए, - धीरे-धीरे, नीरवता से वे कमरे में प्रवेश करने लगे। लगभग अंधे अंधेरे वाला कमरा आधी रात को जलने वाली जमीन के रूप में भयानक हो गया। वे सभी लाशनुमा आकृतियाँ कल्याणी और उसकी बेटी के चारों ओर जमा हो गईं। कल्याणी लगभग झपट्टा मार कर चली गई। तब काले मुरझाए हुए पुरुषों ने महिला और लड़की को पकड़ लिया और उठा लिया, उन्हें घर से बाहर ले गए और खुले खेतों में एक जंगल में प्रवेश किया।

कुछ देर बाद मोहेन्द्र पानी के जार में दूध लेकर पहुंचा। उसने पूरी जगह खाली पाया। इधर-उधर वह खोजता था, अक्सर जोर से अपनी बेटी का नाम पुकारता था और अंत में अपनी पत्नी का नाम भी। कोई जवाब नहीं था, उसे अपनी पत्नी और बच्चे का कोई निशान नहीं मिला।

यह एक बहुत ही सुंदर जंगल था जिसमें लुटेरों ने कल्याणी को नीचे गिरा दिया। कोई प्रकाश नहीं था, कोई आंख नहीं थी जो सुंदरता को देख सके, - लकड़ी की सुंदरता एक गरीब आदमी के दिल में आत्मा की सुंदरता की तरह अदृश्य रही। देश में कोई भोजन नहीं हो सकता है, लेकिन वुडलैंड में फूलों का खजाना था; सुगंध इतनी मोटी थी कि उस अंधेरे में भी एक प्रकाश के प्रति सचेत प्रतीत होता था। बीच में एक साफ जगह पर नरम घास से ढके चोरों ने कल्याणी और उसके बच्चे को नीचे बिठा दिया और खुद उनके चारों ओर बैठ गए। फिर वे बहस करने लगे कि उनके साथ क्या करना है, क्योंकि कल्याणी के पास जो गहने थे, वे पहले से ही उनके कब्जे में थे। एक समूह इस लूट के विभाजन में बहुत व्यस्त था। लेकिन जब गहने विभाजित किए गए थे, तो लुटेरों में से एक ने कहा, "हम सोने और चांदी के साथ क्या करना है? कोई मुझे एक आभूषण के बदले मुट्ठी भर चावल दे दे; मैं भूख से तड़प रहा हूं, मैंने आज पेड़ों की पत्तियों के अलावा कुछ नहीं खाया है। जैसे ही कोई इतना बोला, सभी ने उसे प्रतिध्वनित किया और एक कोलाहल उठ गया। "हमें चावल दो, हमें चावल दो, हमें सोना और चांदी नहीं चाहिए! नेता ने उन्हें शांत करने की कोशिश की, लेकिन किसी ने उनकी बात नहीं सुनी। धीरे-धीरे उच्च शब्दों का आदान-प्रदान होने लगा, दुर्व्यवहार स्वतंत्र रूप से प्रवाहित हुआ, एक लड़ाई आसन्न हो गई। गुस्से में सभी ने अपने गहनों के पूरे आवंटन के साथ नेता पर पथराव किया। उसने एक या दो को भी मारा और इससे उन सभी ने उस पर एक सामान्य हमले में हमला किया। डाकू कप्तान क्षीण था और भुखमरी से बीमार था, एक या दो वार ने उसे साष्टांग और बेजान कर दिया। फिर लुटेरों की उस भूखी, क्रोधी, उत्साहित, पागल सेना में से एक ने चिल्लाया, "हमने कुत्तों और गीदड़ों का मांस खाया है और अब हम भूख से तड़प रहे हैं; आओ दोस्तों, आज हम इस बदमाश पर दावत दें। तब सभी जोर से चिल्लाने लगे, "काली की जय! बोम काली !! आज हम मानव मांस खाएंगे। और इस पुकार के साथ ही वे काली, क्षीण लाश-समीप आकृतियाँ हँसते-हँसते चिल्लाने लगीं और नाचने लगीं और उस जन्मजात अँधेरे में ताली बजाने लगीं। उनमें से एक ने नेता के शरीर को भूनने के लिए आग जलाने की बात कही। उसने सूखी लताओं, लकड़ी और घास को इकट्ठा किया, चकमक पत्थर और लोहे को मारा और एकत्रित ईंधन को प्रकाश दिया। जैसे ही आग थोड़ी जल गई, पेड़ों के गहरे हरे पत्ते जो उस स्थान के पड़ोसी थे, आम, नींबू, कटहल और ताड़, इमली और खजूर, आग की लपटों से मंद-मंद जल उठे। इधर पत्ते जलते हुए लग रहे थे, उधर घास रोशनी में चमक रही थी; कुछ स्थानों पर अंधेरा केवल अधिक मूर्खतापूर्ण और गहरा हो गया। जब आग तैयार हो गई, तो एक ने लाश को पैर से खींचना शुरू कर दिया और उसे आग पर फेंकने वाला था, लेकिन दूसरे ने हस्तक्षेप किया और कहा "इसे गिरा दो! रुको रुको! यदि यह भव्य मांस पर है कि हमें आज खुद को जीवित रखना चाहिए, तो इस बूढ़े साथी का कठोर और रसहीन मांस क्यों? आज हम जो लूटकर लाए हैं, उसे खायेंगे। साथ आओ, वह कोमल लड़की है, हम उसे भूनकर खा लें। दूसरे ने कहा, "जो कुछ भी आपको पसंद है, मेरे अच्छे साथी, भूनें, लेकिन इसे भूनें; मैं इस भूख को अब और बर्दाश्त नहीं कर सकता। तब सभी लालच से उस स्थान की ओर देखने लगे जहाँ कल्याणी और उसकी बेटी लेटी थीं। उन्होंने

जगह खाली देखी; न तो बच्चा था और न ही मां। कल्याणी ने मौका देखा था जब लुटेरे विवाद कर रहे थे, उसने अपनी बेटी को अपनी बाहों में ले लिया, बच्चे के मुंह को अपने स्तन से लगा लिया और जंगल में भाग गई। अपने शिकार के भागने से अवगत, भूत जैसा रफ़ियन चालक दल "मार डालो, मार डालो" के रोने के साथ हर दिशा में भाग गया। कुछ परिस्थितियों में मनुष्य एक क्रूर जंगली जानवर से बेहतर नहीं है।

लकड़ी का अंधेरा बहुत गहरा था और कल्याणी को अपना रास्ता नहीं मिल रहा था। वृक्षों, लताओं और कांटों की घनी उलझनों में सबसे अच्छे समय में कोई रास्ता नहीं था और उस पर यह अभेद्य अंधेरा था। शाखाओं और लताओं को अलग करते हुए, कांटों और बेर के माध्यम से धक्का देते हुए, कल्याणी ने लकड़ी की मोटाई में अपना रास्ता बनाना शुरू कर दिया। कांटों ने बच्चे की त्वचा को छेद दिया और वह समय-समय पर रोती रही; और उस पर पीछा करने वाले लुटेरों की चीखें ऊंची हो गई। इस तरह फटे और खून बह रहे शरीर के साथ, कल्याणी ने जंगल में बहुत प्रगति की। थोड़ी देर बाद चाँद उग आया। तब तक कल्याणी के मन में कुछ हल्का सा विश्वास था कि अंधेरे में लुटेरे उसे नहीं ढूंढ पाएंगे और एक संक्षिप्त और निष्फल खोज के बाद पीछा करना बंद कर देंगे, लेकिन, अब जब चाँद उग आया था, तो उस आत्मविश्वास ने उसे छोड़ दिया। चाँद, जैसा कि यह आकाश में चढ़ गया, वुडलैंड की चोटी पर अपना प्रकाश डाला और भीतर का अंधेरा इसके साथ भर गया। अंधेरा उज्ज्वल हो गया, और यहां और वहां, अंतराल के माध्यम से, बाहरी चमक ने अंदर अपना रास्ता खोज लिया और घने में झांका। चंद्रमा जितना ऊंचा चढ़ता था, उतना ही प्रकाश पत्ते की पहुंच में प्रवेश करता था, उतनी ही गहरी सभी छायाएं जंगल के घने हिस्सों में शरण लेती थीं। कल्याणी भी अपने बच्चे के साथ दूर-दूर तक छिप गई जहाँ परछाइयाँ पीछे हट जाती थीं। और अब लुटेरे ऊंचे चिल्लाए और हर तरफ से दौड़ते हुए आने लगे, और उसके आतंक में बच्चा जोर से रोया। कल्याणी ने तब संघर्ष छोड़ दिया और भागने का कोई और प्रयास नहीं किया। वह लड़की को गोद में लेकर एक बड़े पेड़ के नीचे एक घास के कांटेदार स्थान पर बैठ गई और बार-बार पुकारती रही, "तू कहाँ है? तुम जिनकी मैं प्रतिदिन पूजा करता हूँ, जिनके सामने प्रतिदिन नमन करता हूँ, इस वन में घुसने की शक्ति रखते हुए, हे मधुसूदन, तू कहाँ है?" इस समय, भय के साथ, आध्यात्मिक प्रेम और पूजा की गहरी भावना और भूख और प्यास की शिथिलता, कल्याणी ने धीरे-धीरे अपने बाहरी परिवेश की समझ खो दी और एक आंतरिक चेतना से भर गई जिसमें वह मध्य हवा में गाते हुए स्वर्गीय आवाज से अवगत थी,

"हे हरि, हे मुरारी, ओ कैतव और मधु के फो!
हे गोपाल, हे गोविन्द, हे मुकुन्द, हे शौरी!
ओ हरि, हे मुरारी, ओ कैतव और मधु के फो!

कल्याणी ने अपने बचपन से, पुराणों के पाठ में, सुना था कि स्वर्ग के ऋषि आकाश के रास्तों पर दुनिया में घूमते हैं, वीणा के संगीत के लिए जोर से रोते हैं, हरि का नाम। उस कल्पना ने उसके दिमाग में आकार ले लिया और वह आंतरिक दृष्टि से एक शक्तिशाली तपस्वी, हाथ में वीणा, सफेद शरीर वाले, सफेद बालों वाले, सफेद दाढ़ी वाले, सफेद वस्त्र, कद के लंबे, नीला आकाश के मार्ग में गाते हुए देखने लगीं,

"हे हरि, हे मुरारी, हे कैटभ और मधु के शत्रु!"

धीरे-धीरे गीत करीब आता गया, जोर से उसने शब्द सुने,

"हे हरि, हे मुरारी, हे कैटभ और मधु के शत्रु!"

फिर भी निकट, अभी भी स्पष्ट,

"हे हरि, हे मुरारी, हे कैटभ और मधु के शत्रु!"

आखिर कल्याणी के सिर पर लकड़ी-भूमि में गूंजने वाला मंत्र गूंज उठा,

"हे हरि, हे मुरारी, हे कैटभ और मधु के शत्रु!"

तभी कल्याणी ने अपनी आँखें खोलीं। जंगल के अंधेरे से भरी और छाया हुई अर्ध-चमकदार चांदनी में, उसने अपने सामने एक ऋषि की सफेद शरीर वाली, सफेद बालों वाली, सफेद दाढ़ी वाली, सफेद वस्त्र वाली छवि देखी। स्वप्न में उसकी सारी चेतना दृष्टि पर केंद्रित थी। कल्याणी ने प्रणाम करने की सोची, लेकिन वह नमस्कार नहीं कर सकी; सिर झुकाते ही सारी चेतना उसका साथ छोड़ गई और वह जमीन पर औंधे मुंह पड़ी रही।

अध्याय V

जंगल में जमीन के एक विशाल पथ में पत्थर के बर्बाद द्रव्यमान के साथ एक महान मठ संलग्न था। पुरातत्वविद हमें बताएंगे कि यह पहले बौद्धों का एक मठवासी निवास था और बाद में एक हिंदू मठ बन गया। इसकी इमारतों की पंक्तियाँ दो मंजिला थीं; बीच में मंदिर थे और सामने एक सभा-सभा। लगभग ये सभी इमारतें एक दीवार से घिरी हुई थीं और जंगल के पेड़ों से इतनी घनी छिपी हुई थीं कि, दिन के समय और जगह से थोड़ी दूरी पर भी, कोई भी यहां मानव निवास की उपस्थिति को दिव्य नहीं कर सकता था। इमारतों को कई जगहों पर तोड़ दिया गया था, लेकिन दिन के उजाले में कोई भी देख सकता था कि पूरी जगह की हाल ही में मरम्मत की गई थी। एक नज़र से पता चला कि मनुष्य ने इस गहन और दुर्गम जंगल में अपना निवास बनाया था। यह इस मठ के एक कमरे में था, जहां एक महान लॉग धधक रहा था, कि कल्याणी पहली बार चेतना में लौट आई और उसके सामने उस सफेदपोश, सफेदपोश महान को देखा। कल्याणी ने एक बार फिर आश्चर्य से बड़ी-बड़ी आँखों से उसे देखना शुरू किया, क्योंकि अब भी स्मृति उसके पास वापस नहीं आई थी। तब कल्याणी के दर्शन के पराक्रमी ने उससे कहा, "मेरे बच्चे, यह देवताओं का निवास स्थान है, यहाँ कोई आशंका नहीं है। मेरे पास थोड़ा दूध है, इसे पी लो और फिर मैं तुमसे बात करूंगा।

पहले तो कल्याणी कुछ समझ नहीं पाई, फिर, जैसे-जैसे उसके मन की कुछ दृढ़ नींव ठीक हो गई, उसने अपने बागे के हेम को अपने गले में डाल लिया और महान के चरणों में प्रणाम किया। उसने आशीर्वाद के साथ जवाब दिया और दूसरे कमरे से एक मीठी-महक वाला मिट्टी का बर्तन निकाला जिसमें उसने धधकती आग पर थोड़ा दूध गर्म किया। जब दूध गर्म हो गया तो उसने उसे कल्याणी को दिया और कहा, "मेरे बच्चे, अपनी बेटी को कुछ पीने के लिए दो और फिर कुछ खुद पी लो, बाद में तुम बात कर सकते हो। कल्याणी, अपने दिल में खुशी के साथ, अपनी बेटी को दूध देना शुरू कर दिया। अज्ञात ने तब उससे कहा, "जब तक मैं अनुपस्थित हूं, कोई चिंता नहीं है," और मंदिर छोड़ दिया। थोड़ी देर बाद वह बाहर से लौटा और देखा कि कल्याणी ने अपने बच्चे को दूध देना समाप्त कर दिया था, लेकिन खुद कुछ भी नहीं पिया था; दूध लगभग वैसा ही था जैसा पहले था, बहुत कम इस्तेमाल किया गया था। "मेरे बच्चे," अज्ञात ने कहा, "तुमने दूध नहीं पिया है; मैं फिर बाहर जा रहा हूं, और जब तक आप नहीं पीएंगे मैं वापस नहीं आऊंगा।

ऋषि जैसे व्यक्ति फिर से कमरे से बाहर जा रहे थे, जब कल्याणी ने एक बार फिर उन्हें प्रणाम किया और हाथ जोड़कर उनके सामने खड़ी हो गई।

"तुम क्या कहना चाहते हो?" वैरागी ने पूछा।

तब कल्याणी ने उत्तर दिया, "मुझे दूध पीने की आज्ञा न दें, एक बाधा है। मैं इसे नहीं पीऊंगा।

वैरागी ने करुणा से भरे स्वर में उत्तर दिया, "मुझे बताओ कि बाधा क्या है; मैं वनवासी तपस्वी हूँ, तुम मेरी पुत्री हो; आप क्या कह सकते हैं जो आप मुझे नहीं बताएंगे? जब मैं तुम्हें जंगल से बेहोश ले गया, तो

तुम मुझे ऐसे लगे जैसे तुम प्यास और भूख से उदास हो गए हो; यदि तुम खाते और पीते नहीं हो, तो तुम कैसे जीवित रह सकते हो?

कल्याणी ने उत्तर दिया, उसकी आँखों से आँसू गिर रहे थे, "आप एक देवता हैं और मैं आपको बताऊंगी। मेरे पति अभी भी उपवास कर रहे हैं और जब तक मैं उनसे दोबारा नहीं मिलती या उनके चखने वाले भोजन के बारे में नहीं सुनती, मैं कैसे खा सकती हूं?

तपस्वी ने पूछा, "तुम्हारा पति कहाँ है?"

"मैं नहीं जानती," कल्याणी ने कहा, "दूध की तलाश में बाहर जाने के बाद लुटेरों ने मुझे चुरा लिया। तब तपस्वी ने प्रश्न-दर-प्रश्न कल्याणी और उसके पति के बारे में सारी जानकारी प्राप्त की। कल्याणी ने वास्तव में अपने पति का नाम नहीं लिया, - वह नहीं कर सकती थी; लेकिन तपस्वी को उसके बारे में जो अन्य जानकारी मिली, वह उसे समझने के लिए पर्याप्त थी। उन्होंने उससे पूछा, "तो तुम मोहेन्द्र सिंह की पत्नी हो?" कल्याणी चुपचाप और सिर झुकाए उस आग पर लकड़ियों का ढेर लगाने लगी जिस पर दूध गर्म किया गया था। तब तपस्वी ने कहा, "जो मैं तुमसे कहूं वही करो, दूध पीओ; मैं तुम्हारे पति की खबर ला रही हूँ। जब तक आप दूध नहीं पीएंगे, मैं नहीं जाऊंगा। कल्याणी ने पूछा, "क्या यहाँ कहीं थोड़ा पानी है?" तपस्वी ने पानी के एक जार की ओर इशारा किया। कल्याणी ने अपने हाथों का एक प्याला बनाया, तपस्वी ने उसमें पानी भर दिया; तब कल्याणी ने अपने हाथों में पानी के साथ तपस्वी के पैरों के पास पहुंचकर कहा, "कृपया अपने पैरों की धूल को पानी में डाल दें। जब तपस्वी ने अपने पैर से पानी को छुआ, तो कल्याणी ने उसे पी लिया और कहा, "मैंने देवताओं का अमृत पिया है, मुझे कुछ और खाने या पीने के लिए मत कहो; जब तक मुझे अपने पति की खबर नहीं मिलती, मैं और कुछ नहीं लूंगी। तपस्वी ने उत्तर दिया, "इस मंदिर में निर्भय रहो। मैं तुम्हारे पति की तलाश में जा रही हूं।

अध्याय VI

रात में बहुत दूर था और चाँद ऊपर की ओर सवार था। यह पूर्णिमा नहीं थी और इसकी चमक इतनी उत्सुक नहीं थी। एक अनिश्चित प्रकाश, अंधेरे के छायादार संकेतों के साथ भ्रमित, विशाल विस्तार के एक खुले आम पर पड़ा था, जिसके दो छोरों को उस पीली चमक में नहीं देखा जा सकता था। इस मैदान ने मन को कुछ असीम और रेगिस्तान की तरह प्रभावित किया, भय का एक बहुत निवास। इसके माध्यम से मुर्शिदाबाद और कलकत्ता के बीच सड़क चलती थी।

सड़क के किनारे एक छोटी सी पहाड़ी थी जिस पर आम के पेड़ों की अच्छी संख्या थी। चाँदनी में सरसराहट के साथ वृक्ष-शीर्ष झिलमिलाते और काँपते थे, और उनकी छाया भी, चट्टानों के कालेपन पर काली, हिल जाती थी और कांप जाती थी। तपस्वी पहाड़ी की चोटी पर चढ़ गया और वहाँ कठोर मौन में सुना, लेकिन उसने जो सुना, उसके लिए यह कहना आसान नहीं है; के लिए, कि महान मैदान है कि अनंत के रूप में विशाल लग रहा था में, वहाँ पेड़ों की बड़बड़ाहट सरसराहट के अलावा एक आवाज नहीं थी। एक स्थान पर पहाड़ी की तलहटी के पास एक बड़ा जंगल है—ऊपर पहाड़ी, नीचे ऊंची सड़क, बीच का जंगल। मुझे नहीं पता कि जंगल से उसके कान से कौन सी आवाज मिली, लेकिन यह उस दिशा में था जो तपस्वी चला गया था। विकास की सघनता में प्रवेश करते हुए उसने जंगल में देखा, पेड़ों की लंबी पंक्तियों के पैर में शाखाओं के अंधेरे के नीचे, पुरुष बैठे थे, - कद के लंबे, रंग के काले, सशस्त्र; उनके जले हुए हथियार चांदनी में उग्र रूप से चमक रहे थे, जहां यह वुडलैंड के पत्तों में अंतराल के माध्यम से गिर गया था। ऐसे दो सौ हथियारबंद लोग वहां बैठे थे, एक भी शब्द नहीं बोल रहा था। तपस्वी धीरे-धीरे उनके बीच में गया और कुछ संकेत दिया, लेकिन एक आदमी नहीं उठा, कोई नहीं बोला, किसी ने आवाज नहीं की। वह सभी के सामने से गुजरा, प्रत्येक को देखते हुए वह चला गया, अंधेरे में हर चेहरे को स्कैन कर रहा था, जैसे कि वह किसी ऐसे व्यक्ति की तलाश कर रहा था जिसे वह नहीं पा सकता था। अपनी खोज में उसने एक को पहचाना, उसे छुआ और एक संकेत दिया, जिस पर दूसरा तुरंत उठ गया। तपस्वी उसे कुछ दूरी पर ले गया और वे खड़े होकर अलग-अलग बातें करने लगे। आदमी जवान था; उसके सुंदर चेहरे पर घनी काली मूंछें और दाढ़ी थी; उसका फ्रेम ताकत से भरा था; उनकी पूरी उपस्थिति सुंदर और आकर्षक है। उन्होंने गेरुआ रंग का वस्त्र पहना था और उनके सभी अंगों पर चप्पल की निष्पक्षता और मिठास थी। ब्रह्मचारी ने उससे कहा, "भवानंद , क्या तुम्हें मोहेन्द्र सिंह की कोई खबर है?"

भवानंद ने जवाब दिया, "मोहेन्द्र सिंह अपनी पत्नी और बच्चे के साथ आज अपने घर से निकले थे; रास्ते में, सराय में - "

इस बिंदु पर तपस्वी ने उसे बाधित किया, "मुझे पता है कि सराय में क्या हुआ था। यह किसने किया?"

"गाँव की रस्टिक्स, मैं कल्पना करता हूँ। अभी-अभी सभी गांवों के किसान भूख की मजबूरी से डकैत बन गए हैं। और आजकल कौन डाकू नहीं है? आज हमने भी लूटा और खाया है। पुलिस प्रमुख के चावल के दो ढेर रास्ते में थे; हम इसे ले गए और एक भक्त के खाने के लिए पवित्र किया।

तपस्वी ने हंसते हुए कहा, "मैंने उसकी पत्नी और बच्चे को चोरों से छुड़ा लिया है। मैंने उन्हें मठ में छोड़ दिया है। अब मोहेन्द्र का पता लगाना और उसकी पत्नी और बेटी को उसकी रखवाली में सौंपना तुम्हारा ही है। यहां जीवनानंद की उपस्थिति आज के कारोबार की सफलता के लिए पर्याप्त होगी।

भवानंद ने मिशन शुरू किया और तपस्वी कहीं और चले गए।

अध्याय **VII**

मोहेन्द्र सराय के फर्श से उठा जहाँ वह बैठा था, क्योंकि वहाँ बैठकर और अपने नुकसान के बारे में सोचने से कुछ भी हासिल नहीं हो सकता था। वह अपनी पत्नी और बच्चे की तलाश में अधिकारियों की मदद लेने के विचार के साथ शहर की दिशा में चल पड़ा। कुछ दूर तक यात्रा करने के बाद उसने सड़क पर कई बैलगाड़ियों को देखा जो सिपाहियों के एक बड़े समूह से घिरा हुआ था।

बंगाली वर्ष 1175 में बंगाल प्रांत ब्रिटिश प्रशासन के अधीन नहीं हुआ था। अंग्रेज तब बंगाल के राजस्व अधिकारी थे। उन्होंने राजकोष के कारण करों को एकत्र किया, लेकिन उस समय तक उन्होंने बंगाली लोगों के जीवन और संपत्ति की रक्षा का बोझ खुद पर नहीं लिया था। उन्होंने जो बोझ स्वीकार किया था, वह देश का पैसा लेना था; जान-माल की रक्षा की जिम्मेदारी उस घृणित गद्दार और मानवता के लिए कलंकित मिर्जाफर पर थी। मिर्जाफर खुद को भी बचाने में असमर्थ था; यह संभावना नहीं थी कि वह बंगाल के लोगों की रक्षा करेगा या कर सकता है। मिर्जाफर ने अफीम ली और सो गया; अंग्रेजों ने रुपये में रेक किया और प्रेषण लिखा; बंगाल के लोगों के लिए वे रोए और विनाश के लिए चले गए।

प्रांत के कर इसलिए अंग्रेजी के कारण थे, लेकिन प्रशासन का बोझ नवाब पर था। जहां भी अंग्रेजों ने स्वयं उनके देय करों को एकत्र किया, उन्होंने एक कलेक्टर नियुक्त किया था, लेकिन एकत्र किया गया राजस्व कलकत्ता में चला गया। लोग भूख से मर सकते हैं, लेकिन उनके पैसे का संग्रह एक पल के लिए भी नहीं रुका। हालाँकि, बहुत कुछ एकत्र नहीं किया जा सका; क्योंकि यदि धरती माता धन नहीं देती है, तो कोई भी शून्य से धन नहीं बना सकता है। जैसा कि यह हो सकता है, जो थोड़ा एकत्र किया जा सकता था, उसे कार्टलोड में बनाया गया था और एक सैन्य अनुरक्षण के प्रभारी कलकत्ता में कंपनी के खजाने के रास्ते पर था। इस समय डकैतों से बहुत खतरा था, इसलिए पचास सशस्त्र सिपाहियों ने निश्चित संगीनों के साथ मार्च किया, जो गाड़ियों के आगे और पीछे रैंक करते थे। उनका कप्तान एक अंग्रेज सैनिक था जो सेना के पिछले हिस्से में घोड़े पर सवार था। गर्मी के कारण सिपाहियों ने दिन में नहीं बल्कि केवल रात में मार्च किया। जैसे ही वे मार्च कर रहे थे, मोहेन्द्र की प्रगति को खजाना गाड़ियों और इस सैन्य सरणी ने रोक दिया था। मोहेंद्र, सिपाहियों और गाड़ियों द्वारा अपना रास्ता वर्जित देखकर, सड़क के किनारे खड़ा था; लेकिन के रूप में सिपाहियों अभी भी गुजर में उसे धक्का, इस बहस के लिए कोई उपयुक्त समय होने के लिए पकड़े, वह चला गया और सड़क से जंगल के किनारे पर खड़ा था।

तभी एक सिपाही हिंदुस्तानी में बोला, "देखो, एक डकैत फट रहा है। मोहेन्द्र के हाथ में बंदूक की दृष्टि ने इस विश्वास की पुष्टि की। वह मोहेन्द्र के पास गया, उसकी गर्दन पकड़ ली और अभिवादन के साथ "दुष्ट! चोर!" अचानक उसने मुट्ठी का एक झटका दिया और उसके हाथ से बंदूक छीन ली। खाली हाथ मोहेन्द्रा ने केवल झटका वापस कर दिया। कहने की जरूरत नहीं है, मोहेंद्र थोड़ा गुस्से से कुछ अधिक था, और योग्य सिपाही झटका के साथ रील और सड़क पर स्तब्ध नीचे चला गया। उस पर, तीन या चार सिपाही आए,

उन्होंने महेंद्र को पकड़ लिया और उसे जबरन कमांडर के पास खींचते हुए साहब से कहा, "इस आदमी ने एक सिपाही को मार डाला है। साहब धूम्रपान कर रहे थे और कड़क शराब से थोड़ा हतप्रभ थे; उसने उत्तर दिया, "बदमाश को पकड़ो और उससे शादी करो। सैनिकों को समझ में नहीं आ रहा था कि वे एक सशस्त्र हाइवेमैन से शादी कैसे करेंगे, लेकिन इस उम्मीद में कि नशे के गुजरने के साथ, साहब अपना मन बदल लेंगे और शादी उन पर मजबूर नहीं होगी, तीन या चार सिपाहियों ने महेंद्र को गाड़ी के बैलों के लगाम से हाथ-पैर बांधकर गाड़ी में उठा लिया। मोहेन्द्र ने देखा कि इतने सारे लोगों के खिलाफ बल प्रयोग करना व्यर्थ होगा, और यदि वह बलपूर्वक बच भी सकता है, तो इसका क्या फायदा था? मोहेन्द्र अपनी पत्नी और बच्चे के दुःख से उदास और दुःखी था और उसे जीवन की कोई इच्छा नहीं थी। सिपाहियों गाड़ी के पहिए के लिए सुरक्षित रूप से Mohendra बाध्य। फिर एक धीमी और भारी प्रगति के साथ एस्कॉर्ट अपने मार्च पर आगे बढ़ा।

अध्याय VIII

तपस्वी की आज्ञा पाकर भवानंद हरि का नाम पुकारते हुए उस सराय की दिशा में चल दिया, जहाँ मोहेन्द्र बैठा था; क्योंकि उसने सोचा था कि वहाँ उसे मोहेन्द्र के ठिकाने का सुराग मिल जाएगा।

उस समय अंग्रेजों द्वारा बनाई गई वर्तमान सड़कें अस्तित्व में नहीं थीं। जिला शहरों से कलकत्ता आने के लिए, मुगल सम्राटों द्वारा निर्धारित अद्भुत सड़कों से यात्रा करनी पड़ती थी। पडचिनहा से शहर के रास्ते में, मोहेन्द्र दक्षिण से उत्तर की ओर यात्रा कर रहा था, और इसलिए वह रास्ते में सैनिकों से मिला। भवानन्द को हथेलियों की पहाड़ी से सराय की ओर जो दिशा लेनी थी, वह भी दक्षिण से उत्तर की ओर थी; जरूरी है, वह भी अपने रास्ते पर खजाने के प्रभारी सिपाहियों के साथ में गिर गया। मोहेन्द्र की तरह वह भी उन्हें जाने देने के लिए एक तरफ खड़ा हो गया। अब, एक बात के लिए, सैनिकों को स्वाभाविक रूप से विश्वास था कि डकैत खजाने के इस प्रेषण की लूट का प्रयास करना सुनिश्चित करेंगे, और उस आशंका पर बहुत राजमार्ग में एक डकैत की गिरफ्तारी हुई। जब उन्होंने भवानंद को भी रात के समय एक तरफ खड़े देखा, तो उन्होंने अनिवार्य रूप से निष्कर्ष निकाला कि यहां एक और डकैत था। तदनुसार, उन्होंने उसे मौके पर ही जब्त कर लिया।

भवानंद धीरे से मुस्कुराया और बोला, "ऐसा क्यों, मेरे अच्छे साथी?"

"बदमाश!" एक सिपाही ने जवाब दिया, "तुम एक डाकू हो।"

"आप बहुत अच्छी तरह से देख सकते हैं कि मैं पीले वस्त्र पहने एक तपस्वी हूं। क्या यह एक डाकू की उपस्थिति है?

"बहुत सारे बदमाश तपस्वी और संन्यासी हैं जो लूटते हैं," सिपाही ने जवाब दिया, और उसने भवानंद को धक्का देना और घसीटना शुरू कर दिया। अँधेरे में भवानंद की आँखें चमक उठीं, पर उन्होंने बहुत नम्रता से कहा, "हुज़ूर, मुझे अपनी आज्ञा बताओ।

सिपाही भवानंद की विनम्रता से प्रसन्न हुआ और बोला, "यहाँ, बदमाश, यह बोझ उठाओ और ले जाओ," और उसने भवानंद के सिर पर एक पोटली ताली बजाई। तब सिपाहियों में से एक ने पहले से कहा, "नहीं, वह भाग जाएगा; बदमाश को गाड़ी पर बांधो जहां दूसरा बदमाश बंधा हुआ है। भवानंद यह जानने के लिए उत्सुक हो गए कि वह आदमी कौन था जिसे उन्होंने बांधा था; उसने पोटली को अपने सिर पर फेंक दिया और उस सैनिक के गाल पर एक थप्पड़ जड़ दिया, जिसने उसे वहां रखा था। फलतः सिपाहियों ने भवानंद को बांधकर गाड़ी पर चढ़ा दिया और मोहेन्द्र के पास नीचे गिरा दिया। भवानंद ने तुरंत महेन्द्र सिंघा को पहचान लिया।

सिपाहियों पर फिर से मार्च किया, लापरवाही से और शोर के साथ, और गाड़ी पहियों की चरमराहट फिर से शुरू कर दिया। फिर, धीरे से और केवल महेंद्र को सुनाई देने वाली आवाज में, भवानंद ने कहा, "महेंद्र सिंह, मैं आपको जानता हूं और यहां आपकी मदद करने के लिए हूं। तुम्हें अभी यह जानने की कोई आवश्यकता नहीं है कि मैं कौन हूँ। जो मैं तुमसे कहता हूँ उसे बहुत सावधानी से करो। गाड़ी के पहिये पर अपने हाथ बांधने वाली रस्सी रखो।

मोहेन्द्रा ने चकित होते हुए भी बिना एक शब्द कहे भवानंद के सुझाव को पूरा किया। अंधेरे की आड़ में गाड़ी के पहिये की ओर थोड़ा आगे बढ़ते हुए, उसने अपने हाथों को बांधने वाली रस्सी को इस तरह रखा कि पहिया छू जाए। पहिए के घर्षण से रस्सी धीरे-धीरे कट गई। फिर उसने उसी तरह से अपने पैरों की रस्सी काट ली। जैसे ही वह अपने बंधनों से मुक्त हुआ, भवानंद की सलाह से वह गाड़ी पर लेट गया। भवानंद ने भी उसी डिवाइस से अपने बंधन तोड़ लिए। दोनों पूरी तरह से स्थिर और गतिहीन पड़े थे।

सैनिकों का रास्ता उन्हें ठीक उसी सड़क से ले गया जहाँ ब्रह्मचारी जंगल के पास राजमार्ग पर खड़ा था और उसे देख रहा था। जैसे ही वे पहाड़ी के पास पहुंचे, उन्होंने देखा कि उसके नीचे, एक टीले की चोटी पर, एक आदमी खड़ा था। चांदनी नीले आकाश के खिलाफ सिल्हूट किए गए अपने अंधेरे आकृति को देखते हुए, हवलदार ने कहा, "बदमाशों में से एक और है; उसे पकड़कर यहां ले आओ: वह बोझ उठाएगा।

उस पर एक सैनिक उस आदमी को पकड़ने के लिए गया, लेकिन, हालांकि उसने देखा कि साथी उसे पकड़ने के लिए आ रहा है, पहरेदार दृढ़ता से खड़ा रहा; वह नहीं हिला। सिपाही ने उस पर हाथ रखा तो उसने कुछ नहीं कहा। जब उन्हें कैदी बनाकर हवलदार के पास लाया गया, तब भी उन्होंने कुछ नहीं कहा। हवलदार ने अपने सिर पर एक भार डालने का आदेश दिया; एक सैनिक ने भार को जगह में रखा, उसने इसे अपने सिर पर ले लिया। तभी हवलदार मुड़ा और गाड़ी लेकर मार्च करने लगा। इसी दौरान अचानक पिस्तौल की गोली की आवाज आई और हवलदार सिर में छेद कर सड़क पर गिर गया और उसने अंतिम सांस ली। एक सैनिक चिल्लाया, "इस बदमाश ने हवलदार को गोली मार दी है," और सामान वाले का हाथ पकड़ लिया। वाहक की मुट्ठी में अभी भी पिस्तौल थी। उसने उससे भार फेंक दिया और अपनी पिस्तौल के बट से सैनिक के सिर पर वार किया; आदमी का सिर टूट गया और वह आगे की ओर गिर गया। फिर "हरि! हरि! हरि!" दो सौ हथियारबंद लोगों ने सैनिक को घेर लिया। पुरुष उस समय अपने अंग्रेजी कप्तान के आगमन की प्रतीक्षा कर रहे थे, जो यह सोचकर कि डकैत उस पर थे, तेजी से गाड़ी के पास आए और एक वर्ग बनाने का आदेश दिया; क्योंकि एक अंग्रेज का नशा खतरे के स्पर्श से गायब हो जाता है। सिपाहियों तुरंत चार तरह का सामना करना पड़ एक वर्ग में गठन किया और उनके कप्तान की एक आगे आदेश पर आग करने के लिए अधिनियम में अपनी बंदूकें उठा ली। इस महत्वपूर्ण क्षण में किसी ने अचानक अपनी बेल्ट से अंग्रेज की तलवार छीन ली और एक झटके से उसके सिर को उसके शरीर से अलग कर दिया। अंग्रेज के सिर को अपने कंधों से लुढ़काने के साथ, आग लगाने का अनकहा आदेश हमेशा के लिए खामोश हो गया। सभी ने देखा

और देखा कि एक आदमी गाड़ी पर खड़ा है, हाथ में तलवार लिए, "हरि, हरि" का रोना जोर से चिल्ला रहा है और "मार डालो, सैनिकों को मार डालो" कह रहा है। यह भवानंद था।

अपने कप्तान की अचानक दृष्टि और रक्षात्मक कार्रवाई के लिए आदेश देने में किसी भी अधिकारी की विफलता ने सैनिकों को कुछ क्षणों के लिए निष्क्रिय और चकित कर दिया। साहसी हमलावरों ने इस अवसर का लाभ उठाते हुए कई लोगों को मार डाला और घायल कर दिया, गाड़ियों तक पहुंच गए और मनी चेस्ट पर कब्जा कर लिया। सैनिकों ने साहस खो दिया, हार मान ली और उड़ान भर ली।

तब वह व्यक्ति जो टीले पर खड़ा था और बाद में हमले का मुख्य नेतृत्व ग्रहण कर चुका था, भवानंद के पास आया। आपसी आलिंगन के बाद भवानंद ने कहा, "भाई जीवानंद, आपने हमारे भाईचारे का व्रत लिया। "भवानंद ने," जीवानंद ने उत्तर दिया, "आपका नाम उचित है। जीवानंद पर लूटे गए खजाने को उसके उचित स्थान पर हटाने की व्यवस्था करने का आरोप लगाया गया था और वह तेजी से अपने अनुयायियों के साथ चला गया। कार्यक्षेत्र में अकेले भवानन्द ही खड़े रहे।

मोहेन्द्र गाड़ी से उतरा था, सिपाहियों में से एक से एक हथियार छीन लिया और लड़ाई में शामिल होने के लिए तैयार हो गया। लेकिन इस समय यह उसके लिए स्पष्ट रूप से घर आया कि ये लोग लुटेरे थे और खजाने की लूट सैनिक पर उनके हमले का उद्देश्य था। इस विचार के पालन में वह लड़ाई के दृश्य से दूर खड़ा था, क्योंकि लुटेरों की मदद करने का मतलब उनके बुरे कामों में भागीदार होना था। फिर उसने तलवार को दूर फेंक दिया और धीरे-धीरे उस जगह को छोड़ रहा था जब भवानंद आया और उसके पास खड़ा हो गया। मोहेन्द्र ने उससे कहा, "बताओ, तुम कौन हो?"

भवानंद ने उत्तर दिया, "आपको यह जानने की क्या आवश्यकता है?"

"मेरी एक ज़रूरत है," मोहेन्द्रा ने कहा। "आपने आज मेरी बहुत बड़ी सेवा की है।

"मैंने सोचा ही नहीं था कि तुम्हें इसका एहसास हुआ;" भवानंद ने कहा, "आपके हाथ में एक हथियार था और फिर भी आप अलग खड़े थे। एक जमींदार आप हैं, और वह दूध और घी की मृत्यु होने में अच्छा आदमी है, लेकिन जब काम करना होता है, तो एक बंदर।

इससे पहले कि भवानंद अपनी बात पूरी कर पाता, मोहेन्द्र ने तिरस्कार और घृणा के साथ उत्तर दिया, "लेकिन यह बुरा काम है, - एक डकैती!"

"डकैती हो या न हो," भवानंद ने प्रतिवाद किया, "हमने तुम्हारी कुछ छोटी-मोटी सेवा की है और तुम्हें थोड़ा और करने को तैयार हैं।

"आपने मेरी कुछ सेवा की है, मैं खुद का हूं," मोहेन्द्रा ने कहा, "लेकिन आप मेरी कौन सी नई सेवा कर सकते हैं? और एक डकैत के हार्थों मैं मदद करने से बेहतर हूं कि मैं मदद न करूं।

"आप हमारी सेवा स्वीकार करते हैं या नहीं," भवानंद ने कहा, "यह आपकी अपनी पसंद पर निर्भर करता है। यदि आप इसे लेना चुनते हैं, तो मेरे साथ आएं। मैं तुम्हें वहाँ लाऊँगा जहाँ तुम अपनी पत्नी और बच्चे से मिल सकोगे।

मोहेन्द्र मुड़ा और स्थिर खड़ा हो गया। "वह क्या है?" वह चिल्लाया।

भवानंद बिना कोई जवाब दिए आगे बढ़ गया और मोहेन्द्र के पास उसके साथ चलने के अलावा कोई चारा नहीं था, वह अपने दिल में सोच रहा था कि ये कौन से नए प्रकार के लुटेरे हैं।

अध्याय **X**

चाँदनी रात में चुपचाप दोनों ने खुले देश को पार किया। मोहेन्द्र चुप था, दुःखी था, गर्व से भरा हुआ था, लेकिन थोड़ा उत्सुक भी था।

अचानक भवानंद का पूरा पहलू बदल गया। अब वह तपस्वी नहीं था, पहलू का गंभीर, मनोदशा का शांत; अब कुशल सेनानी नहीं, उस व्यक्ति का वीर व्यक्ति जिसने तलवार के झाड़ू से अंग्रेजी कप्तान का सिर काट दिया था; अब उसके पास वह पहलू नहीं था जिसके साथ अब भी वह गर्व से मोहेन्द्र को डांटता था। ऐसा लगता था मानो मैदान और जंगल, नदी और असंख्य धाराओं की उस सुंदरता को देखकर, चांदनी शांत पृथ्वी ने उसके दिल को एक बड़ी खुशी से हिला दिया था; ऐसा लग रहा था जैसे सागर चाँदनी में हँस रहा हो। भवानंद मुस्कराए, वाक्पटु, वाणी के प्रति विनम्र हो गए। वह बात करने के लिए बहुत उत्सुक हो गया और बातचीत शुरू करने के लिए कई प्रयास किए, लेकिन मोहेन्द्र कुछ नहीं बोलता था। तब भवानंद के पास कोई अन्य संसाधन नहीं था, उन्होंने खुद को गाना शुरू किया।

> "माँ, मैं आपको नमन करता हूँ!
> तेरी तेज धाराओं से समृद्ध,
> तेरे बागों की चमक से उज्ज्वल,
> तेरे हर्ष की हवाओं से ठंडक,
> लहराते हुए अँधेरे खेत, पराक्रम की माँ,
> माँ मुक्त!"

गीत ने मोहेन्द्र को चकित कर दिया और वह इसके बारे में कुछ भी नहीं समझ सका। यह समृद्ध रूप से सिंचित, समृद्ध रूप से फलने वाली माँ कौन हो सकती है, जो रमणीय हवाओं से ठण्डी और कटनी के साथ अंधकारमय है? "कौन सी माँ?" उसने पूछा।

भवानंद ने बिना किसी उत्तर के अपना गीत जारी रखा।

> "चांदनी सपनों की महिमा
> तेरे समुद्र तटों और प्रभुत्वपूर्ण धाराओं पर;
> अपने खिलते वृक्षों में लिपटी,
> माँ, आराम की दाता,
> हँसी कम और मीठी!
> माँ, मैं तेरे चरणों को चूमता हूँ,
> वक्ता मीठा और कम!
> माँ, मैं आपको नमन करता हूँ।

33

मोहेंद्र ने कहा, 'वह देश है, वह मां नहीं है।

भवानंद ने उत्तर दिया, "हम किसी अन्य माँ को नहीं पहचानते। माँ और मातृभूमि स्वर्ग से भी बढ़कर हैं। हम कहते हैं कि मातृभूमि हमारी मां है। हमारे पास न तो माता है, न पिता है, न भाई है, न मित्र है, न पत्नी है, न बेटा है, न घर है। हमारे पास वह अकेली है, बड़े पैमाने पर पानी पिलाया गया, समृद्ध रूप से फलदार, रमणीय हवाओं के साथ ठंडा, फसल के साथ समृद्ध - "

तब मोहेन्द्र समझ गया और बोला, "इसे फिर से गाओ। भवानन्द ने एक बार फिर गाया।

माँ, मैं आपको नमन करता हूँ!

तेरी तेज धाराओं से समृद्ध,

तेरे बागों की चमक से उज्ज्वल,

 तेरे आनन्द की हवाओं से ठंडक,

लहराते हुए अँधेरे खेत, पराक्रम की माँ,

 माँ मुक्त।

चांदनी सपनों की महिमा

तेरे समुद्र तटों और प्रभुत्वपूर्ण धाराओं पर;

अपने खिलते वृक्षों में लिपटी,

 माँ, आराम की दाता,

 हँसी कम और मीठी!

माँ, मैं तेरे चरणों को चूमता हूँ,

 वक्ता मीठा और कम!

माँ, मैं तुझे नमन करता हूँ।

किसने कहा है कि तू अपने देश में निर्बल है,जब

 सत्तर लाख हाथों में तलवारें चमकती हैं

और सत्तर मिलियन आवाजें

तेरे भयानक नाम को किनारे से किनारे तक गर्जना करती हैं?

कई शक्तियों के साथ जो शक्तिशाली और संग्रहीत हैं,

मैं आपको बुलाता हूं, माता और भगवान!

तू जो काटता है, उठो और बचा!

उसके लिए मैं रोता हूं जो कभी भी उसके दुश्मन

मैदान और समुद्र से पीछे हटते हैं

और खुद को मुक्त करते हैं।

तू बुद्धि है, तू कानून है,

तू हमारा दिल, हमारी आत्मा, हमारी सांस,

तू दिव्य प्रेम है, हमारे दिलों में विस्मय

है जो मृत्यु पर विजय प्राप्त करता है।

तेरी शक्ति जो बांह को नसती है,

तेरी सुंदरता है, तेरी आकर्षण है।हमारे मंदिरों में

दिव्य बनाई गई हर मूर्ति

आपकी है।

आप दुर्गा, लेडी और क्वीन हैं,

उनके हाथों से जो हड़ताल करते हैं और उनकी तलवारों की तलवारें हैं,

 आप लक्ष्मी कमल के सिंहासन हैं,

 और म्यूज सौ टन है।

शुद्ध और परिपूर्ण, बिना पीर,

माँ, अपना कान उधार दो।

तेरी फुर्ती से जलने वाली धाराओं से समृद्ध,

 तेरे बागों की चमक से उज्ज्वल,

रंग का अंधेरा, हे स्पष्ट-गोरा

तेरी आत्मा में, रत्नजड़ित बालों और

तेरी महिमामय मुस्कान दिव्य के साथ,

सभी सांसारिक भूमि में सबसे प्यारा,

अच्छी तरह से संग्रहीत हाथों से धन की बौछार!

माँ, माँ मेरी!

माँ प्यारी, मैं आपको नमन करता हूँ,

 माँ महान और स्वतंत्र!

मोहेन्द्र ने डाकू को आँसू बहाते हुए गाते देखा। आश्चर्य में उसने पूछा, "तुम कौन हो?"

भवानंद ने उत्तर दिया, "हम बच्चे हैं।

"बच्चों का क्या मतलब है?" मोहेन्द्रा ने पूछा। "तुम किसके बच्चे हो?"

भवानंद ने उत्तर दिया, "माता के बच्चे।

"अच्छा," मोहेन्द्रा ने कहा, "क्या बच्चे चोरी और लूटपाट से अपनी माँ की पूजा करते हैं? यह किस तरह की संतानोचित धर्मपरायणता है?"

"हम चोरी और लूटपाट नहीं करते हैं," भवानंद ने उत्तर दिया।

"क्यों, अभी-अभी तुमने गाड़ियां लूटी हैं।

क्या यह चोरी और लूटपाट है? हमने किसका पैसा लूटा?'

"क्यों, शासक का।

"शासक का! उसे पैसे लेने का क्या अधिकार है?

"यह देश की संपत्ति का उनका शाही हिस्सा है।

"जो शासन करता है और अपने राज्य की रक्षा नहीं करता है, क्या वह शासक है?"

मैं देख रहा हूं कि आप सिपाहियों द्वारा तोप के मुंह से एक दिन उड़ा दिया जाएगा।

मैं अपने बदमाश सिपाहियों एक से अधिक बार देखा है: मैं आज भी कुछ के साथ निपटा।

"ओह, यह उनका वास्तविक अनुभव नहीं था; एक दिन आपको यह मिल जाएगा।

"मान लीजिए कि ऐसा है, एक आदमी केवल एक बार मर सकता है।

"लेकिन मरने के रास्ते से बाहर जाने में क्या लाभ है?"

"मोहेन्द्र सिंह," भवानंद ने कहा, "मुझे एक तरह का विचार था कि आप नाम के लायक आदमी हैं, लेकिन अब मैं देखता हूं कि आप वही हैं जो बाकी सभी हैं, केवल घी और दूध की मौत। देखो, सांप जमीन पर रेंगता है और जीवित चीजों में सबसे कम है, लेकिन सांप की गर्दन पर अपना पैर रखो और वह भी उठा हुआ फन के साथ उठेगा। क्या तब आपके धैर्य को कोई नहीं उखाड़ सकता? आप जितने भी देशों को जानते हैं, मगध, मिथिला, काशी, कांची, दिल्ली, कश्मीरी, उन सभी देशों को देखें जहां भुखमरी से पीड़ित पुरुष घास खाते हैं? कांटे खाओ? पृथ्वी को खाओ सफेद चींटियों ने इकट्ठा किया है? जंगल की लताओं को खाओ? और कहाँ पुरुषों को कुत्तों और गीदड़ों को खाने के लिए मजबूर किया जाता है, हाँ, मृतकों के शरीर भी? और कहाँ पुरुषों को अपने संदूक में धन के डर के कारण दिल की कोई शांति नहीं हो सकती है, उनके पवित्र आसनों पर घरेलू देवता, उनके घरों में युवा महिलाएं, महिलाओं के गर्भ में अजन्मे बच्चे? अय, यहाँ वे गर्भ को चीरते हैं और बच्चे को फाड़ देते हैं। हर देश में शासक के साथ संबंध रक्षक और संरक्षित होते हैं, लेकिन हमारे मुसलमान शासक हमें क्या सुरक्षा देते हैं? हमारा धर्म नष्ट हो रहा है, हमारी जाति अपवित्र हो रही है, हमारा सम्मान प्रदूषित हो रहा है, हमारे परिवार का सम्मान शर्मिंदा हो रहा है और अब हमारा जीवन भी उसी तरह चल रहा है। जब तक हम इन लंबी दाढ़ी वालों को बाहर नहीं निकालते, हिंदू हिंदू धर्म बर्बाद हो जाता है।

"आप उन्हें कैसे भगाएंगे?" मोहेन्द्रा ने पूछा।

"वार से।

"आप उन्हें अकेले ही बाहर निकाल देंगे? एक थप्पड़ के साथ, मुझे लगता है।

डाकू ने गाया:

"किसने कहा है कि तू अपने देश में निर्बल है,जब
 सत्तर मिलियन हाथों में तलवारें चमकती हैं
और सत्तर मिलियन आवाजें
आपके भयानक नाम को किनारे से किनारे तक गर्जती हैं?

"लेकिन," मोहेन्द्रा ने कहा, "मैं देख रहा हूँ कि तुम अकेले हो।

"क्यों, अभी-अभी तुमने दो सौ आदमी देखे।

"क्या वे सभी बच्चे हैं?

"वे सभी बच्चे हैं।

"उनमें से कितने और हैं?"

"इस तरह के हजारों, और डिग्री से अभी तक और अधिक होंगे!"

"अगर दस या बीस हजार भी होते, तो क्या तुम उस संख्या से मुसलमान से गद्दी ले पाओगे?"

"प्लासी में अंग्रेजों के पास कौन सी सेना थी?"

क्या अंग्रेजों और बंगालियों की तुलना की जा सकती है?

"क्यों नहीं? शारीरिक शक्ति क्या मायने रखती है? अधिक शारीरिक शक्ति गोली को आगे नहीं उड़ने देगी।

"फिर," मोहेन्द्रा ने पूछा, "एक अंग्रेज और मुसलमान में इतना अंतर क्यों है?"

"पहले यह लो;" भवानंद ने कहा, "एक अंग्रेज मृत्यु की निश्चितता से भी नहीं भागेगा। एक मुसलमान पसीना बहाते ही दौड़ता है और शर्बत के गिलास की तलाश में घूमता है। आगे यह लो, कि अंग्रेज के पास तप है; यदि वह कोई कार्य करता है, तो वह उसे पूरा करता है। "परवाह मत करो" एक मुसलमान का आदर्श वाक्य है। वह भाड़े के लिए अपनी जान दे रहा है, और फिर भी सैनिकों को उनका वेतन नहीं मिलता है। फिर आखिरी चीज साहस है। एक तोप का गोला केवल एक स्थान पर गिर सकता है, दस में नहीं; इसलिए दो सौ आदमियों को एक तोप के गोले से भागने की कोई आवश्यकता नहीं है। लेकिन एक तोप का गोला एक

मुसलमान को अपने पूरे कबीले के साथ दौड़ने के लिए भेज देगा, जबकि तोप के गोले का एक पूरा कबीला एक अकेले अंग्रेज को भी उड़ान भरने के लिए नहीं डालेगा।

"क्या तुममें ये सारे गुण हैं?" मोहेन्द्रा ने पूछा।

"नहीं," भवानंद ने कहा, "लेकिन पुण्य निकटतम वृक्ष से नहीं गिरते हैं। आपको उनका अभ्यास करना होगा।

"क्या आप उनका अभ्यास करते हैं?"

क्या आप नहीं देखते कि हम संन्यासी हैं? इसी अभ्यास के लिए हमने संन्यास लिया है। जब हमारा काम पूरा हो जाएगा, जब हमारा प्रशिक्षण पूरा हो जाएगा, तो हम फिर से गृहस्थ बन जाएंगे। हमारी पत्नियां और बेटियां भी हैं।

"आपने उन सभी संबंधों को छोड़ दिया है, लेकिन क्या आप माया को दूर करने में सक्षम हैं?"

"बच्चों को झूठ बोलने की अनुमति नहीं है और मैं आपसे झूठ नहीं बोलूंगा। माया पर जीत पाने का बल किसके पास है? जब कोई आदमी कहता है कि मैंने माया पर विजय प्राप्त कर ली है, तो या तो उसे कभी कोई भावना नहीं हुई या वह व्यर्थ घमंड कर रहा है। हमने माया पर विजय प्राप्त नहीं की है, हम केवल अपनी प्रतिज्ञा रख रहे हैं। क्या आप बच्चों में से एक होंगे?

जब तक मुझे मेरी पत्नी और बेटी की खबर नहीं मिलती, मैं कुछ नहीं कह सकता।

"तो आओ, तुम अपनी पत्नी और बच्चे को देखोगे।

दोनों अपने-अपने रास्ते पर चल पड़े; और भवानंद ने फिर से बंदे मातरम् गाना शुरू किया।

मोहेन्द्रा की आवाज अच्छी थी और वह गायन में थोड़ा कुशल था और उसका शौकीन था; इसलिए वह गीत में शामिल हो गया, और पाया कि जैसे ही उसने गाया, उसकी आंखों में आंसू आ गए। तब मोहेन्द्र ने कहा कि यदि मुझे अपनी पत्नी और पुत्री का परित्याग न करना पड़े तो मुझे इस व्रत में दीक्षा दे दो।

"जो कोई भी" भवानंद ने उत्तर दिया, "यह व्रत लेता है, उसे पत्नी और बच्चे का त्याग करना चाहिए। यदि आप यह व्रत लेते हैं, तो आपको अपनी पत्नी और बेटी से मिलने की अनुमति नहीं दी जा सकती है। उनकी सुरक्षा के लिए उपयुक्त व्यवस्था की जाएगी, लेकिन जब तक व्रत को सफलता के साथ ताज पहनाया नहीं जाता है, तब तक उनके चेहरे को देखना मना है।

"मैं तुम्हारी प्रतिज्ञा नहीं मानूँगा," मोहेन्द्रा ने उत्तर दिया।

अध्याय XI

दिन ढल गया था। वह निर्जन जंगल, जो इतने लंबे समय से अंधेरा और खामोश था, अब प्रकाश से भरा हुआ था, पक्षियों के सहवास और पुकार से आनंदित था। उस रमणीय भोर में, वह हर्षित वन, वह "आनंद का मठ" सत्यानंद, एक हिरण की खाल पर बैठा, अपनी सुबह की भक्ति कर रहा था। जीवानंद पास ही बैठा था। ऐसे समय में भवानंद मोहेन्द्र सिंघा के साथ पीछे दिखाई दिए। तपस्वी ने बिना एक शब्द बोले अपनी भक्ति जारी रखी और किसी ने भी एक ध्वनि का उच्चारण करने का साहस नहीं किया। जब भव्य-भाव समाप्त हो गया तो भवानन्द और जीवानंद ने उन्हें प्रणाम किया और उनके चरणों की धूल लेकर विनम्रता से बैठ गए। तब सत्यानंद ने भवानंद को इशारा किया और उसे बाहर ले गए। उन दोनों के बीच क्या बातचीत हुई, हम नहीं जानते, लेकिन मंदिर में दोनों के लौटने पर तपस्वी ने करुणा और हँसी के साथ मोहेन्द्रा से कहा, "मेरे बेटे, मैं तुम्हारे दुर्भाग्य से बहुत व्यथित हुआ हूँ; यह केवल गरीबों और दुखी के दोस्त की कृपा से था कि मैं कल रात आपकी पत्नी और बेटी को बचाने में सक्षम था। तपस्वी ने तब मोहेन्द्र को कल्याणी के बचाव की कहानी सुनाई और अंत में कहा, "आओ, मैं तुम्हें वहीं ले चलता हूँ जहाँ वे हैं।

सामने तपस्वी, पीछे मोहेन्द्रा मंदिर के भीतरी अहाते में घुस गया। मोहेन्द्र ने एक विस्तृत और ऊँचा हॉल देखा। इस प्रफुल्लित भोर में भी, सुबह की जवानी से खुश, जब पड़ोस के उपवन धूप में चमकते थे जैसे कि हीरे जड़े और जड़े हों, इस महान कमरे में रात की तरह लगभग एक उदासी थी। मोहेन्द्र पहले तो यह नहीं देख सका कि कमरे में क्या है, लेकिन टकटकी लगाकर और अभी भी टकटकी लगाकर वह चार भुजाओं वाले विष्णु की एक विशाल छवि को भेदने में सक्षम था, जिसमें खोल, चक्र, क्लब, कमल-फूल थे, जो उसकी छाती पर गहना कौस्तोभ से सुशोभित था; सामने सुदर्शन नामक चक्र, सुंदर, गोल चक्कर लगाता प्रतीत होता था। मधु और कैटभ का प्रतिनिधित्व करने वाली दो विशाल बिना सिर वाली छवियों को आकृति के सामने चित्रित किया गया था, जैसे कि उनके अपने खून में नहाया हुआ हो। बायीं ओर सौ पंखुड़ियों वाले कमलों की माला से लथपथ लक्ष्मी खड़ी थीं, मानो भय से व्यथित हों। दाईं ओर सरस्वती किताबों, संगीत वाद्ययंत्रों, अवतारित उपभेदों और संगीत की सिम्फनी से घिरी हुई थी। विष्णु की गोद में लक्ष्मी और सरस्वती से भी अधिक सुन्दर, वैभव और आधिपत्य से अधिक वैभवशाली सौन्दर्य की मूर्ति विराजमान थी। गंधर्व और किन्नर और भगवान और योगिनी और दैत्य ने उसे श्रद्धांजलि दी। तपस्वी ने गहरी गंभीरता और विस्मय भरे स्वर में मोहेन्द्र से पूछा, "क्या आप सब देख सकते हैं?"

"हाँ," मोहेन्द्रा ने जवाब दिया।

"क्या तुमने देखा है कि विष्णु की गोद में क्या है?" तपस्वी ने पूछा।

"हाँ," मोहेन्द्रा ने उत्तर दिया, "वह कौन है?"

"यह माँ है।

"कौन सी माँ?"

"वह जिसकी हम संतान हैं," तपस्वी ने उत्तर दिया।

"वह कौन है?"

"समय के साथ आप उसे पहचान लेंगे। रोओ 'माँ की जय हो!' अब आओ, तुम देखोगे।

तपस्वी मोहेन्द्र को दूसरे कमरे में ले गया। वहां उन्होंने जगधात्री की छवि देखी, जो दुनिया की रक्षा करती है, अद्भुत, परिपूर्ण, हर आभूषण से समृद्ध है। "वह कौन है?" मोहेन्द्र ने पूछा।

ब्रह्मचारी ने उत्तर दिया, "माँ जैसी थी।

"वह क्या है?" मोहेन्द्र ने पूछा।

"उसने जंगल के हाथियों और सभी जंगली जानवरों को पैरों तले रौंद दिया और जंगली जानवरों के शिकार में उसने अपना कमल सिंहासन खड़ा कर दिया। वह हर आभूषण से ढकी हुई थी, हँसी और सुंदरता से भरी हुई थी। वह युवा सूरज की तरह रंग में थी, सभी ऐश्वर्य और साम्राज्य के साथ शानदार। माता को नमन करें।

मोहेन्द्र ने श्रद्धापूर्वक मातृभूमि की विश्व रक्षक के रूप में छवि को नमन किया। ब्रह्मचारी ने तब उसे एक अंधेरा भूमिगत मार्ग दिखाया और कहा, "इस रास्ते से आओ। मोहेन्द्र कुछ घबराता हुआ उसके पीछे-पीछे चल पड़ा। पृथ्वी के आंतों में एक अंधेरे कमरे में एक अपर्याप्त प्रकाश कुछ अनपेक्षित आउटलेट से प्रवेश किया। उस बेहोश प्रकाश से वह काली की एक छवि को देखा।

ब्रह्मचारी ने कहा, "माँ को देखो जैसे वह अब है।

मोहेन्द्र ने भय से कहा, "काली है।

"हाँ, काली अंधेरे में लिपटी, कालेपन और उदासी से भरा। वह सभी से छीन लिया गया है, इसलिए नग्न है। आज पूरा देश कब्रिस्तान है, इसलिए मां को खोपड़ियों की माला पहनाई जाती है। अपने ही भगवान को वह अपने पैरों तले रौंदती है। काश, मेरी माँ!"

तपस्वी की आँखों से आँसू बहने लगे।

"क्यों," मोहेन्द्रा ने पूछा, "क्या उसके हाथ में डंडा और खोपड़ी है?"

"हम बच्चे हैं, हमने केवल अपनी माँ के हाथों में हथियार दिए हैं। रोओ 'माँ की जय हो!'"

मोहेन्द्र ने "वन्दे मातरम्" कहा और काली को प्रणाम किया।

तपस्वी ने कहा "इस रास्ते से आओ", और एक और भूमिगत मार्ग पर चढ़ने लगा। अचानक सुबह के सूरज की किरणें उनकी आँखों में चमक उठीं और हर तरफ से पक्षियों का मधुर स्वर वाला परिवार गीत में झूम उठा। संगमरमर के पत्थर में बने एक विस्तृत मंदिर में उन्होंने सोने में बनी दस-सशस्त्र देवी की एक सुंदर शैली की छवि देखी, जो शुरुआती सूरज की रोशनी में हंस रही थी और उज्ज्वल थी। तपस्वी ने प्रतिमा को नमस्कार किया और कहा, "यह माँ वैसी ही है जैसी वह होगी। उसकी दस भुजाएँ दस क्षेत्रों की ओर फैली हुई हैं और वे उसके कई गुना हथियारों में कई बल धारण करती हैं; उसके शत्रुओं को उसके पैरों तले रौंद दिया जाता है और जिस शेर पर उसका पैर टिका होता है, वह शत्रु को नष्ट करने में व्यस्त होता है। उसे निहारना, उसकी भुजाओं के लिए क्षेत्रों के साथ," - जैसा कि उसने कहा, सत्यानंद ने सिसकते हुए शुरू किया, - "उसकी भुजाओं के लिए क्षेत्रों के साथ, कई गुना हथियारों का क्षेत्रकार, उसके दुश्मनों को रौंदना, उसकी सवारी के घोड़े के लिए शेर-दिल के साथ; समृद्धि के रूप में उनकी दाईं ओर लक्ष्मी, उनके बाईं ओर वाणी, शिक्षा और विज्ञान के दाता, कार्तिकेय उनके साथ शक्ति के रूप में, गणेश सफलता के रूप में। आइए, हम दोनों माता को प्रणाम करें। दोनों उठे हुए चेहरे और हाथ जोड़कर एक स्वर से पुकारने लगे, "हे सभी शुभ वस्तुओं के साथ शुभ, हे आप हमेशा प्रसन्न रहने वाले, सभी इच्छाओं को प्रभावित करने वाले, हे पुरुषों की शरण, तीन आंखों वाले और रंग के गोरे, हे नारायण की ऊर्जा, आपको नमस्कार।

दोनों व्यक्ति विस्मय और प्रेम से प्रणाम किए और जब वे उठे तो मोहेन्द्र ने टूटी-फूटी आवाज में पूछा, "मैं माँ का यह चित्र कब देखूँ?"

"जब माँ के सभी पुत्र," ब्रह्मचारी ने उत्तर दिया, "माँ को उस नाम से पुकारना सीखें, उस दिन माँ हम पर अनुग्रह करेंगी।

अचानक मोहेन्द्र ने पूछा, "मेरी पत्नी और बेटी कहाँ हैं?"

"आओ," तपस्वी ने कहा, "तुम उन्हें देखोगे।

"मैं उन्हें एक बार देखना चाहता हूं और विदाई कहना चाहता हूं।

"आप विदाई क्यों कह रहे हैं?"

"मैं इस शक्तिशाली व्रत को पूरा करूंगा।

"आप उन्हें कहाँ भेजेंगे?

मोहेन्द्र ने कुछ सोचा और फिर बोला, "मेरे घर में न तो कोई है और न ही मेरे पास और कोई जगह है। फिर भी अकाल के इस समय में, मुझे और क्या जगह मिल सकती है?

"मंदिर से बाहर जाओ," तपस्वी ने कहा, "जिस रास्ते से तुम यहाँ आए थे। मंदिर के द्वार पर तुम अपनी पत्नी और बच्चे को देखोगे। इस क्षण तक कल्याणी ने कुछ नहीं खाया है। आपको भोजन की वस्तुएं उस

स्थान पर मिलेंगी जहां वे बैठे हैं। जब तू उसे खिला चुके, तो जो चाहो वही करना; वर्तमान में आप हम में से किसी से भी नहीं मिलेंगे। यदि तुम्हारा यह मन पकड़ में आए, तो उचित समय पर मैं अपने आप को तुम्हें दिखाऊंगा।

फिर अचानक किसी अज्ञात रास्ते से वह तपस्वी उस स्थान से गायब हो गया। मोहेन्द्र ने रास्ता निकालकर देखा कि कल्याणी अपनी पुत्री के साथ दरबार में बैठी है।

सत्यानंद अपनी तरफ से एक और भूमिगत मार्ग से पृथ्वी के नीचे एक गुप्त तहखाने में उतरे। वहाँ जीवानंद और भवानन्द रुपये गिनने बैठे और उन्हें ढेर में व्यवस्थित किया। उस कमरे में सोने, चांदी, ताँबे, हीरे, मूंगा, मोती ढेर में सजाए गए थे। यह पिछली रात को लूटे गए पैसे थे जो वे व्यवस्था कर रहे थे। कमरे में घुसते ही सत्यानंद ने कहा, "जीवनन्द, मोहेन्द्रा हमारे पास आएँगे। यदि वह आता है, तो यह बच्चों के लिए एक बड़ा लाभ होगा, क्योंकि उस स्थिति में पीढ़ी से पीढ़ी तक उसके परिवार में संचित धन माता की सेवा में समर्पित हो जाएगा। लेकिन जब तक वह माँ को समर्पित शरीर और आत्मा नहीं है, तब तक उसे क्रम में न लें। जैसे ही आपके हाथ में काम पूरा हो जाए, अलग-अलग समय पर उनका अनुसरण करें और जब आप देखें कि यह उचित मौसम है, तो उन्हें विष्णु के मंदिर में ले आएं। और मौसम में या मौसम के बाहर अपने जीवन की रक्षा करते हैं। क्योंकि जैसे दुष्टों का दण्ड बालकों का कर्तव्य है, वैसे ही अच्छे लोगों की रक्षा भी उनका कर्तव्य है।

बहुत कष्ट के बाद मोहेन्द्र और कल्याणी फिर मिले। कल्याणी झुक कर रोने लगी, मोहेन्द्र उससे भी ज्यादा रोया। रोते-रोते आँखें पोंछने की बहुत हलचल थी, क्योंकि जितनी बार आँखें पोंछी जातीं, आँसू फिर से आने लगते। लेकिन जब अंत में आँसू आना बंद हो गया, तो कल्याणी को भोजन का विचार आया। उसने मोहेन्द्र से उस भोजन का सेवन करने के लिए कहा जो तपस्वी के अनुयायियों ने उसके साथ रखा था। अकाल के इस समय में साधारण भोजन और सब्जियों का कोई मौका नहीं था, लेकिन देश में जो कुछ भी था, वह बच्चों के बीच भरपूर मात्रा में होना था। वह जंगल आम आदमी के लिए दुर्गम था। जहाँ कहीं भी उस पर फलों के साथ एक पेड़ था, भूखे पुरुषों ने इसे छीन लिया जो वह बोर करता था, लेकिन बच्चों के अलावा किसी और को इस अभेद्य जंगल में पेड़ों के फल तक पहुंच नहीं थी। इस कारण से तपस्वी के अनुयायी कल्याणी के लिए बहुत सारे वन फल और कुछ दूध लाने में सक्षम थे। संन्यासियों की संपत्ति में कई गायें शामिल थीं। कल्याणी के अनुरोध पर, मोहेन्द्र ने पहले कुछ भोजन लिया, उसके बाद कल्याणी अलग बैठी और जो कुछ बचा था उसमें से कुछ खाया। उसने अपने बच्चे को कुछ दूध दिया और बाकी को फिर से खिलाने के लिए रख दिया। फिर दोनों ने नींद से तपते हुए थोड़ी देर आराम किया। जब वे जाग गए, तो वे चर्चा करने लगे कि उन्हें आगे कहाँ जाना चाहिए। कल्याणी ने कहा, "हमने खतरे और दुर्भाग्य के डर से घर छोड़ दिया, लेकिन अब मैं देख रही हूं कि घर की तुलना में विदेशों में अधिक खतरे और दुर्भाग्य हैं। तो आओ, हम अपने घर लौट चलें। मोहेन्द्रा का इरादा भी यही था। यह उनकी इच्छा थी कि कल्याणी को किसी उपयुक्त अभिभावक की देखरेख में घर पर रखा जाए और माँ की सेवा का यह सुंदर, शुद्ध और दिव्य व्रत अपने ऊपर ले लिया जाए। इसलिए उन्होंने बहुत आसानी से अपनी सहमति दे दी। थकान से आराम कर रहे पति-पत्नी ने अपनी बेटी को गोद में लिया और पड़चिन्हा की दिशा में चल पड़े।

लेकिन पड़चिन किस रास्ते तक जाता है, वे उस घने और कठिन जंगल में बिल्कुल भी नहीं समझ सकते थे। उन्होंने सोचा था कि एक बार जब वे जंगल से बाहर निकलने का रास्ता खोज लेंगे, तो वे सड़क खोजने में सक्षम होंगे। लेकिन अब उन्हें लकड़ी से ही बाहर निकलने का रास्ता नहीं मिल रहा था। झाड़ियों में लंबे समय तक भटकने के बाद, उनके चक्कर उन्हें एक बार फिर मठ में लाने लगे, बाहर निकलने का कोई रास्ता नहीं मिला। उनके सामने उन्होंने एक वैष्णव गोसाईं की पोशाक में एक अज्ञात तपस्वी को देखा, जो रास्ते में खड़ा था और उन पर हंस रहा था। मोहेन्द्र ने कुछ चिढ़कर उससे कहा, "तुम किस बात पर हँस रहे हो, गोसाईं?"

"तुम जंगल में कैसे घुसे?" गोसाईं ने पूछा।

"ठीक है, हमने इसमें प्रवेश किया है, इससे कोई फर्क नहीं पड़ता कि कैसे।

"फिर, जब आप प्रवेश कर चुके हैं, तो यह कैसे है कि आप फिर से बाहर नहीं निकल सकते?" इतना कहकर तपस्वी ने अपनी हँसी फिर से शुरू कर दी।

"चूंकि आप हंसते हैं," मोहेन्द्रा ने बहुत उत्तेजित होते हुए कहा, "मुझे लगता है कि आप खुद बाहर निकल सकते हैं?"

"मेरे पीछे आओ," वैष्णव ने कहा, "मैं तुम्हें रास्ता दिखाऊंगा। निःसंदेह तुमने किसी एक तपस्वियों के सानिध्य में वन में प्रवेश किया होगा। जंगल में आने-जाने का रास्ता और कोई नहीं जानता।

इस पर मोहेन्द्र ने पूछा, "क्या तुम बच्चों में से हो?"

"मैं हूँ," वैष्णव ने उत्तर दिया। "आओ मेरे साथ। यह आपको रास्ता दिखाने के लिए है कि मैं यहां खड़ा हूं।

"तुम्हारा नाम क्या है?" मोहेन्द्र ने पूछा।

"मेरा नाम," वैष्णव ने उत्तर दिया, "धीरानंद गोस्वामी है।

धीरानंद आगे बढ़े, मोहेन्द्र और कल्याणी पीछे-पीछे चले। धीरानंद उन्हें बहुत कठिन रास्ते से जंगल से बाहर ले गया और फिर से पेड़ों के बीच वापस कूद गया।

जंगल से निकलने पर एक के बाद एक पेड़ के साथ एक आम करने के लिए एक के बाद आया। इसके एक तरफ जंगल के साथ चलने वाला राजमार्ग था, और एक स्थान पर एक छोटी सी नदी बड़बड़ाहट की आवाज के साथ जंगल से बाहर बहती थी। उसका पानी बहुत साफ था, लेकिन घने बादल की तरह काला था। दोनों किनारों पर कई प्रकार के सुंदर काले-हरे पेड़ नदी पर अपनी छाया डालते थे और उनकी शाखाओं में विभिन्न परिवारों के पक्षी बैठते थे और अपने विभिन्न नोट देते थे। वे स्वर भी मधुर थे और धारा के मधुर ताल के साथ घुलमिल गए थे। एक समान सामंजस्य के साथ पेड़ों की छाया सहमत हो गई और धारा के रंग के साथ घुलमिल गई। कल्याणी किनारे एक पेड़ के नीचे बैठ गई और अपने पति को पास बैठने का आदेश दिया। मोहेन्द्र बैठ गया और उसने अपने बच्चे को पति की गोद से अपने हाथ में ले लिया। कल्याणी ने अपने पति का हाथ अपने हाथ में पकड़ लिया और कुछ देर तक चुपचाप बैठी रही, फिर उसने पूछा, "आज मैं देख रही हूँ कि तुम बहुत उदास हो। हम पर जो विपत्ति थी, हम बच गए हैं; फिर तुम इतने उदास क्यों हो?"

मोहेन्द्र ने गहरी साँस भरते हुए उत्तर दिया, "अब मैं अपना मर्द नहीं हूँ, और मुझे क्या करना है, मैं समझ नहीं पा रहा हूँ।

"क्यों?" कल्याणी ने पूछा।

"सुनो तुम्हें खोने के बाद मेरे साथ क्या हुआ," मोहेन्द्रा ने कहा और उसने अपने साथ जो कुछ भी हुआ था, उसका विस्तृत विवरण दिया।

कल्याणी ने कहा, "मैंने भी बहुत कष्ट झेले हैं और कई दुस्साहस किए हैं। इसे सुनने से तुम्हें कोई लाभ नहीं होगा। मैं नहीं कह सकता कि मैं इस तरह के अत्यधिक दुस्साहस में सोने में कैसे कामयाब रहा, लेकिन आज सुबह के शुरुआती घंटों में मैं सो गया, और मेरी नींद में मैंने एक सपना देखा। मैंने देखा - मैं नहीं कह सकता कि पिछले अच्छे कामों के किस बल से मैं वहां गया था, - लेकिन मैंने खुद को आश्चर्य के क्षेत्र में देखा, जहां कोई ठोस पृथ्वी नहीं थी, लेकिन केवल प्रकाश, एक बहुत ही नरम मीठी रोशनी जैसे कि बादलों से टूटी हुई ठंडी चमक। वहां कोई इंसान नहीं था, केवल चमकदार रूप, कोई शोर नहीं, केवल एक ध्वनि थी जैसे कि एक महान दूरी पर मधुर गीत और संगीत की। फूलों के असंख्य फूल हमेशा नए खिलते प्रतीत होते थे, क्योंकि उनमें से खुशबू वहाँ थी, कई प्रकार की चमेली और अन्य मीठे-सुगंधित फूल। वहाँ सब के ऊपर एक ऊंची जगह में, सभी का केंद्र, एक गहरे नीले पहाड़ी की तरह बैठा हुआ प्रतीत होता था, जो आग की तरह उज्ज्वल हो गया है और भीतर से धीरे-धीरे जलता है। एक महान उग्र मुकुट उसके सिर पर था, उसकी बाहें चार लग रही थीं। जो लोग उसके दोनों ओर बैठे थे, मैं पहचान नहीं सका, लेकिन मुझे लगता है कि वे अपने रूपों में महिलाएं थीं, लेकिन सुंदरता, प्रकाश और सुगंध से इतनी भरी हुई थीं कि हर बार जब मैं उस दिशा में देखती थी, तो मेरी इंद्रियां उलझन में पड़ जाती थीं, मैं अपनी निगाहें ठीक नहीं कर पाती थी और न ही देख पाती थी कि वे कौन थीं। चार-सशस्त्र के सामने एक और महिला का रूप खड़ा लग रहा था। वह भी चमकदार थी, लेकिन बादलों से घिरी हुई थी ताकि प्रकाश अच्छी तरह से प्रकट न हो सके; यह केवल मंद रूप से महसूस किया जा सकता था कि एक महिला के रूप में रोया, एक दिल के संकट से भरा हुआ, एक पहना और पतला, लेकिन बेहद सुंदर। मुझे ऐसा लग रहा था कि एक नरम सुगंधित हवा मुझे साथ ले गई, मुझे लहरों की तरह धकेलती रही, जब तक कि वह मुझे चार-भुजाओं के सिंहासन के पैर तक नहीं ले आई। मुझे ऐसा लग रहा था कि घिसी-पिटी और बादलों से घिरी महिला ने मेरी ओर इशारा किया और कहा, 'यह वही है, जिसकी खातिर मोहेन्द्र मेरी छाती पर नहीं आएगा। फिर बांसुरी के मधुर स्पष्ट संगीत की तरह एक ध्वनि हुई; ऐसा लगता था कि चार भुजाओं ने मुझसे कहा, 'अपने पति को छोड़कर मेरे पास आओ। यह तुम्हारी माँ है, तुम्हारा पति उसकी सेवा करेगा; लेकिन अगर आप अपने पति के पक्ष में रहती हैं, तो वह सेवा नहीं दी जा सकती है। मेरे पास चलो.' मैंने रोते हुए कहा, 'मैं अपने पति को छोड़कर कैसे आऊं?' तभी बांसुरी जैसी आवाज फिर आई, 'मैं पति, पिता, मां, बेटा, बेटी हूं; मेरे पास आओ.' मुझे याद नहीं कि मैंने क्या कहा था. फिर मैं जाग गया। कल्याणी बोल रही थी और फिर चुप हो गई।

मोहेन्द्र भी हैरान, विस्मय, चिंतित, मौन रहा। ऊपर से डॉयल ने अपना कोलाहल शुरू किया, *पापिया* ने अपनी आवाज से स्वर्ग को भर दिया, कोयल की पुकार ने क्षेत्रों को गूंज दिया, *भृंगराज* ने अपनी मीठी पुकार से उपवन को थरथराने पर मजबूर कर दिया। उनके चरणों में धारा अपने किनारों के बीच धीरे-धीरे बड़बड़ाई। हवा ने उन्हें वुडलैंड के फूलों की नरम सुगंध दी। कहीं-कहीं सूरज की रोशनी के टुकड़े नदी की लहरों पर चमक रहे थे। कहीं धीमी हवा में ताड़-पत्तों की सरसराहट हो रही थी। दूर दूर पहाड़ों की एक नीली श्रृंखला आंख से मिली। काफी देर तक वे खुशी में चुप रहे। तब कल्याणी ने पुनः पूछा, "तुम क्या सोच रहे हो?"

उन्होंने कहा, 'मैं सोच रहा हूं कि मुझे क्या करना चाहिए। सपना डर के विचार के अलावा और कुछ नहीं है, यह मन में खुद से पैदा होता है और खुद से यह गायब हो जाता है, - जाग्रत जीवन से एक बुलबुला। आओ, हम घर चलें।

"जाओ जहाँ भगवान तुम्हें आज्ञा दें," कल्याणी ने कहा और अपने बच्चे को अपने पति की गोद में डाल दिया।

मोहेन्द्र ने बेटी को गोद में लेते हुए कहा, "और तुम, कहाँ जाओगे?"

कल्याणी ने अपने हाथों से अपनी आँखों को ढँकते हुए और उनके बीच अपना माथा दबाते हुए उत्तर दिया, "मैं भी वहाँ जाऊँगी जहाँ परमेश्वर ने मुझे आज्ञा दी है।

मोहेन्द्र ने कहना शुरू किया, "कहाँ है? तुम कैसे जाओगे?"

कल्याणी ने उसे जहर का छोटा डिब्बा दिखाया।

मोहेन्द्र ने आश्चर्य से कहा, "क्या, जहर खाओगे?"

"मैं इसे लेना चाहती थी, लेकिन -" कल्याणी चुप हो गई और सोचने लगी। मोहेन्द्र ने अपनी निगाहें उसके चेहरे पर टिकाए रखी और हर पल उसे एक साल लग रहा था, लेकिन जब उसने देखा कि उसने अपने अधूरे शब्दों को पूरा नहीं किया है, तो उसने पूछा, "लेकिन क्या? तुम क्या कहने जा रहे थे?"

"मैं इसे लेना चाहता था, लेकिन आपको पीछे छोड़कर, सुकुमारी को पीछे छोड़कर, मुझे स्वर्ग जाने की कोई इच्छा नहीं है। मैं नहीं मरूंगा।

इन शब्दों के साथ कल्याणी ने सन्दूक को पृथ्वी पर रख दिया। फिर दोनों भूत और भविष्य की बातें करने लगे और अपनी बातों में लीन हो गए। उनके अवशोषण का लाभ उठाते हुए, बच्चे ने अपने खेल में जहर का डिब्बा उठा लिया। दोनों में से किसी ने भी इसका अवलोकन नहीं किया।

सुकुमारी ने सोचा, "यह बहुत अच्छा खिलौना है। उसने इसे अपने बाएं हाथ में रखा और इसे अपने दाहिने हाथ से अच्छी तरह से थप्पड़ मारा, इसे अपने दाहिने में रखा, और इसे अपने बाएं से थप्पड़ मारा। फिर उसने दोनों हाथों से उसे खींचना शुरू कर दिया। नतीजतन बॉक्स खुल गया और गोली बाहर गिर गई।

सुकुमारी ने छोटी गोली को अपने पिता के कपड़े पर गिरते देखा और उसे दूसरे खिलौने के लिए ले लिया। उसने बॉक्स को फेंक दिया और गोली पर झपट पड़ा।

यह कैसे हुआ कि सुकुमारी ने बक्सा अपने मुंह में नहीं डाला था, यह कहना कठिन है, लेकिन उसने गोली के संबंध में कोई देरी नहीं की। "जैसे ही इसे खा लो;" - सुकुमारी ने गोली अपने मुंह में ठूंस ली। उस समय उसकी माँ का ध्यान उसकी ओर आकर्षित हुआ।

"उसने क्या खाया है? क्या खाया उसने?" कल्याणी चिल्लाई और उसने अपनी उंगली बच्चे के मुँह में घुसा दी। तभी दोनों ने देखा कि जहर का डिब्बा खाली पड़ा है। तब सुकुमारी, यह सोचकर कि यहाँ एक और खेल था, अपने दाँत भींच लिए, - केवल कुछ ही बाहर आए थे, - और अपनी माँ के चेहरे पर मुस्कुराई। इस समय तक जहर की गोली का स्वाद मुंह में कड़वा लगने लगा होगा, क्योंकि थोड़ी देर बाद उसने अपने दांतों की जकड़न ढीली कर दी और कल्याणी ने गोली निकालकर फेंक दी। बच्चा रोने लगा।

गोली जमीन पर गिर गई। कल्याणी ने अपने वस्त्र के ढीले सिरे को नाले में डुबोया और पानी अपनी बेटी के मुंह में डाल दिया। दयनीय चिंता के स्वर में उसने महेंद्र से पूछा, "क्या इसका थोड़ा सा हिस्सा उसके गले से नीचे उतर गया है?"

यह सबसे बुरा है जो माता-पिता के दिमाग में सबसे पहले आता है, — जितना बड़ा प्यार, उतना ही बड़ा डर। मोहेन्द्र ने पहले यह नहीं देखा था कि गोली कितनी बड़ी है, लेकिन अब गोली हाथ में लेकर कुछ देर तक छानबीन करने के बाद उसने कहा, "मुझे लगता है कि उसने इसे अच्छी तरह से चूस लिया है।

आवश्यक रूप से, कल्याणी ने मोहेन्द्रा के विश्वास को अपनाया। काफी देर तक उसने भी गोली को हाथ में पकड़कर उसकी जांच की। इस बीच बच्चा, जो थोड़ा उसने निगल लिया था, उसके कारण थोड़ा अस्वस्थ हो गया; वह बेचैन हो गई, रोई, अंत में थोड़ा सुस्त और कमजोर हो गई। तब कल्याणी ने अपने पति से कहा, "और क्या? सुकुमारी वैसे ही चली गई है जिस तरह से भगवान ने मुझे जाने के लिए बुलाया है। मुझे भी उसका अनुसरण करना चाहिए।

और इन शब्दों के साथ कल्याणी ने गोली अपने मुंह में डाल ली और एक पल में उसे निगल लिया।

मोहेन्द्र चिल्लाया, "क्या किया कल्याणी, ये तुमने क्या किया है?"

कल्याणी ने कोई जवाब नहीं दिया, लेकिन अपने पति के पैरों की धूल को अपने सिर पर लेते हुए, केवल इतना कहा, "भगवान और स्वामी, शब्द केवल शब्दों को गुणा करेंगे। मैं विदा लेता हूं।

लेकिन मोहेन्द्र फिर चिल्लाया, "कल्याणी, तुमने क्या किया है?" और जोर-जोर से रोने लगा। तब कल्याणी ने बहुत ही कोमल स्वर में कहा, "मैंने अच्छा किया है। अन्यथा आप एक महिला के रूप में इतनी बेकार चीज के लिए स्वर्ग द्वारा दिए गए काम की उपेक्षा कर सकते हैं। देख, मैं ईश्वरीय आज्ञा का उल्लंघन कर रहा था, इसलिये मेरा बालक मुझ से ले लिया गया है। अगर मैंने इसकी अवहेलना की, तो आप भी जा सकते हैं।

मोहेन्द्र ने आँसू बहाते हुए उत्तर दिया, "मैं तुम्हें कहीं रख सकता था और वापस आ सकता था, जब हमारा काम पूरा हो जाता, तो मैं फिर से तुम्हारे साथ खुश हो सकता था। कल्याणी, मेरा सब! आपने ऐसा क्यों किया है? तूने मेरे उस हाथ को काट दिया है जिसके बल पर मैं तलवार पकड़ सकता था। मैं तुम्हारे बिना क्या हूँ?

"तुम मुझे कहाँ ले जा सकते थे? कोई जगह कहां है? माता, पिता, मित्र, आपदा के इस भयानक समय में सभी नष्ट हो गए हैं। हमारे लिए कोई जगह किसके घर में है, हम जिस सड़क पर चल सकते हैं, आप मुझे कहां ले जाएंगे? मैं तुम्हारे गले पर बोझ लटक रहा हूं। मैंने मरने के लिए अच्छा किया है। मुझे यह आशीर्वाद दें कि जब मैं उस चमकदार दुनिया में चला जाऊं, तो मैं आपको फिर से देख सकूं। इतना कहकर कल्याणी ने पुनः अपने पति के पैरों की धूल उठाकर उसके सिर पर रख दी। मोहेन्द्र ने कोई उत्तर नहीं दिया, एक बार फिर रोने लगा। कल्याणी फिर बोली; - उसकी आवाज बहुत नरम, बहुत मीठी, बहुत कोमल थी, जैसा कि उसने फिर से कहा, "विचार करें कि भगवान ने जो इच्छा की है उसका उल्लंघन करने की ताकत किसके पास है। उसने मुझे जाने की आज्ञा दी है; क्या मैं रह सकता हूं, अगर मैं होता? अगर मैं अपनी इच्छा से नहीं मरा होता, तो अनिवार्य रूप से कोई और मुझे मार डालता। मैं मरने के लिए अच्छा करता हूं। आपने जो व्रत किया है, उसे अपनी पूरी शक्ति से पूरा करें, इससे कल्याण की शक्ति पैदा होगी जिसके द्वारा मैं स्वर्ग को प्राप्त करूंगा और हम दोनों एक साथ अनंत काल तक दिव्य आनंद का आनंद लेंगे।

इस बीच छोटी लड़की ने जो दूध पिया था उसे फेंक दिया और बरामद किया, - जहर की थोड़ी मात्रा जो उसने निगल ली थी, वह घातक नहीं थी। लेकिन उस समय मोहेन्द्र का मन उस दिशा में नहीं गया था। उसने अपनी बेटी को कल्याणी की गोद में बिठाया और दोनों को गले लगाकर लगातार रोने लगा। तभी ऐसा लगा कि जंगल के बीच में एक नर्म लेकिन गरज-गहरी आवाज उठी, -

"हे हरि, हे मुरारी, ओ कैतव और मधु के फो!
हे गोपाल, हे गोविन्द, हे मुकुन्द, हे शौरी!

उस समय तक जहर ने कल्याणी पर काम करना शुरू कर दिया था, उसकी चेतना कुछ हद तक उससे छीन ली जा रही थी; अपनी अर्धअचेतन अवस्था में वह अपने सपने के वैकुंठ में सुनी गई अद्भुत बांसुरी जैसी आवाज में गूंजते शब्दों को सुनने के लिए खुद को लग रही थी।

"हे हरि, हे मुरारी, ओ कैतव और मधु के फो!
हे गोपाल, हे गोविन्द, हे मुकुन्द, हे शौरी!

तब कल्याणी अपनी अर्ध-बेहोशी में किसी भी अप्सरा की तुलना में मधुर आवाज में गाने लगी,

"हे हरि, हे मुरारी, हे कैटभ और मधु के शत्रु!"

उसने मोहेन्द्र को पुकारा, "कहो,

"हे हरि, हे मुरारी, हे कैटभ और मधु के शत्रु!"

जंगल से उठी मीठी आवाज और कल्याणी की मीठी आवाज से और अपने दिल के दुःख में यह सोचकर कि "भगवान मेरा एकमात्र सहायक है," मोहन ने जोर से कहा,

"हे हरि, हे मुरारी, हे कैटभ और मधु के शत्रु!"

फिर चारों ओर से आवाज उठी,

"हे हरि, हे मुरारी, हे कैटभ और मधु के शत्रु!"

तब ऐसा लगा जैसे पेड़ों में बहुत पक्षी गा रहे थे,

"हे हरि, हे मुरारी, हे कैटभ और मधु के शत्रु!"

ऐसा लग रहा था जैसे नदी की बड़बड़ाहट दोहराई गई,

"हे हरि, हे मुरारी, हे कैटभ और मधु के शत्रु!"

तब मोहेन्द्र अपने दुःख और दुःख को भुलाकर और परमानंद से भरे हुए कल्याणी के साथ एक स्वर में गाया,

"हे हरि, हे मुरारी, हे कैटभ और मधु के शत्रु!"

जंगल से उनके गीत के साथ कोरस में रोना उठता प्रतीत होता था,

"हे हरि, हे मुरारी, हे कैटभ और मधु के शत्रु!"

कल्याणी की आवाज फीकी और फीकी पड़ गई, लेकिन फिर भी वह रोई,

"हे हरि, हे मुरारी, हे कैटभ और मधु के शत्रु!"

फिर धीरे-धीरे उसकी आवाज शांत हो गई, उसके होंठों से कोई आवाज नहीं आई, उसकी आँखें बंद हो गईं, उसका शरीर ठंडा हो गया, और मोहेन्द्र समझ गया कि कल्याणी अपने होंठों पर "ओ हरि, ओ मुरारी" का नारा लगाकर वैकुंठ चली गई है। तब मोहेन्द्र किसी उन्मत्त की तरह जोर-जोर से पुकारने लगा, जिससे जंगल थरथराने लगा, पक्षियों और जानवरों को चौंका दिया।

"हे हरि, हे मुरारी, हे कैटभ और मधु के शत्रु!"

उसी समय एक आया और उसे करीब से गले लगाते हुए, उसके साथ उतनी ही तेज आवाज में पुकारने लगा जैसे

"हे हरि, हे मुरारी, हे कैटभ और मधु के शत्रु!"

फिर अनंत की उस महिमा में, उस असीम वन में, उसके शरीर के सामने जो अब अनन्त मार्ग पर यात्रा करता है, दोनों ने अनन्त ईश्वर का नाम गाया। पक्षी और जानवर बेजुबान थे, पृथ्वी एक चमत्कारी सुंदरता से भरी हुई थी, - इस सर्वोच्च गान के लिए उपयुक्त मंदिर। सत्यानंद मोहेन्द्र को गोद में लेकर बैठ गया।

अध्याय XIII

इस बीच राजधानी में ऊंची सड़क पर भारी हंगामा हुआ। शोर विदेश चला गया कि संन्यासियों ने शाही खजाने से कलकत्ता भेजे जा रहे राजस्व को लूट लिया था। तब सरकार के आदेश से सिपाहियों और भालों ने संन्यासियों को पकड़ने के लिए चारों ओर दौड़ लगाई। अब उस समय उस अकाल पीड़ित देश में वास्तविक संन्यासियों की संख्या बहुत अधिक नहीं थी; क्योंकि ये तपस्वी भिक्षा पर जीवित रहते हैं, और जब लोगों को स्वयं खाने के लिए कुछ नहीं मिलता है, तो भिक्षुक को भिक्षा देने वाला कोई नहीं होता है। इसलिए सभी वास्तविक तपस्वी भूख की चुटकी से निकलकर बनारस और प्रयाग को लेकर देश में भाग गए थे। केवल बच्चों ने संन्यासी का वस्त्र पहना था जब वे चाहते थे, जब परित्याग की आवश्यकता होती थी तो इसे छोड़ दिया। अब भी, कई लोगों ने विदेश में परेशानी देखकर, तपस्वी की पोशाक छोड़ दी। इस कारण सत्ता के भूखे अनुचर, कहीं भी संन्यासी को खोजने में असमर्थ थे, केवल गृहस्थों के जलपात्र और खाना पकाने के बर्तन तोड़ सकते थे और अपने खाली पेट के साथ केवल आधे भरे हुए लौट सकते थे। सत्यानंद अकेले कभी भी अपने भगवा वस्त्र को नहीं छोड़ेंगे।

उस समय जब उस अंधेरी और बड़बड़ाती नदी के किनारे, उच्च सड़क की सीमाओं पर, पानी के कगार पर पेड़ के पैर में, कल्याणी शांत पड़ी थी और मोहनेंद्र और सत्यानंद एक-दूसरे के आलिंगन में बहती आँखों से भगवान को पुकार रहे थे, जमादार नज़ीर-उद-दीन और उनके सिपाही मौके पर पहुंचे। उन्होंने तुरंत सत्यानंद के गले पर हाथ रखा और कहा, "यहां एक संन्यासी का बदमाश है। तुरंत एक और ने मोहेन्द्र को पकड़ लिया; क्योंकि जो मनुष्य संन्यासियों से मेल खाता है, वह अवश्य ही संन्यासी होना चाहिए। एक तीसरा नायक कल्याणी के मृत शरीर को गिरफ्तार करने वाला था, जहां वह घास पर लंबाई में पड़ा था। तब उसने देखा कि यह एक महिला की लाश थी और बहुत संभव नहीं हो सकता है कि संन्यासी न हो, और गिरफ्तारी के साथ आगे नहीं बढ़ा। इसी तर्क पर उन्होंने छोटी लड़की को अकेला छोड़ दिया। फिर बिना किसी तरह की बातचीत के उन्होंने दोनों कैदियों को बांध दिया और उन्हें रवाना कर दिया। कल्याणी और उसकी छोटी बेटी की लाश पेड़ के नीचे असुरक्षित पड़ी रही।

दुःख के उत्पीड़न और दिव्य प्रेम के उन्माद से मोहेन्द्र पहले लगभग बेसुध था; वह समझ नहीं पा रहा था कि क्या हो रहा है या क्या हो गया है और बाध्य होने पर कोई आपत्ति नहीं की; लेकिन जब वे कुछ कदम चले गए थे, वह तथ्य यह है कि वे बांड में दूर ले जाया जा रहा था करने के लिए जाग उठा. तुरंत उसे लगा कि कल्याणी की लाश बिना अंतिम संस्कार के पड़ी रह गई है, कि उसकी छोटी बेटी पड़ी रह गई है, और अब भी जंगली जानवर उन्हें खा सकते हैं, उसने अपने हाथों को सरासर बल से अलग कर दिया और एक रिंच के साथ अपने बंधनों को फाड़ दिया। एक लात के साथ उसने जमादार को जमीन पर गिरा दिया और सिपाहियों में से एक पर गिर गया; लेकिन अन्य तीन ने उसे तीन तरफ से पकड़ लिया और एक बार फिर काबू पा लिया और उसे असहाय बना दिया। तब मोहेन्द्र ने अपने दुःख की विपत्ति में ब्रह्मचारी सत्यानंद

से कहा, "यदि आपने मेरी थोड़ी भी मदद की होती, तो मैं इन पांच बदमाशों को मार डालता। सत्यनन्द ने उत्तर दिया, "मेरे इस वृद्ध शरीर में क्या शक्ति है, सिवाय उसके जिसे मैं पुकार रहा था, मेरे पास और कोई शक्ति नहीं है। अपरिहार्य के खिलाफ संघर्ष मत करो। हम इन पांच आदमियों पर काबू नहीं पा सकेंगे। आइए, देखते हैं कि वे हमें कहां ले जाते हैं। यहोवा हर बात में हमारी रक्षा करेगा। फिर दोनों ने भागने का कोई और प्रयास किए बिना सैनिकों का पीछा किया। जब वे थोड़ी दूर चले गए, तो सत्यानंद ने सिपाहियों से पूछा, "मेरे अच्छे साथियों, मुझे हरि का नाम लेने की आदत है; क्या मेरे द्वारा उनका नाम पुकारे जाने में कोई आपत्ति है? जमादार ने सत्यानंद को एक सरल और अपमानजनक व्यक्ति माना, और उसने कहा, "दूर बुलाओ, मैं तुम्हें नहीं रोकूंगा। आप एक पुराने ब्रह्मचारी हैं और मुझे लगता है कि आपके निर्वहन के लिए एक आदेश होगा; इस बदमाश को फांसी दी जाएगी। तब ब्रह्मचारी ने धीरे से गाना शुरू किया,

उसके बालों में मंद हवा के साथ,जहाँ

धारा उसके किनारों को सहलाती है,जंगल

 में एक है, एक महिला और गोरा।

उठो, हे वीर, उसकी

आवश्यकता के लिए अपने पैरों में गति तेज हो;

जो बच्चा है उसके लिए

दुःख और रोना और देखभाल से भरा है।

शहर में पहुंचने पर उन्हें पुलिस प्रमुख के पास ले जाया गया, जिन्होंने सरकार को शब्द भेजा और ब्रह्मचारी और मोहेंद्र को कुछ समय के लिए कारावास में डाल दिया। वह एक भयानक जेल थी, क्योंकि यह शायद ही कभी था कि वह जो प्रवेश करता था वह बाहर आता था, क्योंकि न्याय करने वाला कोई नहीं था। यह ब्रिटिश जेल नहीं थी जिससे हम परिचित हैं - उस समय न्याय की ब्रिटिश प्रणाली नहीं थी। वे दिन बिना किसी प्रक्रिया के थे, ये प्रक्रिया के दिन हैं। दोनों की तुलना करें!

अध्याय XIV

रात आ गई है। जेल में बंद सत्यानंद ने मोहेन्द्र से कहा, 'आज बहुत खुशी का दिन है, क्योंकि हमें जेल में बंद कर दिया गया है। उद्घोष - 'हरे मुरारे।

मोहेन्द्र ने स्पष्ट रूप से दोहराया- 'हरे मुरारे।

सत्या: "इतना परेशान क्यों, मेरे बेटे? अगर आपने यह व्रत लिया होता, तो अपनी पत्नी और बच्चों के साथ सभी संबंध तोड़ देना निश्चित रूप से एक बात होती; तब तुम्हें बांधने के लिए कोई सांसारिक बंधन नहीं हो सकता था।

मोहेन्द्र : "त्याग करना एक बात है और मृत्यु के देवता का दण्ड भुगतना दूसरी बात है | इसके अलावा, जिस शक्ति ने मुझे यह व्रत लेने में सक्षम बनाया होगा, वह मेरी पत्नी और बेटी के साथ चली गई है।

सत्य: "वह शक्ति आएगी | मैं वह शक्ति दूंगा। इस महान मंत्र में दीक्षा लें और इस महान व्रत को लें।

"मेरी पत्नी और बेटी को कुत्ते और गीदड़ खा रहे हैं; हम एक व्रत की जितनी कम बात करें, सभी के लिए उतना ही अच्छा है," मोहेन्द्र ने घृणित स्वर में उत्तर दिया।

सत्य: "इसमें सभी संदेहों को शांत कर दिया गया है। संतानों ने आपकी पत्नी के ऑब्सेक्विस को सही तरीके से किया है और आपकी बेटी को सुरक्षित रूप से रखा है।

मोहेन्द्र को आश्चर्य हुआ लेकिन उसने इन शब्दों पर अधिक भरोसा नहीं किया और कहा, "आप इसे कैसे जानते हैं? आप हमेशा मेरे साथ रहे हैं"

सत्य: "हमें एक महान उद्यम में शुरू किया गया है। देवता हमें अपना इनाम दिखाते हैं। इस रात तुम्हें समाचार मिलेगा, और इस रात तुम बंदीगृह से मुक्त हो जाओगे।

मोहेन्द्र कुछ नहीं बोला। सत्यानंद को लगा कि मोहेन्द्र को उस पर विश्वास करने का रास्ता नहीं दिख रहा है।

सत्यानंद ने फिर कहा, "आप विश्वास नहीं कर सकते? ठीक है, फिर कोशिश करो। यह कहकर सत्यानंद कारागार के द्वार तक आया, लेकिन उसने जो किया वह वास्तव में मोहेन्द्र उस अंधेरे में नहीं देख सका; उसे बस इतना ही पता चला कि वह किसी से बात कर रहा है।

लौटने पर मोहेन्द्र ने उससे पूछा, "मैं क्या कोशिश करूँ?"

सत्य: "इसी क्षण तुम बन्दीगृह से रिहा हो जाओगे।

जैसे ही ये शब्द कहे गए, जेल के दरवाजे खुल गए। कोई कोठरी में घुसा और पूछा, "किसका नाम मोहेन्द्र है?"

मोहेन्द्र ने कहा, "मेरा नाम।

नवागंतुक ने फिर कहा, "आपकी रिहाई का आदेश आ गया है, अब आप जा सकते हैं।

मोहेंद्र पहले तो हैरान हुआ और फिर सोचा कि यह सब एक धोखा है। वह सबूत के लिए बाहर आया। किसी ने भी उसकी प्रगति का विरोध नहीं किया। मोहेन्द्र हाई रोड तक आगे बढ़ा। इस बीच नवागंतुक ने सत्यानंद से कहा, "महाराज, आप भी जा सकते हैं; मैं तुम्हें राहत देने आया हूँ।

सत्य: "आप कौन हैं, क्या यह धीरानंद गोसाईं हैं?"

धीरा: "जी सर।

सत्य: "तुम प्रहरी कैसे बन गए?"

धीर: "भवानंद ने मुझे भेजा है। जब मैं शहर आया और पता चला कि आप इस जेल में हैं, तो मैं यहां धूतुरा के साथ मिश्रित *एक छोटी सी सिद्धि* ले आया। खान साहब जो ड्यूटी पर थे, उन्होंने इसे लिया और अपने बिस्तर के रूप में पृथ्वी के इस टुकड़े पर गहरी नींद में गिर गए; यह वर्दी और पगड़ी और भाला जो मैंने पहना है, उनका है।

सत्या: "तुम इस वर्दी में इस शहर से बाहर निकलो। मैं ऐसा नहीं करूंगा।

धीरा: "क्यों, वह कैसे?"

सत्य: "आज का दिन संतानों के लिए परीक्षा का दिन है।

मोहेन्द्र इस समय तक लौट आया। सत्यानंद ने उससे पूछा, "तुम वापस क्यों आते हो?"

मोहेंद्र: "इसमें कोई संदेह नहीं है कि आप एक ईश्वर-पुरुष हैं, लेकिन मैं आपकी कंपनी नहीं छोड़ूंगा।

सत्यानंद: "तो फिर मेरे साथ रहो, हम दोनों को दूसरे तरीके से रिहा कर दिया जाएगा।

धीरानंद बाहर चला गया; सत्यानंद और मोहेंद्र जेल के अंदर ही रहे।

बहुतों ने ब्रह्मचारी का गीत सुना था। अन्य पुत्रों के बीच जीवानंद के कानों में पड़नेवाले गये। पाठक को याद होगा कि उसे मोहेन्द्र का अनुसरण करने के लिए कहा गया था। रास्ते में उसे एक महिला मिली। वह सात दिन तक बिना भोजन के पड़ी रही और सड़क के किनारे पड़ी रही। जीवानंद ने अपनी जान बचाने के लिए कुछ मिनटों की देरी की। महिला को बचाने के बाद, वह उसे बदसूरत नामों से बुलाने लगा क्योंकि वह अब आगे बढ़ रहा था, देरी उसके कारण थी। उसने देखा कि उसके गुरु को मुसलमानों द्वारा मार्च किया जा रहा था और पूर्व ने गाया क्योंकि वह अपने रास्ते चला गया था। जीवानंद अपने गुरु सत्यानंद के सभी संकेतों को जानता था। नदी के किनारे मंद हवा में जंगल में महान महिला रहती है। क्या कोई और महिला नदी के किनारे भूख से लेटी है? इतना सोचकर जीवानंद नदी के किनारे आगे बढ़ने लगा। जीवानंद ने देखा कि ब्रह्मचारी का नेतृत्व स्वयं मुसलमान कर रहे थे। इसलिए ब्रह्मचारी को बचाना उसका पहला कर्तव्य था। लेकिन जीवानंद ने सोचा कि इस संकेत का अर्थ कुछ और ही है। उसकी आज्ञा देना उसके जीवन को बचाने से अधिक था - यही मैंने पहली बार उसके बारे में सीखा। इसलिए उसकी बोली लगाना मेरा पहला प्रयास होना चाहिए। जीवानंद नदी के किनारे आगे बढ़ने लगे। नदी के किनारे उस पेड़ की छाँव में जाते हुए उसने देखा कि एक औरत और एक जीवित लड़की का शव है। पाठक को यहाँ याद होगा कि उसने एक बार भी मोहेन्द्र की पत्नी और बेटी को नहीं देखा था और सोचा था कि वे मोहेन्द्र की पत्नी और बेटी हो सकती हैं, क्योंकि मोहेन्द्र को उसके मालिक के साथ देखा गया था। जो भी हो, मां मर चुकी थी और बेटी जिंदा थी।

"मैं पहले लड़की को बचाऊंगा, या बाघ या भालू उसे खा जाएंगे। भवानन्द यहीं कहीं होंगे; वह महिला के शव का उचित निपटान करेगा। इतना सोचकर जीवानंद ने लड़की को अपनी बाहों में लिया और आगे बढ़ गए।

लड़की को गोद में लेकर जीवानंद घने जंगल में घुस गया। इसके बाद वह जंगल पार कर एक बस्ती में घुस गया। बस्ती का नाम भैरबीपुर है। इसका लोकप्रिय नाम भरुईपुर था। इसमें कुछ आम लोग रहते थे। इसके पास कोई दूसरा बड़ा गाँव नहीं है; और फिर से जंगल से परे। चारों तरफ जंगल के भीतर एक छोटा सा गांव बसा हुआ है लेकिन यह बहुत सुंदर है। नरम घास से ढका एक चरागाह। आम, जैक, बेरी और ताड़ का एक बगीचा, सभी नरम हरी पत्तियों को पहने हुए; बीच में, नीले पानी से भरा एक पारदर्शी टैंक। पानी के भीतर, क्रेन, बतख और दाहुका; इसके किनारे कोयल और चक्रबाक पर; थोड़ी दूर मोर जोर-जोर से चिल्ला रहे थे। हर घर-यार्ड की अपनी गाय होती है; घर के भीतर इसका अन्न भंडार, लेकिन अकाल के इन दिनों में धान की सामग्री के बिना। कुछ छतों में पक्षी पिंजरे की फांसी है; कुछ दीवारें सादे सफेद चित्र, और कुछ गज की दूरी पर उनके सब्जी के भूखंड। अकाल के प्रभाव से सब कुछ दुबला, पतला पतला और सूखा दिख रहा है। फिर भी इस गांव के लोगों ने अपनी कृपा बरकरार रखी है। जंगल मानव भोजन की किस्मों को उगाते हैं और

गांव के लोग किसी तरह जंगल से भोजन इकट्ठा करके अपने शरीर और आत्मा को एक साथ रखने का प्रबंधन कर सकते हैं।

एक बड़े आम, उपवन के भीतर एक छोटा सा घर था। चारों तरफ मिट्टी की दीवारें थीं और प्रत्येक पर चार शेड भी थे। गृहस्थ के पास गाय, बकरी, एक मोर, एक मैना और एक तोता है। उसके पास एक बंदर था जिसे छोड़ना पड़ा क्योंकि उसे भोजन उपलब्ध नहीं कराया जा सकता था। एक लकड़ी का चावल का भूसा, परिसर के बाहर एक अन्न भंडार, और मल्लिका और चमेली के फूलों के पौधे; लेकिन इस बार वे नहीं खिले। हर घर के किनारे का चरखा चरखा होता था लेकिन घर कुछ हद तक पुरुषों से नंगा था। जिवानंद ने लड़की को गोद में लेकर घर में प्रवेश किया।

जैसे ही जीवानंद ने इस घर में प्रवेश किया, वह एक शेड के किनारे पर गया और कताई का शोर शुरू कर दिया। छोटी लड़की ने कभी कताई की आवाज नहीं सुनी। इसके अलावा, वह रो रही थी क्योंकि उसने अपनी माँ को छोड़ दिया था और कताई की आवाज़ से और भयभीत, वह अपनी आवाज़ के शीर्ष पर रोना शुरू कर दिया। तभी सत्रह-अठारह साल की एक लड़की शेड से बाहर आई। जैसे ही वह बाहर निकली, उसने अपने दाहिने हाथ की उंगली को अपने दाहिने गाल पर रखा और अपनी गर्दन में थोड़ा तिरछा करके खड़ी हो गई। "यह क्या, भैया क्यों घूमता रहता है? यह लड़की कहाँ से आती है? भाई, क्या तुमने बेटी पैदा की है, क्या तुमने दूसरी शादी की है?

जीवानंद ने लड़की को इस युवती की गोद में बिठाया और उस पर वार किया। फिर उसने कहा: - "दुष्ट लड़की, तुम मुझे एक बेटी पैदा करने के लिए सक्षम समझते हो - क्या मैं एक आम गृहस्थ हूँ? क्या आपके घर में दूध है?"

युवती ने फिर कहा, "हाँ, हमारे पास हर तरह से दूध है - क्या आप इसे लेंगे?"

जीवानंद ने कहा, "हाँ, मैं ले लूँगा।

तब युवती उत्सुकतावश दूध गर्म करने चली गई। इस बीच जीवानंद अपने नीरस शोर के साथ पहिया चलाता चला गया। युवती की गोद में बैठने पर लड़की ने रोना बंद कर दिया। यह कहना मुश्किल है कि लड़की ने क्या सोचा; शायद उस युवती को खिलते फूल की तरह देखकर उसने उसे अपनी मां बना लिया। हो सकता है कि ओवन में आग की चमक उस तक पहुंच गई हो और इसलिए वह एक बार चिल्लाई। उसकी पुकार सुनकर जीवानंद बोले, "अरे निमि, जले हुए चेहरे वाले, बंदर के रूप में, तुम अभी तक दूध गर्म नहीं कर पाए हो?"

निमी ने जवाब दिया, "मैंने हीटिंग खत्म कर दी है।

इन शब्दों के साथ उसने दूध को एक पत्थर के प्याले में डाला और जीवनानंद के पास ले आई।

जीवानंद ने आक्रोश का बहाना किया और कहा, "काश मैं आपके शरीर पर गर्म दूध का यह प्याला खाली कर पाता। क्या तुम इतने मूर्ख हो कि सोचते हो कि यह मेरे लिए है?

निमी ने पूछा, "फिर यह किसके लिए है?"

"क्या आप नहीं देखते कि यह इस बच्चे के लिए है? बस उसे यह दूध पिलाओ।

निमी फिर पैरों को क्रॉस करके बैठ गई, लड़की को अपनी गोद में बिठाया और खुद चम्मच से बच्चे को दूध पिलाने के लिए तैयार हो गई। अचानक उसके गाल पर कुछ आँसू छलक पड़े। उसने एक लड़के को जन्म दिया था जो मर गया था, और चम्मच उस बच्चे का था। निमि ने तुरंत अपने हाथ से आँसू पोंछे और मुस्कुराते हुए जीवानंद से पूछा। "मेरे भाई, यह किसकी बेटी है, भाई?

जीवानंद ने कहा, "यह तुम्हारी चिंता नहीं है, तुम जला हुआ सामना कर रहे हो!" निमी ने कहा, "क्या तुम इस लड़की का उपहार मुझे दोगे?"

जीवानंद ने कहा, "मान लीजिए कि मैं इसे आपको दे दूं, तो आप इसका क्या करेंगे?"

निमि: "मैं उसे दूध पिलाऊँगी, उसे डाँटकर पाऊँगी। एक बार फिर निमि की आँखों में आँसू आ गए, एक बार फिर निमि ने उन्हें अपने हाथों से पोंछा, एक बार फिर वो हँस पड़ी।

जीवानंद ने कहा: तुम उसके साथ क्या करोगे? आपके खुद कई बच्चे होंगे।

निमि: ऐसा हो सकता है। मुझे यह लड़की अभी दे दो, बाद में तुम इसे ले जा सकते हो।

जीवनन्द: तो उसे ले जाओ और अपनी मृत्यु के पास जाओ। मैं समय-समय पर आकर उसे देखूंगा। बच्ची कायस्थ की लड़की है। अब मैं जा रहा हूं।

निमिआ: दादा कैसे हो सकता है ? देर हो चुकी है। तुम्हें थोड़ा खाना चाहिए और जाना चाहिए या मैं कसम खाता हूं कि तुम मेरा सिर खाओ।

जीवनन्द: सिर खाओ और साथ ही थोड़ा सा भोजन भी खाओ—मैं एक ही समय में दो चीजों के साथ न्याय नहीं कर सकता। अपना सिर अकेला छोड़ दो और मेरे लिए कुछ चावल लाओ।

इसके बाद निमी ने लड़की को एक हाथ में लेकर चावल परोसना शुरू कर दिया।

निमी ने एक लकड़ी की सीट रखी और फर्श पर थोड़ा पानी बिखेरकर पोंछ दिया। फिर उसने जीवानंद को चावल के साथ परोसा जो जेस्मीन फूलों की पंखुड़ियों की तरह सफेद, नरम और परतदार था, जंगली अंजीर का एक व्यंजन जिसे करी में पकाया जाता है, कार्प मछली मसालों और दूध में दम किया हुआ होता है। भोजन करने बैठते ही जीवानंद ने कहा, "निमि! बहन! कौन कहता है कि अकाल पड़ा है? क्या आपके गांव में अकाल नहीं आया है?"

निमि ने कहा: अकाल यहाँ तक क्यों नहीं पहुँचना चाहिए? यहां भयानक अकाल पड़ रहा है। लेकिन हम केवल दो लोग हैं। घर में जो कुछ भी होता है, इस दुकान से हम दूसरों को देते हैं और खुद खाते हैं। हमारे गांव में बारिश हुई थी, क्या आपको याद नहीं है? आपने मुझे उस समय बताया था कि जंगल में बारिश होती है। हमारे गांव में कुछ धान की खेती की जा सकती थी। बाकी सभी लोग शहर में जाकर चावल बेचते थे। हमने अपना चावल नहीं बेचा।

जीवनानंद : जीजाजी कहाँ हैं?

निमी ने सिर झुका लिया और बोली, "वह दो-तीन सेर चावल लेकर बाहर गया है। मुझे लगता है कि किसी ने इसके लिए कहा।

बहुत दिनों से जीवानंद ने इतना अच्छा भोजन नहीं किया था। आगे कुछ भी न गँवाए उसने शोर-शराबे से खाना शुरू कर दिया और थोड़ी ही देर में चावल और अन्य खाना खत्म कर दिया।

अब निमैमोनी ने सिर्फ अपने और अपने पति के लिए खाना बनाया था। उसने अपने हिस्से का भोजन जीवानंद को दे दिया था, लेकिन पत्थर की थाली को खाली देखकर वह थोड़ा अचंभित हुई और अब अपने पति के हिस्से का भोजन लाकर जीवानंद की थाली में परोसी गई। बिना कुछ देखे जीवानन्द ने अपने पेट की बड़ी गुहा को भोजन से भर दिया। तब निमैमोनी ने पूछा, "दादा, क्या आप कुछ और खाएंगे?"

जीवानंद ने कहा: "और क्या है?"

निमैमोनी ने जवाब दिया: "एक पका हुआ कटहल है।

निमि ने वह पका हुआ कटहल लाकर जीवनानंद को दे दिया। बिना कोई बहाना बनाए जीवानंद गोस्वामी ने उस पके कटहल को उसी गुहा में भेज दिया। तब निमाई ने हंसते हुए कहा- "दादा, और कुछ नहीं है।

उसके दादा ने कहा, "तो फिर, मुझे जाने दो, मैं किसी और दिन आऊंगा और तुम्हारे साथ अपना भोजन करूंगा।

कोई विकल्प नहीं होने के कारण निमाई ने जीवानंद को हाथ धोने के लिए पानी दिया। पानी देते हुए निमाई ने कहा। "दादा, क्या आप मेरी एक रिक्वेस्ट रखेंगे?"

जीवनानंद : क्या?

निमाई: रख लो नहीं तो कसम खाओ कि तुम मेरा सिर खा जाओ।

जीवनन्द: बताओ क्या है, जला दिया।

निमाई : क्या आप अनुरोध रखेंगे?

जीवनन्द: यह क्या है? पहले मुझे बताओ।

निमाई: मैं कसम खाता हूँ कि तुम मेरा सिर खा जाओ। आह! मैं आपके चरणों में गिरता हूं।

जीवनानंद : ठीक है। क़सम से। मैं तुम्हारा सिर खाता हूँ, हाँ! तुम मेरे चरणों में गिर सकते हो। अब मुझे बताओ कि यह क्या है।

फिर निमाई ने अपने दोनों हाथों को आपस में कसकर दबाया और उँगलियाँ आपस में जोड़कर उन्हें देखने लगीं। एक बार उसने जीवानंद की ओर देखा, फिर नीचे जमीन की ओर देखा और अंत में कहा,

"क्या मैं एक बार अपनी पत्नी को बुलाऊँ?

जिस जग से वह हाथ धो रहा था, जीवानंद ने उसे उठाया और मानो निमाई पर फेंक दिया। उसने फिर कहा, "मेरी लड़की को मेरे पास लौटा दो। मैं किसी और दिन आऊंगा और आपके चावल और दाल लौटाऊंगा। तुम बंदर! आप जला हुआ चेहरा! जो कभी नहीं कहना चाहिए - तुम मुझसे कहो!

निमाई ने कहा: "रहने दो! मैं मानता हूं कि मैं एक बंदर हूं, मैं एक जला हुआ चेहरा हूं - क्या मैं आपकी पत्नी को बुलाऊं?

जीवनन्द: मैं जा रहा हूं।

यह कहकर जीवानंद ने तेजी से कदम बढ़ाते हुए घर से निकलने की कोशिश की। निमाई जाकर दरवाजे के रास्ते पर खड़ी हो गई। उसने दरवाजा बंद कर दिया और उसके खिलाफ अपनी पीठ के साथ खड़ा हो गया। "पहले मुझे मार डालो और फिर जाओ। अपनी पत्नी को देखे बिना तुम नहीं जा पाओगे।

जीवानंद ने कहा, "क्या तुम जानते हो कि मैंने कितने लोगों को मार डाला है?" इस बार निमाई ने गुस्से में कहा। "आपने वास्तव में महान काम किए हैं। तुम अपनी पत्नी को छोड़ दोगे, तुम लोगों को मार डालोगे और मैं तुमसे डरूंगा! मैं आपके जैसे ही पिता की संतान हूं। अगर लोगों को मारना शेखी बघारने की बात है तो मुझे मार डालो और इसके बारे में शेखी बघारो।

जीवानंद ने हंसते हुए कहा, "जाओ और उसे बुलाओ। आप जिस भी पाप करने वाली स्त्री को बुलाना चाहते हैं। लेकिन अगर तुम फिर से मुझसे ऐसी बात कहोगे, तो मैं तुमसे कुछ भी कहूंगा या नहीं भी कहूंगा लेकिन मैं उस बदमाश को गधे पर बिठाऊंगा, उसका चेहरा उसकी पूंछ की ओर घुमाऊंगा, उसका सिर मुंडवाऊंगा, उस पर मट्ठा डालूंगा और उसे उसके गांव से बाहर कर दूंगा।

उसने अपने दिल की धड़कन में कहा। "तब मुझे भी राहत मिलेगी। खुद से यह कहकर वह हंसते हुए कमरे से बाहर चली गई। वह पास ही एक फूस की झोपड़ी में घुस गई। झोपड़ी में एक अस्त-व्यस्त बालों वाली महिला बैठी थी, जो कपड़े के टॉम पहने हुए थी और सौ स्थानों पर कताई कर रही थी। निमाई ने जाकर

कहा, "दीदी, जल्दी!" महिला ने पूछा, "जल्दी क्या है? क्या तुम्हारे पति ने तुम्हें पीटा है कि मुझे घाव पर तेल लगाना है?"

निमाई: आपने लगभग सिर पर कील ठोक दी है। क्या आपके पास कोई तेल है?

महिला ने तेल का बर्तन लाकर निमाई को दे दिया। निमाई ने मुट्ठी भर तेल लिया और उस महिला के बालों में तेल लगाने लगा। जल्द ही उसने अपने बालों को एक निष्क्रिय गाँठ में बाँध लिया था। फिर उसे एक कफ देते हुए उसने कहा। "ढाका मलमल की वह साड़ी कहाँ है जो तुम्हारे पास थी?" महिला ने थोड़ा आश्चर्य जताते हुए कहा, "क्या! क्या तुम पागल हो गए हो?"

निमाई ने उसकी पीठ पर थप्पड़ मारा और कहा, "लाओ वह कपड़ा डाल दो। मस्ती देखने के लिए महिला साड़ी लेकर आई / मस्ती देखने के लिए - क्योंकि उसके दिल में इस तरह के दुःख के साथ भी मस्ती और खेल की भावना को इससे मिटाया नहीं गया था। युवावस्था में, एक पूर्ण विकसित कमल की तरह उसके पूर्ण नारीत्व की सुंदरता थी। बिना बिखरे बालों के साथ, बिना भोजन के, बिना उचित कपड़ों के, अभी भी कल्पना से परे वह चमकता हुआ सौंदर्य सौ स्थानों पर फटे और गाँठ वाले उस कपड़े के माध्यम से भी प्रज्वलित हो रहा था। उसके रंग में प्रकाश और छाया की क्या झिलमिलाहट, उसकी आँखों में क्या ग्लैमर, उसके होंठों पर क्या मुस्कान, उसके दिल में क्या धैर्य! उसके पास कोई उचित भोजन नहीं था, फिर भी उस शरीर में क्या अनुग्रह और सुंदरता थी! उसने उचित कपड़े और गहने नहीं पहने थे, फिर भी उसकी सुंदरता पूरी तरह से व्यक्त की गई थी कि उसने कौन से कपड़े पहने थे, जैसे बादलों के माध्यम से बिजली है, जैसा कि मन में प्रतिभा है, जैसा ध्वनि में गीत है, जैसा मृत्यु में खुशी है - इसलिए उस सुंदरता में एक आकर्षण काफी अवर्णनीय था।

महिला मुस्कुराई (किसी ने भी उस मुस्कान को नहीं देखा) क्योंकि उसने ढाका मलमल की साड़ी निकाली । उसने कहा, "अच्छा निमि, तुम इसका क्या करोगी?" निमाई ने कहा, "तुम इसे पहनोगे। उसने पूछा, "अगर मैं इसे पहनूं तो क्या होगा?" तब निमाई ने अपनी कोमल बाँहों को उस सुन्दर गले में समेट लिया और कहा। "दादा आ गए हैं। उसने तुम्हें जाने और उसे देखने के लिए कहा है। महिला ने कहा। "अगर उन्होंने मुझे जाने के लिए कहा है, तो ढाका मलमल की यह साड़ी क्यों ? मुझे वैसे ही जाने दो जैसे मैं अभी हूं। निमाई ने उसके चेहरे पर थप्पड़ मारा, लेकिन उसने निमाई को कंधे से पकड़ लिया और उसे झोपड़ी से बाहर निकाल दिया। उसने कहा, "आओ, मुझे यह चीर पहनने दो और जाकर उसे देखने दो। वह किसी भी अनुनय के माध्यम से अपनी साड़ी नहीं बदलेगी। कोई विकल्प नहीं होने के कारण निमाई को सहमत होना पड़ा। निमाई उसे लेकर उसके साथ उसके अपने घर के दरवाजे पर गया। उसने उसे कमरे में धकेल दिया, दरवाजा बंद कर दिया और बाहर से जंजीर से बांध दिया और खुद दरवाजे के सामने खड़ी हो गई।

प्रवेश करने वाली महिला लगभग पच्चीस वर्ष की थी लेकिन वह निमाई से बड़ी नहीं लगती थी। वह गंदे कपड़े पहनकर कमरे में घुसी और एक साथ गाँठ लगाई, लेकिन ऐसा लग रहा था कि उसकी सुंदरता से पूरा कमरा रोशन हो गया था। ऐसा लग रहा था जैसे कोई पौधा जिसमें कलियाँ घने पत्तों से ढकी हुई थीं, अचानक खिल उठी हों। ऐसा लग रहा था कि कहीं कसकर बंद गुलाब जल का एक बर्तन टूट कर खुल गया है और उसकी खुशबू बिखर गई है। ऐसा लगता था कि किसी ने सुगंधित धूप को मरने वाले अंगारों में डाल दिया था जो मीठी गंध से धधक रहा था और चमकदार हो गया था। कमरे में प्रवेश करने वाली सुंदर महिला ने अपने पति को हिचकिचाते हुए खोजना शुरू कर दिया। पहले तो वह उसे नहीं ढूंढ सका। तभी उसने जीवानंद को आँगन में पाया, उसका सिर आम के पेड़ के तने पर टिका हुआ रो रहा था। सुंदर महिला धीरे-धीरे उसके पास पहुंची और उसका हाथ थाम लिया। यह नहीं कहा जा सकता कि उसकी आँखों में आँसू नहीं थे। भगवान जानता है कि अगर उसकी आँखों में आँसू बहने दिए जाते तो उसका बहाया हुआ समुद्र जीवानंद को उमड़ने के लिए काफी होता। लेकिन उसने इसे बहने नहीं दिया। उसने जीवानंद का हाथ अपने हाथ में पकड़ा और कहा, "रोओ मत। मुझे पता है कि आपके आँसू मेरे लिए बह रहे हैं। मेरे लिए मत रोओ। जैसा कि आपने मुझे रखने के लिए चुना है, मैं जीने के लिए खुश हूं।

जिवानन्द ने सिर झुकाकर आँखें सुखाईं और पत्नी से कहा। "संती, तुम यह गंदा कपड़ा क्यों पहनती हो और सौ जगह गाँठ क्यों लगाती हो। आपको भोजन और वस्त्र की आवश्यकता नहीं है?

संती ने उत्तर दिया - "आपका धन आपके लिए संग्रहीत है। मुझे नहीं पता कि पैसे का क्या करना है। जब तुम लौटोगे, जब तुम एक बार फिर मुझे वापस ले जाओगे - "

जीवानंद ने कहा, "तुम्हें वापस ले जाओ - शांति! क्या मैंने तुम्हें छोड़ दिया है?"

संती - "नहीं, तुमने मुझे नहीं छोड़ा है। मेरा मतलब है कि जब आपकी प्रतिज्ञा पूरी हो जाती है, जब आप एक बार फिर मुझे प्यार करने में सक्षम होते हैं - "

इससे पहले कि संति अपनी बात पूरी कर पाती, जीवानंद ने संती को कसकर आलिंगन में बंद कर दिया, उसके कंधों पर अपना सिर टिकाए काफी देर तक चुप रहा। आख़िरकार आह भरते हुए बोला- "मैंने तुम्हें क्यों देखा?"

संती—"तुमने मुझे क्यों देखा? तुमने अपनी प्रतिज्ञा तोड़ दी है!"

जीवानंद — "इसे टूटने दो, मैं उसके लिए हमेशा तपस्या कर सकता हूँ। मैं इस संबंध में चिंतित नहीं हूं। लेकिन आपको देखने के बाद मैं वापस नहीं लौट सकता। इसके लिए मैंने निमाई से कहा कि मुझे तुम्हें नहीं देखना चाहिए - कि तुम्हें देखकर मैं वापस नहीं लौट सकता। एक तरफ धर्म, धन, इच्छा, मुक्ति, सारा

संसार - और फिर मेरा व्रत, यज्ञ, धार्मिक प्रथाएं, ये सब और दूसरी तरफ - आप। मैं हमेशा महसूस नहीं कर सकता कि अगर ये संतुलित थे तो कौन सा पैमाना अधिक वजनदार होगा। मेरा देश आखिरकार शांतिपूर्ण है - मैं इसके साथ क्या करूँ? अगर मुझे एक एकड़ जमीन का एक अंश मिल सकता है, तो आपके साथ मैं उस पर स्वर्ग बना सकता हूं। मेरे लिए देश किस काम का? जहाँ तक मेरे देशवासियों के दुःख की बात है- जिसने आप जैसी पत्नी को त्याग दिया है, उससे बड़ा दुःखी कोई पुरुष नहीं हो सकता? जिसने तुम्हें सौ जगह गाँठ लगाए कपड़े पहने देखा है, उससे गरीब कौन हो सकता है? तुम मेरे धर्म में मेरे सहायक हो। जिसने इस तरह के समर्थन को छोड़ दिया है, उसके लिए सच्चा धर्म क्या है? मैं किस धर्म के लिए जगह-जगह भटकता हूं, जंगल से जंगल तक अपने कंधे पर बंदूक रखकर लोगों को मारता हूं? इस प्रकार मैं अपने आप पर पापों का बोझ क्यों डालूँ? मुझे नहीं पता कि संतानों के पास कभी दुनिया होगी या नहीं। लेकिन तुम मेरी संपत्ति हो। तू मेरे लिए संसार से भी बड़ा है, तू मेरा स्वर्ग है। मेरे साथ घर चलो। मैं अब और नहीं लौटूंगा।

कुछ देर तक संती कोई जवाब नहीं दे सकी। और फिर उसने कहा, "फाई! आप एक नायक हैं। दुनिया में मेरी सबसे बड़ी खुशी यह है कि मैं एक हीरो की पत्नी हूं। एक बेकार महिला के लिए क्या आप नायक का रास्ता छोड़ देंगे? मुझे प्यार मत करो। मुझे वह खुशी नहीं चाहिए। लेकिन अपने विश्वास को कभी मत छोड़ो - नायक का मार्ग। जाने से पहले मुझे केवल एक बात बताओ, अपनी प्रतिज्ञा तोड़ने के लिए तुम्हें क्या तपस्या करनी चाहिए।

जीवानंद ने उत्तर दिया। "तपस्या? दान में उपहार, उपवास, कौड़ियों के बारह काहनों का जुर्माना।

संती थोड़ा मुस्कुराया और बोला। "मुझे पता है कि तपस्या क्या है। क्या यह एक के लिए एक जैसा कि सौ असफलताओं के लिए एक ही प्रायश्चित है?

जीवानंद ने उदासी और आश्चर्य से पूछा - "ये शब्द क्यों?"

शांति। - "मुझे एक एहसान पूछना है। मुझसे पुनः मिलने से पहले कोई तपस्या न करना।

जीवानंद ने फिर हँसते हुए उत्तर दिया, "आप इसके बारे में निश्चिंत रहें। तुम्हें एक बार फिर देखे बिना मैं नहीं मरूंगा। मरने की कोई जल्दी नहीं है। मैं अब यहां नहीं रहूंगा। लेकिन मैंने अभी तक अपनी आँखों को आपकी सुंदरता पर पर्याप्त दावत नहीं दी है। एक दिन निस्संदेह मैं आपको तब तक देखूंगा जब तक मेरा दिल भर नहीं जाता। एक दिन निश्चित रूप से हमारी इच्छाएं पूरी होंगी। मैं अब जा रहा हूं। मेरी एक विनती रखो, इन कपड़ों को छोड़ दो और जाओ और मेरे मायके में रहो।

संती ने पूछा, "अब तुम कहाँ जाओगे?" जीवानंद —— "अब मैं ब्रह्मचारी की खोज में अपने मठ में जाऊँगा। जिस तरह से वह शहर में गया उसने मुझे कुछ चिंता का कारण बना दिया है। यदि मैं उसे मन्दिर में न पाऊँ, तो अवश्य ही नगर चला जाऊँ।

61

भवानन्द मठ में बैठे हरि का पवित्र नाम जप कर रहे थे। इस समय *संतानों* में से एक ज्ञानानंद उदास चेहरे के साथ उनके पास आया। भवानन्द ने पूछा, "गोसाईं, इतना भारी चेहरा क्यों?"

जनानंद ने जवाब दिया, "कल की घटना के लिए खतरा मंडरा रहा है, जैसे ही मुसलमान किसी भी भगवा वस्त्र पहने व्यक्ति को देखते हैं, उसे गिरफ्तार कर लिया जाता है। सभी *संतानों* ने अपने भगवा वस्त्र त्याग दिए हैं। भगवा वस्त्र पहने हमारे प्रमुख सत्यानंद अकेले ही शहर की ओर चले गए हैं। कौन जानता है, मुसलमान उसे गिरफ्तार कर सकते हैं "

भवानंद ने उत्तर दिया—"मुसलमान अभी भी बंगाल में अजन्मा है जो उसे जेल में रख सकता है। मैं जानता हूं कि धीरानंद पहले ही उनका अनुसरण कर चुके हैं। फिर भी मैं भी एक बार शहर जाऊंगा। कृपया गणित का प्रभार लें"

यह कहकर भवानंद ने एक गुप्त कक्ष में प्रवेश किया और एक बड़े संदूक से कुछ कपड़े निकाले। अचानक भवानंद का रूपांतरण हो गया। केसरिया रंग के वस्त्रों के स्थान पर उन्होंने चूड़ीदार *पायजामा*, *मर्जई* और *काबा* पहना था, सिर पर *अमामा*, मोहम्मडन पगड़ी, उनके पैरों में *नागरा था*। अपने चेहरे से उन्होंने चंदन के लेप के पवित्र त्रिपुण्ड निशान मिटा दिए थे। काली दाढ़ी और मूंछों में उनका सुन्दर चेहरा गजब से सुन्दर लग रहा था। उस समय उसे देखकर कोई उसे एक युवा मुगल के लिए गलती करेगा। इस प्रकार कपड़े पहनकर और हथियारों से लैस होकर भवानंद मठ से बाहर निकल गया। दो मील आगे दो पहाड़ियाँ थीं, जो घने पेड़ों से ढकी हुई थीं। दो पहाड़ियों के बीच एक सुनसान जगह थी जहाँ कई घोड़ों को रखा गया था। यह मठ का अस्तबल था। इन्हीं में से भवानंद ने एक घोड़ा खोला और उस पर सवार होकर नगर की ओर चल दिया।

जैसे ही वह सवार हुआ, अचानक वह रुक गया। गर्जना नदी के तट के पास रास्ते पर, एक तारे की तरह जो आसमान से गिरा था, बिजली की एक लकीर की तरह जो बादलों से उतरी थी, उसने एक चमकदार सुंदर महिला के रूप को झूठ बोलते देखा। उसमें जीवन का कोई संकेत नहीं था। उसके बगल में विष की एक खाली प्याली पड़ी थी: भवानन्द आश्चर्यचकित, अत्यन्त दुःखी, भयभीत था। जीवनानंद की तरह भवानन्द ने भी मोहेन्द्र की पत्नी और बेटी को नहीं देखा था। जिन कारणों से जीवानंद को महेंद्र की पत्नी और बेटी होने का संदेह था, वे भवानंद के लिए अज्ञात थे। उसने ब्रह्मचारी और मोहेन्द्र को गिरफ्तार होते नहीं देखा था, बालक भी अब नहीं था। खाली फियाल देखकर उसने अनुमान लगाया कि किसी महिला ने जहर खा लिया है और उसकी मौत हो गई है। भवानंद लाश के पास बैठ गया। एक लंबे समय के लिए उसके सिर उसके हाथों पर आराम के साथ वह चिंतन किया। फिर उन्होंने विशेषज्ञ ज्ञान के साथ सिर, बगल, हाथ, पक्ष को छूने वाले शरीर की जांच की। फिर उसने अपने आप से कहा, "अभी भी समय है, लेकिन उसे क्यों बचाएं?" लंबे समय तक उन्होंने इस मामले पर विचार किया। फिर वह जंगल में गया, और एक पेड़ से कुछ पत्ते लिए। उसने पत्तों को अपने हाथ में रगड़ा और रस लेकर उसे होंठों के बीच दबा दिया और लाश के दांतों को भींच

लिया। बाद में उसने नथुनों में कुछ रस डाला। उसने रस से शरीर को रगड़ा। वह उसी प्रक्रिया को दोहराता चला गया, कभी-कभी नथुनों के पास अपना हाथ रखकर यह देखने के लिए कि कोई श्वसन तो नहीं है। ऐसा लग रहा था कि उसकी सारी देखभाल बेकार हो जाएगी। लेकिन बहुत उत्सुकता से परीक्षा के बाद, भवानंद के चेहरे पर आशा के कुछ निशान थे। वह अपनी उंगलियों पर श्वसन का एक बेहोश निशान महसूस करने के लिए लग रहा था। फिर उसने उस पत्ते का अधिक रस लगाया, जब तक कि श्वसन अधिक स्पष्ट न हो जाए। नब्ज को महसूस करते हुए उसने देखा कि दिल ने काम करना शुरू कर दिया है। अंत में धीरे-धीरे, पूर्व में भोर की पहली गुलाबी चमक की तरह, कमल के खिलने के पहले उद्घाटन की तरह, प्यार के पहले तरकश की तरह, कल्याणी ने अपनी आँखें खोलनी शुरू कर दीं। जिसे देखकर भवानंद ने उस अर्धचेतन रूप को अपने घोड़े पर उठाया और तेजी से नगर की ओर चल पड़े।

अध्याय XVIII

शाम होने से पहले संतानों की सोसायटी सभी जानती थी कि सत्यानंद, ब्रह्मचारिन और मोहेन्द्र दोनों को पकड़ लिया गया था और शहर में कैद कर लिया गया था। फिर एक, दो, दसियों और सैकड़ों संतों ने मंदिर के चारों ओर के जंगल को इकट्ठा करना और भरना शुरू कर दिया। सभी हथियारबंद थे, उनकी आँखों में एक गुस्से की आग चमक रही थी, उनके चेहरे पर गर्व था और उनके होठों पर एक प्रतिज्ञा थी। पहले सौ, फिर एक हजार, फिर दो हजार, इस प्रकार अधिक से अधिक पुरुष इकट्ठा होने लगे। तब गणित के द्वार पर हाथ में तलवार लिए ज्ञानानंद ने ऊँची आवाज़ में कहा — "हम लंबे समय से इस मुसलमान शहर को पूरी तरह से नष्ट करने और नदी में फेंकने के लिए हानिकारक पक्षियों (बबुई) के इस घोंसले को तोड़ने पर विचार कर रहे हैं। हमें इस घोंसले को आग से जलाना चाहिए और एक बार फिर पृथ्वी को शुद्ध करना चाहिए। भाइयों, वह दिन आ गया है। *हमारे गुरु के गुरु, हमारे सर्वोच्च गुरु, वह जो सर्वज्ञ है, जो कर्म में सदा शुद्ध है, और देश का शुभचिंतक है और जिसने एक बार फिर संतों के धर्म का प्रचार करने के लिए अपने शरीर का त्याग करने का संकल्प लिया है, जिसे हम विष्णु का अवतार मानते हैं* , वह हमारी स्वतंत्रता का साधन है, आज वह मुसलमानों की जेल में कैदी है। क्या हमारी तलवारों की धार नहीं है?" फिर बाँहें फैलाते हुए ज्ञानानंद ने पूछा, "क्या हमारी भुजाओं में बल नहीं है। फिर से छाती पीटते हुए बोला, 4 क्या इस दिल में हिम्मत नहीं है? भाइयों मेरे साथ दोहराओ –

हरि, या मुरारी,
मधु और कैतव के दुश्मन!

"जिसने मधु और कैतव को नष्ट किया है, जिसने हरण्यकशिपु, कंगसा, दंतबक्र, शिशुप को नष्ट किया है! – जिसने इन सभी अजेय असुरों का वध किया है, और जिसके चक्र के भयानक पीसने वाले शोर को सुनकर मृत्युहीन शंभू स्वयं डर गया था – वह जो अजेय है और युद्ध में विजय का दाता है, हम उसके भक्त हैं, उसकी ताकत से हमारी भुजाएं अनंत शक्ति के साथ उपहार में दी गई हैं। वह वसीयत अवतार है। यदि वह चाहे तो हम युद्ध में विजयी होंगे। आओ, हम चलें और मुसलमानों के उस शहर को धूल में मिला दें। आओ हम उस गुफा को आग से शुद्ध करें और उसे नदी में डालें। आइए हम घातक पक्षियों के उस घोंसले को तोड़ दें और उसकी टहनियों और तिनकों को चारों हवाओं में बिखेर दें। ओह मेरे भाइयों, मेरे बाद दोहराएं –

हे हरि, मुरारी,
मधु और कैतव के शत्रु!"

फिर जंगल से एक भयानक चीख उठी। एक साथ एक लाख आवाज़ों से फिर से आवाज़ आई –

"हे हरि, मुरारी,
मधु और कैटव के दुश्मन!"

एक साथ एक हजार तलवारें भिड़ गईं, एक हजार लंबे भाले-सिर एक बार में ऊंचे पर उठाए गए। हजार हाथों से ताली बजाई। सैनिकों की पीठ पर दी गई एक हजार ढाल। भयानक शोरगुल से जंगल के जानवर डर गए और भाग गए। परेशान पक्षी आकाश की ओर चिल्लाते हुए उठे और इसे अपने पंखों से ढक लिया। उस समय एक साथ एक हजार युद्ध ढोल बजाए गए और चिल्लाए गए - "हे हरि, मुरारी, मधु और कैतव के दुश्मन!" संतानों ने क्रमबद्ध रैंक में जंगल से बाहर मार्च किया। फिर धीमे नपे-तुले कदमों से उस अंधेरी रात में हरि का नाम पुकारते हुए वे नगर की ओर बढ़े। और वहाँ सुना था, के रूप में वे चला गया, मृत पत्तियों की सरसराहट, हथियारों की खड़खड़ाहट, बीच में "हरि बोल" के जोर से रोने के साथ आधा दबा हुआ मंत्र। धीरे-धीरे, गंभीरता से, गुस्से में क्रूरता के साथ, संतानों की वह सेना शहर में आई और नागरिकों के दिलों में डर पैदा कर दिया। अचानक वज्रपात के इस झटके से नागरिक भाग खड़े हुए और पता नहीं कहां। अपने पहरेदारों के साथ शहर के संरक्षक कार्रवाई रहित रहे।

संतानों ने पहले सार्वजनिक जेल में जाकर उसे तोड़ दिया। उन्होंने पहरेदारों को मार डाला और सत्यानंद और मोहेन्द्र को मुक्त करके उन्होंने उन्हें ऊंचा उठा लिया और खुशी में नाचने लगे। हवा में हरि-बोल की जोरदार पुकार गूंज उठी। सत्यानंद और मोहेन्द्र को मुक्त करने के बाद, जहां भी उन्हें एक मुसलमान का घर मिला, उन्होंने उसे जला दिया। तब सत्यानंद ने कहा। "आइए हम वापस लौटें - इस बेकार विनाश की कोई आवश्यकता नहीं है।

इस बीच संतानों के विनाश के बारे में सुनकर, अधिकारियों ने उन्हें दबाने के लिए सिपाहियों की एक रेजिमेंट भेजी। उनके पास न केवल बंदूकें थीं, बल्कि एक तोप भी थी। उनके आने की सूचना सुनकर सन्तों ने आनन्द के वन को छोड़ दिया और उनसे युद्ध करने के लिये आगे बढ़े। लेकिन लाठी और भाले या यहां तक कि बीस या पच्चीस बंदूकें एक कैनन के सामने बेकार हैं। संतानों को हराया गया और उड़ना शुरू कर दिया गया।

भाग II

66

अध्याय I

बचपन में ही सैंटी ने अपनी माँ को खो दिया था। जिन प्रभावों ने शांति के चरित्र का निर्माण किया, उनमें से यह प्रमुख था। उनके पिता एक ब्राह्मण शिक्षक थे। उसके घर में कोई और औरत नहीं थी।

इस प्रकार हुआ जब संती के पिता अपने टोल में पढ़ाते थे तो संती उनके पास बैठ जाया करते थे। कुछ छात्र टोल में रहते थे। अन्य समय में संती उनके पास बैठकर खेलती थी। वह उनकी गोद या कंधों पर चढ़ जाती। वे भी उसे दुलारते थे।

पुरुषों के बीच अपना बचपन बिताने का पहला परिणाम यह हुआ कि सैंटी ने एक लड़की के रूप में कपड़े पहनना नहीं सीखा या अगर उसने किया, तो उसने इस तरह कपड़े पहनना छोड़ दिया। उसने अपना कपड़ा एक लड़के की तरह पहना था और अगर कोई उसे लड़की के रूप में तैयार करता था तो वह अपना कपड़ा उतार देती थी और उसे लड़कों की तरह टक करती थी। टोल के छात्रों ने अपने सिर के पीछे एक लड़की की गाँठ में अपने बाल नहीं लगाए। संती ने भी अपने बाल इस प्रकार नहीं बांधे - और कालिख के लिए, उसके लिए यह कौन करने वाला था? एक लकड़ी की कंघी के साथ टोल के छात्रों ने उसके बालों को कंघी की, जो उसकी पीठ और कंधों पर, उसकी बाहों और गाल पर ताले और रिंगलेट्स में गिर गए। छात्र अपने चेहरे को पवित्र चिह्नों से सजाते थे और चंदन की लकड़ी के लेप से खुद को सजाते थे। संती भी ऐसा ही करेगी। चूंकि उसे उनकी तरह पवित्र धागा पहनने की अनुमति नहीं थी, इसलिए वह फूट-फूट कर रोती थी। लेकिन सुबह और शाम की भक्ति के समय वह उनके साथ बैठती थी और उनके हर कार्य का अनुकरण करती थी। अपने शिक्षक की अनुपस्थिति में शिष्य कुछ अश्लील संस्कृत उद्धरणों के साथ एक या दो अश्लील कहानियां बनाते थे। ये संती तोते की तरह सीखी। तोते की तरह वह उनका अर्थ नहीं जानती थी।

दूसरा परिणाम यह हुआ कि जैसे ही संति बड़ी होने लगी, छात्रों ने जो कुछ भी सीखा वह संति भी सीखने लगा। वह व्याकरण का एक शब्द भी नहीं जानती थी, लेकिन उसने भट्टी, रघु, कुमार, नैशद के श्लोकों (छंदों) को उनकी टिप्पणियों से दिल से सीखा। यह देखकर सन्ति के पिता ने अपने आप से कहा, "अवश्यंभावी होने दो," बगुला मुग्धबोध (व्याकरण) शुरू हुआ। संती ने बहुत जल्दी सीख लिया। उसके पिता हैरान थे। व्याकरण के साथ उन्होंने उसे साहित्य की कुछ किताबें सिखाई। उसके बाद सब असमंजस में खो गया। शांति के पिता की मृत्यु हो गई।

फिर संती बेघर हो गई। टोल घायल हो गया। विद्यार्थी चले गए। लेकिन वे शांति से प्यार करते थे। वे उसे छोड़ नहीं सकते थे। उनमें से एक ने दया में उसे अपने घर ले लिया। बाद में उन्होंने जीवानंद के रूप में संतों के समाज में प्रवेश किया। अतः हम उन्हें जीवानंद कहेंगे।

उस समय जीवानंद के माता-पिता जीवित थे। जीवानंद ने लड़की को उनसे ठीक से मिलवाया। उसके माता-पिता ने पूछा, "दूसरे की बेटी की ज़िम्मेदारी कौन लेगा?" जीवानंद ने उत्तर दिया, "मैं उसे लाया हूँ।

मैं उसकी जिम्मेदारी उठाऊंगा। जीवानंद के माता-पिता ने कहा, "यह ठीक है। जीवानंद अविवाहित था, संति विवाह योग्य था। इसलिए जीवानंद ने उससे शादी कर ली।

शादी के बाद सभी को अपने कदम पर पछतावा होने लगा। वे सभी समझ गए कि कार्रवाई बुद्धिमानी से नहीं की गई थी। सैंटी एक लड़की की तरह कपड़े नहीं पहनती थी। वह लड़की की तरह अपने बाल नहीं बांधती थी, वह घर के अंदर नहीं रहती थी। वह मोहल्ले के नौजवान लड़कों के साथ मिलकर उनके साथ खेलती थी। जीवानंद के घर के पास ही एक जंगल था। संती अकेले जंगल में प्रवेश करती और मोर, हिरण और अजीब फूलों और फलों की खोज करती। उसके ससुर और सास ने पहले उसे न जाने के लिए कहा, फिर डांटा, फिर मारपीट की और अंत में उसे एक कमरे में बंद कर दिया। इन बाधाओं ने संती को बहुत परेशान किया। एक दिन दरवाजा खुला पाकर बिना किसी को बताए संती घर छोड़कर चला गया।

जंगल में जाकर, उसने फूल उठाए और अपने कपड़ों को केसर में रंगा और खुद को एक युवा संन्यासी के रूप में तैयार किया। उस समय पूरे बंगाल में भटकते संन्यासियों के दल थे। संती ने घर-घर जाकर रोटी मांगी और पवित्र नगरी जगन्नाथ की सड़क पर पहुंच गई। शीघ्र ही उस मार्ग पर संन्यासियों का एक दल प्रकट हुआ। सैंटी इस बैंड में शामिल हो गए।

उस समय के संन्यासी आज के संन्यासियों की तरह नहीं थे। वे संगठित, सीखा, मजबूत, युद्ध की कला में प्रशिक्षित, और अन्य अच्छे गुणों और उपलब्धियों के अधिकारी थे। एक तरह से वे विद्रोही थे जो राजा से उसका राजस्व लूटते थे। जब उन्होंने मजबूत, अच्छी तरह से निर्मित युवा लड़कों को देखा, तो उन्होंने उनका अपहरण कर लिया। उन्होंने उन्हें प्रशिक्षित किया और उन्हें अपने बैंड में से एक के रूप में शुरू किया। इसलिए उन्हें अपहरणकर्ता कहा जाता था।

एक युवा संन्यासी के रूप में संती ने इनमें से एक बैंड में प्रवेश किया। पहले तो उसके नाजुक शरीर को देखकर वे उसे लेने को तैयार नहीं थे। लेकिन जब उन्होंने उसकी उत्सुकता, उसकी चतुराई और काम में क्षमता देखी, तो उन्होंने बहुत स्वेच्छा से उसे अपने में से एक के रूप में लिया। उनके साथ रहने वाले सैंटी ने जिमनास्टिक सीखा और युद्ध के सभी हथियारों के उपयोग में प्रशिक्षित किया गया, इस प्रकार हार्डी बन गया। उनके साथ उसने कई देशों की यात्रा की, कई झगड़े देखे और युद्ध की कला सीखी।

जल्द ही उसके नवोदित स्त्रीत्व के अचूक संकेत स्पष्ट हो जाते हैं। कई संन्यासियों को पता चला कि यह प्रच्छन्न लड़का वास्तव में एक लड़की थी। लेकिन संन्यासी ज्यादातर सच्चे ब्रह्मचारी थे। किसी ने भी इस तथ्य का उल्लेख नहीं किया।

संन्यासियों में बहुत विद्वान थे। जब उन्होंने देखा कि संती को संस्कृत का उचित ज्ञान है, तो एक विद्वान संन्यासी ने उसे पढ़ाना शुरू कर दिया। मैंने पहले ही कहा है कि अधिकांश संन्यासी सच्चे ब्रह्मचारी थे, लेकिन सभी नहीं। यह विद्वान निश्चित रूप से नहीं था। या शांति की युवा नवोदित सुंदरता को देखकर वह कामुक आग्रह से मंत्रमुग्ध और व्यथित था। उन्होंने उसे अश्लील विवरणों से भरा साहित्य पढ़ाना शुरू कर दिया, और

उसी प्रकृति की उसकी टिप्पणियों को पढ़ाया। इससे शांति को कोई नुकसान नहीं हुआ। बल्कि यह उसे बेनामी करता है। संती विनय से परिचित नहीं था। अब वह नारीत्व के लिए स्वाभाविक विनम्रता के अधीन हो गई। उसकी मर्दाना दृढ़ता का ताज पहनाने के लिए नारीत्व की चमक की स्पष्ट चमक आई और फिर भी उसके गुणों को और बढ़ाया। संती ने पढ़ाई छोड़ दी।

जैसे एक शिकारी एक हिरण का पीछा करता है, जहां भी शांति के शिक्षक ने सेंटी को देखा, वह उसका पीछा करना शुरू कर दिया। लेकिन अपने जिमनास्टिक प्रशिक्षण के माध्यम से उसने ताकत हासिल कर ली थी जिससे एक आदमी भी ईर्ष्या कर सकता था। जैसे ही उसके शिक्षक उसके पास आते थे, वह उसे ध्वनि वार के साथ बधाई देती थी और ये वार किसी भी तरह से मतलबी क्रम के नहीं थे। एक दिन संती को सुनसान जगह पर पाकर संन्यासी ने संती के हाथ को इतनी मजबूत पकड़ में पकड़ लिया कि संती अपने सर्वोत्तम प्रयासों से उसे मुक्त नहीं कर सकी। लेकिन संन्यासी के लिए दुर्भाग्य से यह शांति का बायां हाथ था। अपने दाहिने हाथ से संन्यासी के माथे पर ऐसा भयंकर प्रहार किया कि वह मूर्छित होकर जमीन पर गिर पड़ा। संती संन्यासियों का दल छोड़कर भाग गया।

संती निडर थी। अकेले ही वह अपनी मातृभूमि की तलाश में निकल पड़ी। उसके साहस और उसकी बाहों की ताकत के कारण वह बहुत बाधा के बिना आगे बढ़ने में सक्षम थी। रोटी की भीख मांगती या जंगली फलों पर खुद को बनाए रखना और कई लड़ाइयों में जीत हासिल करना, संती अपने ससुर के घर पहुंची। उसने पाया कि उसके ससुर की मौत हो चुकी है। लेकिन उसकी सास ने बहिष्कृत होने के डर से उसे घर में नहीं लिया। संती ने अपना घर छोड़ दिया।

जीवानंद घर पर ही थे। उसने संती का पीछा किया और उसे रास्ते में रोकते हुए उससे पूछा, "तुमने मेरा घर क्यों छोड़ा? आप इतने दिनों से कहाँ थे?" संती ने सच कहा। जीवानन्द सत्य और असत्य में अन्तर करना जानते थे। वह शांति को मानता था।

आकर्षक तीर, जिसके बारे में कहा जाता है कि अप्सराओं की मीठी इच्छा से भरी ग्लैमरस नज़र की रोशनी से तैयार किया गया था, आमतौर पर कामदेव द्वारा पहले से ही वेड-लॉक में एकजुट जोड़े पर बर्बाद नहीं किया जाता है। पूर्णिमा की रात को भी अंग्रेज सड़कों पर गैस से रोशनी करते हैं; बंगाली पहले से ही अच्छी तरह से तेल से सने सिर पर तेल डालते हैं, और यहां तक कि मनुष्यों के ऐसे अनावश्यक कार्यों के अलावा, प्रकृति में, हम देखते हैं कि कभी-कभी चंद्रमा सूर्योदय के बाद भी आकाश में चमकता रहता है: भगवान इंद्र समुद्र के ऊपर भी बारिश भेजते हैं। संदूक में जो पहले से ही बहने के लिए भरा हुआ है, धन का देवता अपने धन को ले जाता है, मृत्यु का देवता शेष एक को उस व्यक्ति से दूर ले जाता है जिसका घर वह पहले ही खाली कर चुका है। केवल प्रेम का परमेश्वर अधिक बुद्धिमान है। जहां शादी के बंधन ने पहले ही एक जोड़ी को एकजुट कर दिया है, वह अपना श्रम बर्बाद नहीं करता है। जन्मों से अधिष्ठाता देवता प्रजापति पर सारी जिम्मेदारी छोड़कर वह उन लोगों की तलाश में निकल जाता है जिनके लाल हृदय का रक्त वह पी

सकता है। लेकिन शायद आज कामदेव बिना किसी व्यवसाय के थे। अचानक उसने अपने दो फूलों के बाणों को बर्बाद कर दिया। एक ने जीवानंद के दिल पर प्रहार किया, और दूसरे ने संती के दिल पर प्रहार किया, जिससे उसे पहली बार एहसास हुआ कि यह एक महिला का दिल था - अत्यधिक कोमलता की बात। जैसे वर्षा की पहली बूँदों से गीली हुई कली प्रारम्भिक बादलों से मुक्त हो जाती है, वैसे ही संति सहसा नारीत्व में फूल उठी और प्रसन्न नेत्रों से जीवानंद को निहारने लगी। जीवानंद ने कहा, "जब तक मैं वापस नहीं लौटता, तब तक मैं तुम्हें नहीं छोड़ूंगा।

संती ने जवाब दिया - "क्या तुम सच में वापस आओगे?"

जीवानंद ने बिना कोई उत्तर दिए, दोनों ओर देखे बिना, रास्ते के किनारे नारियल के वृक्षों के उस उपवन की छाया में संति को चूमा और यह सोचकर कि उसने अमृत पी लिया है, वहीं से चला गया।

मां को बातें समझाने के बाद जीवानंद ने अपनी मां से विदा ली और लौट आए। उसकी बहन निमाई की हाल ही में भैरबीपुर निवासी से शादी हुई थी। जीवानंद और उसके बहनोई के बीच स्नेह का बंधन बढ़ गया था। जीवानंद संती को अपने साथ लेकर भैरबीपुर चले गए।

उसके बहनोई ने जीवानंद को कुछ जमीन दे दी। जीवानंद ने उस पर एक कुटिया बनवाई। वहां जीवानंद शांति के साथ सुखपूर्वक रहते थे। अपने पति की संगति में लगातार रहते हुए, सैंटी के चरित्र की मर्दाना कठोरता धीरे-धीरे गायब हो गई या दृष्टि से बाहर रही। शांति में दिन-ब-दिन नारीत्व की शोभा बढ़ती गई। एक खुशी के सपने की तरह उनका जीवन बीत गया। लेकिन अचानक वह आनंदमय स्वप्न सत्यानंद के प्रभाव में आकर संतन धर्म को स्वीकार कर संति छोड़कर चला गया। जीवानंद के शांतिप्रिय के जाने के बाद उनकी पहली मुलाकात निमाई की चाल से हुई। यह वह है जिसका वर्णन पिछले अध्याय में किया गया है।

जीवानंद के जाने के बाद। संती निमाई की कुटिया के बाहर उठे हुए चबूतरे पर जाकर बैठ गई। बच्चे को गोद में लेकर निमाई आकर शांति के पास बैठ गई। संती अब रो नहीं रही थी। उसने अपने आँसू पोंछे, एक हंसमुख चेहरा रखा और थोड़ा मुस्कुरा रही थी। वह थोड़ी गंभीर, थोड़ी विचारशील, थोड़ी अनुपस्थित दिमाग वाली थी। निमाई ने उसके विचारों को समझते हुए कहा, "कम से कम तुमने उसे देखा है।

संती ने कोई जवाब नहीं दिया। वह चुप रही। निमाई ने देखा कि संती अपने मन की बात नहीं बताएगी। वह अपने विचारों को किसी से बताना पसंद नहीं करती थी। निमाई ने बातचीत को अन्य विषयों की ओर मोड़ दिया। वो बोली- भाभी, देखो कितना अच्छा बच्चा है।

संती ने पूछा- "तुम्हें बच्चा कहाँ मिला? आपको बच्चा कब हुआ?"

निमाई ने जवाब दिया — "तुम मेरी मौत होगे। यम (मृत्यु) के निवास पर जाओ। यह दादा का बच्चा है।

निमाई ने ये शब्द शान्ति को चिढ़ाने के लिए नहीं कहे थे। जब उसने 'दादा का बच्चा' कहा, तो उसका मतलब उस बच्चे से था जिसे वह दादा से मिली थी। संती को यह बात समझ में नहीं आई। उसे लगा कि निमाई उसे चिढ़ाने की कोशिश कर रहा है। उसने कहा, "मैंने बच्चे के पिता के बारे में नहीं बल्कि माँ के बारे में पूछा। निमाई को जब उचित जवाब मिला, तो उसने कुछ छोटा महसूस किया और जवाब दिया, "मुझे नहीं पता कि यह किसका बच्चा है, बहन। दादा ने इसे कहीं से उठाया था। मुझे पूछताछ करने का समय नहीं मिला। ये अकाल के दिन हैं। कई लोग अपने बच्चों को रास्ते में ही छोड़ रहे हैं। कितने लोग अपने बच्चों को बेचने के लिए भी हमारे पास आए हैं। लेकिन दूसरे के बच्चे की जिम्मेदारी कौन लेगा? एक बार फिर निमाई की आँखों में आँसू आ गए। निमाई ने अपने आंसू पोंछते हुए कहा, "बच्चे को इतना सुंदर, इतना मोटा, चंद्रमा की तरह गोरा देखकर मैंने दादा से उपहार के रूप में बच्चे से विनती की।

उसके बाद काफी देर तक संती ने निमाई से तरह-तरह की बातें कीं। अंत में जब निमाई का पति घर लौटा तो संती उठकर अपनी कुटिया में चली गई। अपनी झोपड़ी में घुसकर उसने दरवाजे बंद कर दिए और अग्नि स्थल से कुछ राख निकालकर एक तरफ रख दी। पके हुए चावल जो उसने अपने लिए पकाए थे, उसने बचे हुए अंगारों पर फेंक दिया। उसके बाद वह काफी देर तक गहरी सोच में डूबी रही। उसने फिर अपने आप से कहा, "जो मैंने इतने लंबे समय से निर्धारित किया है, मैं आज करूंगा। जिस उम्मीद के लिए मैंने इतने दिनों तक ऐसा नहीं किया था, वह अब पूरी हो गई है। पूरा हुआ या अधूरा मुझे नहीं पता। मेरा अस्तित्व व्यर्थ लगता है। मैंने जो ठान लिया है, वही करूंगा। एक बार व्रत तोड़ने के लिए जो तपस्या की मांग की जाती है, वह वही है जो सौ बार व्रत तोड़ने के लिए मांगी जाती है।

इस प्रकार अपने आप को सन्ति ने सोचकर पके हुए चावल को आग में फेंक दिया और जंगल से कुछ फल ले आया। चावल के बजाय उसने फल खाया। फिर उसने ढाका मलमल की *साड़ी* निकाली जिसे

निमैमोनी ने पहनने के लिए मजबूर करने की कोशिश की थी और उसकी सीमा को फाड़ दिया था। कपड़े में से जो रह गया वह भगवा रंग में रंग गया। जब तक वह कपड़े को रंगकर सुखाती तब तक शाम हो चुकी थी। जब शाम हुई, तो सैंटी ने दरवाजे बंद कर लिए, खुद को आश्चर्यजनक तरीके से व्यस्त कर लिया। उसने अपने लंबे बिना कंघी वाले बालों के एक हिस्से को काट दिया और उसे एक तरफ रख दिया। जो रह गया वह उलझे हुए तालों में बदल गया। उसके अस्त-व्यस्त बाल उलझे हुए तालों के आश्चर्यजनक मोटे द्रव्यमान में बदल गए थे। फिर उसने केसर के कपड़े का आधा हिस्सा फाड़ दिया और उसे अपने सुंदर शरीर के चारों ओर लपेट लिया। इसने निचले वस्त्र का गठन किया। दूसरे आधे से उसने अपनी छाती को ढक लिया। कमरे में एक छोटा दर्पण था। काफी देर बाद संती ने अब उसे बाहर निकाला। उसे बाहर निकालने के बाद वह आईने में अपने प्रतिबिंब को निहारने लगी। फिर उसने कहा, "आह! मैं इसे कैसे मैनेज करूंगा?" फिर शीशे को एक तरफ फेंकते हुए उसने कटे हुए बालों को लेकर दाढ़ी और मूछें बना लीं, लेकिन पहन नहीं पाई। उसने मन ही मन सोचा - "फाई! यह कैसे हो सकता है? पुराने दिनों में मैं यह बेशर्म कर सकता था लेकिन अब यह संभव नहीं है। लेकिन बूढ़े आदमी को घेरने के लिए मैंने उन्हें बेहतर तरीके से रखा था। ऐसा सोचकर संती ने बालों को अपने कपड़े में बांध लिया। फिर भीतर से एक बड़ी हिरण-खाल निकालकर, उसने उसे अपनी गर्दन के चारों ओर एक गाँठ में बाँध लिया और इस तरह अपनी गर्दन से अपने घुटने तक खुद को ढक लिया। इतने कपड़े पहने, कि युवा संन्यासी ने धीरे-धीरे पूरे कमरे का सर्वेक्षण किया। रात के दूसरे पहर में, संती ने संन्यासी के रूप में कपड़े पहने, दरवाजा खोला और अकेले जंगल की गहराई में प्रवेश किया। रात के अंधेरे में उस जंगल की अप्सराओं ने जंगल में गूंजता यह अद्भुत गीत सुना -

खड़खड़ाना! खड़खड़ाना! उड़ते
  हुए पैरों से तू कहाँ सवार है?
मैं जिन युद्धों में जाता हूं, उनमें बाधा न
  डालें ओह माय स्वीट!
हरि! हरि! हरि! हरि!
'तीस मेरी लड़ाई रोना,
  युद्ध की लहरों में मैं मौत को टाल दूंगा

,

तुम किसकी कला हो? कोई भी तुम्हारा नहीं है?
  मेरा अनुसरण क्यों करें?
तो युद्धों के लिए दूर, कोई भी महिला जादू नहीं हो सकती
  है।

दिल के भगवान! मुझे मत छोड़ो,
  मैं विनती करता हूं;

युद्ध संगीत लगता है; मेरे प्रिय हार्क!
 युद्ध के ढोल पीटते हैं!

मेरा अधीर घोड़ा युद्ध चाहता है,
 उसकी बात सुनो;
स्विफ्ट मेरे दिल को उड़ा देता है, घर पर अब और नहीं
 रह सकता।
तो युद्धों के लिए दूर! कोई भी महिला
 जादू नहीं हो सकती!

अगले दिन आनन्दमठ के एक गुप्त कक्ष में सैन टैन के तीन नेता टूटी आशाओं के साथ बैठे बातें कर रहे थे। जीवानंद ने सत्यानंद से पूछा — "महाराज, भगवान हमसे इतने नाराज क्यों हैं। हमारी किस गलती के लिए हम मुसलमानों से हार गए हैं?

सत्यानंद ने जवाब दिया। "देवता हमसे अप्रसन्न नहीं हैं। लड़ाई में हार-जीत दोनों होते हैं। दूसरे दिन हम विजयी हुए। आज हम हार गए हैं। जो सबसे अंत में जीतता है वही सच्चा विजेता होता है। मुझे पूरा यकीन है कि वह जो इतने लंबे समय से हमारे प्रति दयालु है, क्लब और चक्र चलाने वाला, शंख और कमल का धारक, शक्तिशाली बनमाली एक बार फिर हमारे प्रति दयालु होगा। हमने उनके चरण स्पर्श करते हुए जो महान व्रत लिया है, निश्चित रूप से हमें वह व्रत अवश्य करना चाहिए। यदि हम असफल होते हैं तो हम नरक में अनन्त दंड भुगतेंगे। मुझे हमारे परम सौभाग्य के बारे में कोई संदेह नहीं है। लेकिन जिस तरह देवताओं की कृपा के बिना कोई सफलता प्राप्त नहीं की जा सकती, उसी तरह मानव प्रयास की भी आवश्यकता होती है। हमारी हार का कारण यह है कि हमारे पास उचित हथियार नहीं हैं। गोली और गोले का सामना करने के लिए, बंदूक और तोप का सामना करने के लिए, लाठी और भाले बेकार हैं। इस प्रकार हमारी ओर से उचित प्रयास के अभाव में हम हार गए। अब हमारा कर्तव्य है कि हमें इन हथियारों की आवश्यकता नहीं होनी चाहिए।

जीवनन्द: यह तो बहुत कठिन काम है।

सत्यानंद: मुश्किल काम है, जीवनान्द? संतान होने के नाते आप ऐसी बात कैसे कह सकते हैं? संतानों के लिए ऐसा कोई काम नहीं है जिसे करना बहुत कठिन हो।

जीवनन्द: हम इन भुजाओं को कैसे इकट्ठा करेंगे? हमें आज्ञा दें।

सत्यानंद : उन्हें इकट्ठा करने के लिए मैं रात को तीर्थ यात्रा पर जाऊंगा। जब तक मैं वापस नहीं आता, तब तक कोई बड़ा काम मत करना। लेकिन सनानों की एकता बनाए रखें, उनके लिए भोजन और कपड़े प्रदान करें और माता की जीत के लिए पर्याप्त धन इकट्ठा करें, हमारे खजाने को भरते रहें। यह वह कर्तव्य है जो मैं तुम दोनों पर रखता हूं।

भवानंद ने कहा: तीर्थ यात्रा पर जाकर शस्त्र कैसे इकट्ठा करोगे? कारतूस, गोले, बंदूकें और तोपों को खरीदना और उन्हें एक जगह से दूसरी जगह भेजना मुश्किल है। इसके अलावा आप उन्हें इतनी मात्रा में कहां पाएंगे, उन्हें कौन बेचेगा, और उन्हें कौन लाएगा?

सत्यानंद: हम उन्हें खरीदकर अपना उद्देश्य पूरा नहीं कर सकते। मैं कारीगरों को यहां भेजूंगा जिन्हें उन्हें तैयार करना होगा।

जीवनन्द: वह कैसे? यहाँ आनंद मठ में?

सत्यानंद : यह संभव नहीं है। लंबे समय से मैं इसे पूरा करने के कुछ साधनों के बारे में सोच रहा हूं। भगवान ने आज मुझे साधन दिए हैं। आप मुझसे कह रहे थे, भगवान हमारे अनुकूल नहीं हैं। लेकिन मैं देखता हूं कि भगवान हमारे पक्ष में हैं।

भवानंद : कारखाना कहां स्थापित होगा।

सत्यानंद: अंदर पैरों के निशान

जीवनन्द: वह कैसे? इसे वहां कैसे स्थापित किया जा सकता है?

सत्यानंद: नहीं तो मैं मोहेन्द्र को व्रत लेने के लिए इतना उत्सुक क्यों था?

भवानंद : क्या मोहेन्द्र ने प्रण ले लिया है?

सत्यानंद: उन्होंने व्रत नहीं लिया है, लेकिन वह ऐसा करेंगे। रात को मैं उसे दीक्षा दूंगा।

जीवनानंद : हमने आपको मोहेन्द्र को व्रत लेने के लिए कड़ी मेहनत करते नहीं देखा। उसकी पत्नी और बच्ची की हालत क्या है और उन्हें कहां रखा गया है? आज मुझे नदी के किनारे एक छोटी बच्ची मिली और मैंने जाकर उसे अपनी बहन के पास रख लिया। उसके पास एक सुन्दर स्त्री मृत पड़ी थी। क्या वे मोहेन्द्र की पत्नी और कन्या थीं? यह मुझे ऐसा प्रतीत हुआ जैसे वे थे?

सत्यानंद: वे उनकी पत्नी और बेटी थीं।

भवानन्द आश्चर्य से चौंका। अब उसे समझ में आ गया था कि जिस महिला को उसने अपनी दवाई के जरिए पुनर्जीवित किया था वो मोहेन्द्र की पत्नी कल्याणी थी, लेकिन इस समय उसने इस मामले में कुछ भी बताना जरूरी नहीं समझा।

जीवानंद ने पूछा, "मोहेन्द्र की पत्नी की मृत्यु कैसे हुई?

सत्यानंद: जहर लेने से।

जीवनन्द: उसने जहर क्यों लिया?

सत्यानंद: भगवान ने उसे सपने में खुद को मारने का आदेश दिया।

भवानंद : क्या यह आदेश संतानों के कार्य को पूरा करने के लिए दिया गया था?

सत्यानंद : मैंने मोहेन्द्र से ऐसा सुना है। अब शाम हो गई है, मैं अपनी शाम की प्रार्थना के लिए जाऊंगा। उसके बाद मैं नए संतानों की दीक्षा लूंगा।

भवानंद : संतान? क्यों, मोहेन्द्र के अलावा किसी और में तुम्हारा अपना शिष्य बनने का दुस्साहस है।

सत्यानंद : हां, एक और नया व्यक्ति। मैंने उसे पहले कभी नहीं देखा। आज पहली बार वह मेरे पास आया है। वह केवल एक युवा है। मैं उनके शब्दों और उनके तरीकों से बेहद खुश हूं। वह शुद्ध सोना प्रतीत होता था। मैं उन्हें प्रशिक्षण देने का दायित्व जीवानंद को सौंपता हूं, क्योंकि जीवानंद लोगों का दिल जीतने में माहिर हैं। मुझे जाना है। एक सलाह है जो आपको दी जानी बाकी है। इसे बड़े ध्यान से सुनें।

फिर दोनों ने हाथ जोड़कर कहा। "हमें आज्ञा दो।

सत्यानंद ने कहा: "यदि आप में से किसी ने भी गलती की है या यदि आप मेरे लौटने से पहले गलती करते हैं, तो मेरे लौटने से पहले इसके लिए प्रायश्चित न करें। मेरी वापसी के बाद तपस्या आवश्यक होगी।

यह कहकर सत्यानंद अपने क्वार्टर में चला गया। जीवानंद और भवानन्द ने एक दूसरे को देखा। भवानंद ने कहा, "क्या सलाह आपके लिए थी?"

जीवनंदा: "शायद, मैं मोहेन्द्र की बेटी को वहाँ रखने के लिए अपनी बहन के घर गया था।

भवानंद : "यह कोई दोष नहीं है | यह वर्जित नहीं है। "तुमने अपनी पत्नी को देखा?

जीवानंद ने कहा: "शायद, गुरुदेव ऐसा सोचते हैं।

अध्याय IV

शाम की नमाज़ खत्म करने के बाद सत्यानंद ने मोहेन्द्र को बुलाया और कहा: "आपकी बेटी ज़िंदा है।"

मोहेन्द्र: कहाँ, महाराज?

सत्यानंद: आप मुझे महाराज क्यों कहते हैं?

मोहेंद्र: क्योंकि हर कोई ऐसा कहता है। एक मठ के प्रमुख को राजा के रूप में संबोधित किया जाता है। मेरी बेटी महाराज कहां है?

सत्यानंद: इससे पहले कि आप यह सुनें, मुझे एक बात निश्चित रूप से बताएं। क्या आप संतानों का धर्म स्वीकार करेंगे?

मोहेंद्र: इसमें कोई संदेह नहीं है. मैं दृढ़ संकल्पित हूं।

सत्यानंद: तो फिर यह जानना नहीं चाहते कि आपकी बेटी कहां है।

मोहेन्द्र: क्यों महाराज?

सत्यानंद: जो इस व्रत को स्वीकार करता है वह अपनी पत्नी, बेटे, बेटी या किसी अन्य रिश्तेदार के संपर्क में नहीं रह सकता है। यदि वह अपनी पत्नी या बच्चों का चेहरा देखता है तो उसे तपस्या करनी चाहिए। जब तक सनानों का लक्ष्य प्राप्त नहीं हो जाता, तब तक आप अपनी बेटी का चेहरा नहीं देख सकते। इसलिए यदि आपने संतानों की प्रतिज्ञा को स्वीकार करने का फैसला किया है तो अपने बच्चे के ठिकाने को जानना बेकार है, आप उसे नहीं देख पाएंगे।

मोहेन्द्र : यह कठिन नियम क्यों, महाराज?

सत्यानंद: एक संतान का काम सबसे कठिन है। जो अकेले सब कुछ बलिदान करता है वह इस काम को पूरा करने का हकदार है। जिसका हृदय माया की जंजीरों में बँधा हो , खूंटी से बंधी पतंग की तरह, वह पृथ्वी को छोड़कर स्वर्ग की उड़ान नहीं भर सकता।

मोहेन्द्रा : महाराज आप जो कह रहे हैं मैं ठीक से समझ नहीं पाया। वह जो अपनी पत्नी और बच्चों का चेहरा देखता है, क्या वह महान कार्य करने के लायक नहीं हो सकता है?

सत्यानंद: अगर हम अपनी पत्नियों और बच्चों के चेहरे देखते हैं, तो हम देवताओं के काम को भूल जाते हैं। सनातन धर्म का नियम यह है कि जब भी आवश्यक हो, संतन को अपने प्राणों की आहुति देनी चाहिए। जब आप अपनी बेटी का चेहरा याद करते हैं तो क्या आप उसे छोड़ सकते हैं और मर सकते हैं?

मोहेंद्र: अगर मैं उसे न देख भी लूँ तो क्या मैं उसे भूल सकता हूँ?

77

सत्यानंद: यदि आप उसे भूल नहीं सकते हैं, तो यह व्रत न लें।

मोहेन्द्रा : क्या सभी संतानों ने अपनी पत्नियों और बच्चों को भूलकर यह व्रत लिया है? फिर संतानों की संख्या बहुत कम होनी चाहिए।

सत्यानंद: संतान दो प्रकार के होते हैं। जो दीक्षित हैं और जो अशिक्षित हैं। जो लोग दीक्षित नहीं हैं, वे या तो गृहस्थ हैं या भिखारी। वे केवल युद्ध के समय आते हैं। वे लूट या अन्य इनाम का अपना हिस्सा लेते हैं और चले जाते हैं। दीक्षा लेने वाले अपना सर्वस्व न्यौछावर कर देते हैं। वे संघ के मार्गदर्शक हैं। मैं आपसे हमारा अशिक्षित संतान बनने का अनुरोध नहीं करता। युद्ध के समय लट्ठियों और भालों के कई मालिक होते हैं। जब तक आप दीक्षा नहीं लेते तब तक आप एसोसिएशन का कोई जिम्मेदार काम नहीं कर सकते।

मोहेन्द्र: दीक्षा क्या है? मुझे दीक्षा क्यों दी जानी चाहिए? मैं पहले से ही अपने गुरु द्वारा दीक्षा ले चुका हूं और एक मंत्र ले चुका हूं।

सत्यानंद: आपको उस मंत्र को त्यागना होगा। आपको एक बार फिर मुझसे मंत्र लेना होगा ।

मोहेन्द्र: मैं अपना मंत्र कैसे त्याग दूँ?

सत्यानंद : मैं आपको इस विधि का निर्देश दूंगा।

मोहेन्द्र: मुझे नया मंत्र क्यों लेना चाहिए?

सत्यानंद : संतान वैष्णव हैं।

मोहेन्द्र: मुझे यह समझ में नहीं आता. संतान वैष्णव क्यों हैं? वैष्णवों के लिए अहिंसा सर्वोच्च धर्म है।

सत्यानंद: यह चैतन्य देव का वैष्णव धर्म है। वैष्णववाद जो नास्तिक बौद्ध धर्म का परिणाम था- अहिंसा इसकी निशानी है। सच्चे वैष्णव धर्म की निशानी दुष्टों का दमन और संसार का उद्धार है। क्योंकि विष्णु जगत के संरक्षक हैं। दुनिया को बचाने के लिए उसने दस बार फॉर्म लिया है। दैत्यों जैसे केशी, हिरण्य काशीपु, मधु कैतव, मुरा, नरक आदि रावण जैसे राक्षसों का नाश करने के लिए या शिशुपाल जैसे युद्ध राजाओं में विनाश करने के लिए उन्होंने जन्म लिया है। यह वही है जो विजेता है, विजय का दाता है, दुनिया का उद्धारकर्ता है और संतानों की पूजा का देवता है। चैतन्य देव द्वारा प्रचारित वैष्णव धर्म वास्तविक वैष्णव धर्म नहीं है, यह केवल आधा धर्म है। चैतन्य देव के विष्णु प्रेम अवतार हैं। लेकिन परमेश्वर न केवल देहधारी प्रेम है, वह अनंत शक्ति भी है। चैतन्य देव के विष्णु सभी प्रेम हैं। सन्तों के विष्णु सर्वशक्ति हैं। हम दोनों आदर्शों के वैष्णव हैं। लेकिन हम दोनों आधे वैष्णव हैं। क्या आप मेरा अनुसरण कर सकते हैं?

मोहेंद्र: नहीं। ये सभी मेरे लिए नए विचार हैं। कासिमबाजार में मेरी मुलाकात एक ईसाई पादरी से हुई। उन्होंने उसी तरह से बात की यानी "ईश्वर प्रेम है। आपको यीशु से प्रेम करना चाहिये। आप उसी तरह से बोलते हैं।

सत्यानंद: मैं आपको अपने सिद्धांत समझा रहा हूं जैसा कि हमारे सभी पूर्वजों ने किया है। क्या तुमने सुना है कि तीनों *गुण* भगवान में निवास करते हैं?

मोहेन्द्र : हाँ, सत्त्व, राजा, तम - ये तीन गुण।

सत्यानंद: अच्छा! इनमें से प्रत्येक *गुण* की पूजा का एक अलग तरीका है। सत्व से करुणा और उसके संबद्ध गुण आते हैं। आपको इसे भक्ति या भक्ति के माध्यम से प्राप्त करना होगा । अनुयायी या चैतन्य ऐसा करते हैं। राजा से उसकी *शक्ति* का जन्म होता है। यह युद्ध के माध्यम से प्राप्त होता है - दमन या देवों के दुश्मनों के माध्यम से। हम यह करते हैं। और तम के माध्यम से, भगवान ने स्वेच्छा से चार-सशस्त्र और अन्य रूपों को ग्रहण किया है। माला, चंदन-लकड़ी का लेप आदि के वरदान से हमें उस गुण की पूजा करनी चाहिए/ औसत आदमी ऐसा करता है। क्या अब तुम लोग समझे?

मोहेन्द्रा : मैं समझ गया। संतन तब भक्तों का एक विशेष संप्रदाय है।

सत्यानंद : हां, ऐसा ही है। हमें राजसी सत्ता नहीं चाहिए। केवल इसलिए कि मुसलमान ईश्वर के दुश्मन हैं, हम उन्हें पूरी तरह से नष्ट करना चाहते हैं।

जब सत्यानंद ने मोहेन्द्र से बातचीत समाप्त कर ली, तो वह मंदिर के भीतरी कक्ष में प्रवेश किया, जो महान सुंदरता की उस विशाल चार-भुजाओं वाली छवि से सुशोभित था। क्या सुंदरता वहाँ राज किया! सोने और कीमती पत्थरों से उकेरे गए असंख्य टपरों ने कमरे को रोशन किया। फूलों के ढेर ने अपनी खुशबू से इंद्रियों को प्रसन्न करते हुए कमरे को सजाया। मंदिर में कोई और बैठा था और धीरे से "हरे मुरारे" का जाप कर रहा था। जैसे ही सत्यानंद ने कमरे में प्रवेश किया, वह उठा और सत्यानंद को अपने पैर छूने के लिए प्रणाम किया। ब्रह्मचारी ने उससे पूछा, "क्या आप दीक्षा लेंगे?"

दूसरे ने जवाब दिया। 'मुझ पर दया करो और मुझे दीक्षा दो।

तब सत्यानंद ने उसे संबोधित किया और मोहेन्द्र ने कहा, "क्या तुम दोनों ने आत्म-संयम से स्नान किया, उपवास किया और खुद को शुद्ध किया?"

दोनों ने जवाब दिया। "हाँ।

सत्यानन्द: क्या तुम दोनों भगवान की शपथ खाओगे कि तुम संतों के नियमों का पालन करोगे?

दोनों: "हम सहमत हैं।

सत्यानन्द: जब तक माँ का उद्धार नहीं हो जाता, तब तक क्या आप गृहस्थ का जीवन छोड़ देंगे?

दोनों: "हम सहमत हैं"

सत्यानंद: क्या आप अपने माता-पिता को छोड़ देंगे?

दोनों: "हम उन्हें छोड़ देंगे।

सत्यानंद : आपके भाइयों-बहनों?

दोनों: "हम उन्हें त्याग देंगे।

सत्यानंद : संबंध और सेवक?

दोनों: "हम सभी का त्याग करेंगे।

सत्यानंद: धन और भोग?

दोनों: "हम इसके द्वारा सब कुछ त्याग देते हैं।

सत्यानंद : क्या आप सभी कामुक भोगों पर विजय प्राप्त करेंगे? क्या आप कभी भी एक महिला के साथ एक ही सीट पर नहीं बैठेंगे?

दोनों: हम एक महिला के साथ एक ही सीट पर नहीं बैठेंगे। हम सभी कामुक भोगों पर विजय प्राप्त करेंगे।

सत्यानंद: भगवान की कसम खाओ कि तुम न तो अपने लिए और न ही अपने लोगों के लिए पैसा कमाओगे। जो कमाएंगे वैष्णव कोषागार में देंगे।

दोनों: हम ऐसा करेंगे।

सत्यानंद: सच्चे धर्म के लिए आप हथियार उठाएंगे और लड़ेंगे?

दोनों: हम ऐसा करेंगे।

सत्यानंद: आप युद्ध में कभी नहीं उड़ेंगे या वापस नहीं लौटेंगे?

दोनों: नहीं।

सत्यानंद: अगर आप अपनी कसम तोड़ते हैं?

दोनों: हम एक जलती हुई चिता पर चढ़ेंगे या जहर लेंगे और इस तरह मौत को गले लगाएंगे।

सत्यानंद : एक बात और। आपकी जाति के बारे में क्या? आप किस जाति के हैं? मोहेन्द्र कायस्थ है। दूसरे की जाति क्या है?

" दूसरे व्यक्ति ने जवाब दिया। "मैं एक युवा ब्राह्मण हूँ।

सत्यानंद: यह बहुत अच्छा है। क्या आप अपनी जाति छोड़ने के लिए सहमत होंगे? सभी संतन एक ही जाति के हैं। इस महान व्रत में हम ब्राह्मणों और शूद्रों में भेद नहीं करते। आपकी क्या राय है?

दोनों: हम कोई भेद नहीं करेंगे। हम सब एक ही माँ की संतान हैं।

सत्यानंद : तब मैं आपको दीक्षा दूंगा। आपने अभी जो प्रतिज्ञा ली है, उसे न तोड़ें। मुरारी खुद गवाह है। जो रावण, कंगशा, हिरण्यकशिपु, जरासंध, शिशुपाल आदि का नाश करने वाला है, वह जो हमारे सभी दिलों का ज्ञाता है, वह जो सर्व-विजेता है, वह जो सर्वशक्तिमान है, ब्रह्मांड का शासक जो इंद्र की गड़गड़ाहट या बिल्ली के पंजे में समान रूप से निवास करता है, वह वह है जो व्रतों के तोड़ने वाले को नष्ट कर देगा और उसे अनन्त दंड के लिए भेज देगा।

दोनों: "ऐसा ही हो।

सत्यानंद: *सिंग बंदे मातरम।*

उस शांत मंदिर में दोनों ने माता की स्तुति का यह गीत गाया, तब ब्रह्मचारी ने उचित संस्कार के साथ उन्हें दीक्षा दी।

अध्याय VI

दीक्षा के बाद सत्यानंद मोहेन्द्र को एक सुनसान जगह पर ले गया। दोनों बैठ गए। सत्यानंद ने कहा, "मेरे बच्चे, जब से तुमने यह महान व्रत लिया है, हमने निष्कर्ष निकाला है कि भगवान हमारे पक्ष में हैं। आपके माध्यम से माता का एक महान कार्य पूरा होगा। मेरे निर्देशों को ध्यान से सुनो। मैं आपको जंगलों में छापामार युद्ध में भाग लेने के लिए नहीं कहता। *पदचिन्हा* को लौटें। अपने ही घर में रहना होगा और संन्यासी के व्रत का पालन करना होगा।

यह सुनकर मोहेन्द्र हैरान और उदास दोनों हो गया। उन्होंने कोई उत्तर नहीं दिया। ब्रह्मचारी ने आगे कहा —— "अब हमारे पास कोई निवास स्थान नहीं है जहाँ यदि सैनिकों का एक मजबूत दल आता है, तो हम पर्याप्त भोजन के साथ बिना किसी खतरे के दस दिनों तक भी खुद को बंद कर सकते हैं। हमारे पास कोई किला नहीं है। आपके पास एक बड़ा घर है, आपका गांव आपके नियंत्रण में है। मैं वहां एक किला बनाना चाहता हूं। यदि हम *पदचिन्हा* को खाई से घेर लें और अंतराल पर सैनिकों के लिए चौकी और तटबंध स्थान तोपों का निर्माण करें तो बहुत अच्छा किला बनाया जा सकता है। जाओ और अपने घर में रहो। धीरे-धीरे दो हजार संतन वहां जाएंगे। किले और लड़ाइयों का निर्माण उनके द्वारा किया जाना चाहिए। तुम वहाँ लोहे की अच्छी तिजोरी भी बनवाओगे। वह संतानों का खजाना होगा। सोने से भरे संदूक मेरे द्वारा एक-एक करके भेजे जाएंगे। उस पैसे से आप यह काम करेंगे। और मैं सभी स्थानों से कुशल कारीगरों को लाऊंगा। जब ये कारीगर आएंगे तो *आप पडाचिन्हा* में कारखाना लगाएंगे, वहां आप तोपें, गोले, बारूद और बंदूकें बनाएंगे। इसलिए मैं आपको अपने घर जाने के लिए कह रहा हूं।

मोहेन्द्र मान गया।

अध्याय VII

मोहनेन्द्र ने सत्यानंद के चरणों में प्रणाम करके प्रस्थान किया। उसी दिन दीक्षा लेने वाला दूसरा शिष्य आया और उसने सत्यानंद के चरणों में प्रणाम किया। सत्यानंद ने उसे आशीर्वाद देकर उसे काले हिरण की खाल पर बैठने की अनुमति दी। कुछ मधुर बातचीत के बाद उन्होंने उससे पूछा, "ठीक है, आपको कृष्ण में गहरी आस्था है, है ना?"

शिष्य ने कहा, "मैं ऐसा कैसे कह सकता हूं? जो मुझे विश्वास लगता है वह पाखंड या आत्म-धोखा हो सकता है।

सत्यानंद ने उससे प्रसन्न होकर उत्तर दिया, "तुमने अच्छा सोचा है। तुम्हें ऐसे कर्तव्यों का पालन करना चाहिए जिससे तुम्हारी भक्ति दिन-प्रतिदिन गहरी हो सके। मैं तुम्हें आशीष देता हूं कि तुम्हारे प्रयास फल लाए; आप उम्र के बहुत छोटे हैं। हे मेरे पुत्र, मैं तुझे किस नाम से बुलाऊँ? मैंने अभी तक आपसे यह नहीं पूछा है।

नए शिष्य ने उत्तर दिया। "मुझे किस नाम से बुलाओ जो तुम्हें अच्छा लगे। मैं वैष्णवों का दास हूं।

सत्यानंद: आपकी युवावस्था के कारण हम आपको नवीनानंद कहना चाहते हैं। तो आप इस नाम को अपना सकते हैं। लेकिन मैं आपसे एक बात पूछना चाहता हूं। पहले आपका नाम क्या था। यहां तक कि अगर मुझे अपना नाम बताने के लिए एक बार है, तो भी आपको बोलना चाहिए। यदि आप मुझे अपना नाम बताएंगे तो यह दूसरों को नहीं बताएगा। संतान धर्म का सार यह है, वह, जो नहीं बोलना है, वह भी गुरु को बताया जाना चाहिए / मुझे यह बताने में कोई बुराई नहीं है।

शिष्य: मेरा नाम शांतिराम देव शर्मा है।

सत्यानंद: "तुम्हारा नाम पापी शांतिमणि है।

इस प्रकार सत्यानंद ने अपने बाएं हाथ में अपने शिष्य को घुमाते हुए कहा: लंबी रेवेन काली दाढ़ी ने इसे एक खिंचाव दिया। झूठी दाढ़ी उतर गई और सत्यानंद ने कहा, "मेरी बेटी, तुम मुझे भी धोखा देना चाहती हो और अगर तुम्हें मुझे धोखा देना ही है, तो इस उम्र में इतनी लंबी दाढ़ी क्यों? लेकिन भले ही आपने अपनी दाढ़ी, अपनी आवाज़, अपनी आँखों की झलक कम कर दी हो, क्या आप उन्हें छिपा सकते हैं? अगर मैं इतना मूर्ख होता तो क्या मैं इतना कुछ हासिल कर पाता?

शांति, बेचारी आत्मा पहले ही दोनों हाथों से अपनी आँखें ढक चुकी थी और सिर झुकाए बैठी थी। इसके तुरंत बाद अपने हाथों को अपने चेहरे से नीचे करते हुए और बूढ़े आदमी के चेहरे पर अपनी मोहक आँखें ठीक करते हुए उसने कहा, "मेरे भगवान, मैंने क्या गलती की है? क्या औरत की बाँहों में कभी ताकत नहीं मिलती?"

सत्यानंद: जैसे गाय के खुर से बने छोटे से गड्ढे में पानी रखा जा सकता है।

संती: क्या आप कभी संतानों की ताकत का परीक्षण करते हैं?

सत्यानंद : मैं ऐसा ही करता हूं।

यह कहते हुए सत्यानंद एक स्टील धनुष और कुछ तार ले आए और कहा — "आपको इस स्टील के धनुष को इस तार से बांधना होगा। धनुष स्ट्रिंग लंबाई में एक यार्ड होना चाहिए। धनुष को स्ट्रिंग करते समय धनुष अक्सर खुद को खोल देता है और इसे स्ट्रिंग करने वाले व्यक्ति को नीचे फेंक देता है। जो इस धनुष को तार सकता है वह वास्तव में एक मजबूत आदमी है।

संती ने धनुष और बाण लिया और बारीकी से उसकी जांच करते हुए पूछा: "क्या सभी संतानों ने यह परीक्षा उत्तीर्ण की है?"

सत्यानंद: नहीं, इस परीक्षा से मैं केवल उनकी शक्ति की जांच कर पाया हूं।

संती: क्या कोई इस परीक्षा को पास कर पाया है?

सत्यानंद : हां, केवल चार आदमी ।

संती: क्या मैं पूछ सकता हूं कि वे कौन हैं?

सत्यानंद: आपके जानने पर कोई रोक नहीं है। उनमें से एक मैं खुद हूं।

संती: दूसरों?

सत्यानंद : जीवानंद , भवनाद, ज्ञानानंद।

संती ने धनुष लिया और बिना किसी कठिनाई के उसे तार से बांधकर सत्यानंद के चरणों में फेंक दिया।

सत्यानंद आश्चर्यचकित, भयभीत और चकित था। थोड़ी देर बाद उसने पूछा। "क्या आप एक देवी या केवल एक महिला हैं?

संती ने हाथ जोड़कर उत्तर दिया, "मैं केवल एक महिला हूं लेकिन मैं एक ब्रह्मचारिणी हूं।

सत्यानंद: वह कैसे? क्या आप बाल विधवा हैं? नहीं! बाल विधवाओं में यह ताकत नहीं हो सकती। वे दिन में केवल एक बार भोजन पर रहते हैं।

संती: मैं एक विवाहित महिला हूं।

सत्यानंद: आपके पति गायब हो गए हैं?

संती: नहीं! उसका ठिकाना ज्ञात है। मैं उसकी तलाश में आया हूं।

अचानक बादलों के बीच से चमकते सूरज की तरह, सत्यानंद के दिमाग में स्मृति चमक उठी।

सत्यानंद ने कहा। जीवानंद की पत्नी का नाम शांति था। क्या आप जीवानंद की पत्नी हैं?

अब संती ने अपने चेहरे को अपने उलझे हुए तालों से ढक लिया। ऐसा लग रहा था कि कई हाथियों के दांत गिर गए हैं और सूरज को ढंक दिया है।

सत्यानंद ने आगे कहा, "तुम यह पाप करने क्यों आए हो?"

तुरंत संती ने अपने उलझे हुए तालों को वापस फेंक दिया और उठे हुए चेहरे के साथ जवाब दिया, "क्या पापपूर्ण व्यवहार है, मेरे प्रभु? यदि पत्नी अपने पति के मार्ग का अनुसरण करती है तो क्या यह पापपूर्ण व्यवहार है? यदि सनातन-धर्म में इसे पाप व्यवहार माना जाता है तो संतन-धर्म एक नीच धर्म है। मैं धर्म में उसका साथी हूं। वह अपनी मन्नतों का अभ्यास कर रहा है। मैं भी उनके साथ इन व्रतों का अभ्यास करने आया हूं।

शान्ति का उग्र भाषण सुनकर और उसके उठे हुए सिर, कंधे पीछे की ओर फेंकते, काँपते होंठ, चमकीले मगर अश्रुपूरित आँखों को देखकर सत्यानंद प्रसन्न हो गया । उसने कहा, "तुम वास्तव में एक पवित्र पत्नी हो। लेकिन मेरी बेटी, एक पत्नी, केवल एक गृह-धारक के कर्तव्यों में भागीदार है। उसके वीरतापूर्ण कर्मों में उसका क्या स्थान हो सकता है?"

संती: पत्नी के बिना कौन सा महान नायक नायक रहा है? अगर राम सीता नहीं होते, तो क्या वे नायक होते? अर्जुन की कितनी पत्नियां थीं? क्या आप उन्हें गिन सकते हैं? भीम की ताकत उतनी ही महान थी जितनी उनकी पत्नियां असंख्य थीं। मुझे कितने उदाहरण देने चाहिए और मुझे आपको उदाहरण क्यों देना चाहिए?

सत्यानंद : यह सच है। लेकिन कौन सा नायक अपनी पत्नी के साथ युद्ध के मैदान में जाता है?

शान्ति: जब अर्जुन वायु से जादवों की सेना से युद्ध कर रहा था, तब उसका रथ कौन चला रहा था? यदि द्रौपदी उनके साथ नहीं होती तो क्या पांडव कुरुक्षेत्र के युद्ध में लगते?

सत्यानंद : ऐसा हो सकता है। लेकिन वे अर्ध-देवता थे। आम पुरुषों का मन महिलाओं की ओर इस कदर आकर्षित होता है कि वे अपने उद्देश्य से भटक जाते हैं। इस कारण संतों का व्रत यह है कि, वे एक महिला के समान आसन पर नहीं बैठेंगे। जीवानंद मेरा दाहिना हाथ है। क्या आप मेरा दाहिना हाथ तोड़ना चाहते हैं?

शांति: मैं आपकी दाहिनी भुजा को मजबूत करने आया हूं। मैं ब्रह्मचारिणी हूं और ब्रह्मचारिणी ही रहूंगी। मैं केवल अपने धर्म का पालन करने आई हूं, अपने पति को देखने के लिए नहीं। मैं अपने पति से अलग होने

के गम से अभिभूत नहीं हूं। मुझे उस धर्म का भागीदार क्यों नहीं होना चाहिए जिसे मेरे पति ने अपनाया है? मैं इसी उद्देश्य से आया हूं।

सत्यानंद: यह ठीक है। मैं कुछ दिनों तक तुम्हारी परीक्षा लूंगा।

संती ने पूछा: "क्या मैं आनंदमठ में रह पाऊंगा?"

सत्यानंद: आज आप कहां जा सकते हैं?

संती: उसके बाद?

सत्यानंद: देवी भवानी की तरह आपकी भौंह आग की तरह जलती है। आपको संतानों को क्यों जलाना चाहिए?

यह कहकर और संती को आशीर्वाद देकर उसने उसे जाने को कहा।

संती ने खुद से कहा, "बस पुराने आदमी की प्रतीक्षा करो। क्या मेरी भौंह की लौ आग की तरह है? क्या मैं एक जली हुई भौंह (एक बदकिस्मत महिला) हूं या आपकी मां एक जली हुई भौंह है?

वास्तव में सत्यानंद का यह मतलब नहीं था। उसने उसकी नज़रों के चमकने का ज़िक्र किया था। लेकिन क्या एक बूढ़ा आदमी एक जवान औरत से ऐसा कह सकता है?

शांति ने उस रात मठ में रहने की अनुमति प्राप्त की थी। कई कमरे खाली थे। गोबर्धन नामक एक नौकर - वह भी एक निम्न क्रम का संतन था - एक टेपर लिया और संती को कमरे दिखाए। सैंटी को उनमें से कोई भी पसंद नहीं आया। सारी आशाओं को खोकर गोबर्धन संति को वापस सत्यानंद के पास ले जा रहा था। संती ने कहा: "भाई संतन, इस तरफ कई कमरे हैं - हमने उन्हें नहीं देखा है।

गोबर्धन ने जवाब दिया: "ये वास्तव में बहुत अच्छे कमरे हैं, लेकिन उनमें पहले से ही लोग हैं।

संती: उन पर कौन कब्जा करता है?

गोबर्धन: बड़े सेनापति उन पर कब्जा कर लेते हैं।

संती: बड़े सेनापति कौन हैं?

गोबर्धन: भवनाद, जीवनंद, धीरानंद , ज्ञानानंद। आनंद मत आनंद से भरा है।

संती: चलो उनके कमरे देखते हैं।

गोबर्धन सबसे पहले संति को धीरानंद के कमरे में ले गया। धीरनन्द महाभारत से द्रोण पर अध्याय पढ़ रहे थे — अभिमन्यु ने सात नायकों के साथ उनके रथों पर कैसे युद्ध किया। उसका मन इसी में डूबा हुआ था। वह नहीं बोले। संती बिना कुछ कहे कमरे से बाहर चली गई।

इसके बाद संती भवानंद के कमरे में दाखिल हुए। भवानन्द नेत्रों को ऊपर उठाकर एक निश्चित चेहरे पर ध्यान कर रहे थे। जिसका चेहरा तो मैं नहीं जानता, लेकिन वो बहुत खूबसूरत चेहरा था। रेवेन काले मीठे सुगंधित घुंघराले बाल सुंदर धनुषाकार पेंसिल वाली आंखों की भौंहों की एक जोड़ी पर गिर गए, और बीच में चरम सुंदरता का एक अर्धचंद्राकार माथा था था जहां मृत्यु की काली छाया डाली गई थी। मानो मृत्यु और अमर सौंदर्य, संघर्ष में लगे हुए थे। उसकी आँखें बंद थीं, उसकी भौंह शांत थी, उसके होंठ नीले थे, उसके गाल पीले थे, उसकी नाक ठंडी थी, उसकी छाती ऊपर उठी हुई थी, हवा उसके कपड़ों पर बह रही थी और उन्हें अव्यवस्थित कर रही थी। फिर जैसे शरद ऋतु के बादलों के बीच छिपा चाँद धीरे-धीरे बादलों को रोशन करता है और अपनी पूरी महिमा में प्रकट होता है, जैसे सुबह का सूरज, सफेद ऊन के बादल पर अपनी सुनहरी किरणों को प्रतिबिंबित करता है, पूरे आकाश को रोशन करता है और पूरे आकाश को रोशन करता है, जिससे जमीन और पानी पर खुशी आती है, कीड़े और सभी प्राणियों के लिए, इस प्रकार धीरे-धीरे जीवन की सुंदरता उस लाश को जीवंत कर रही थी। आह! क्या सुंदरता! भवानन्द उस पर ध्यान कर रहे थे। वह नहीं बोले। उसका हृदय कल्याणी की सुंदरता के लिए तड़प रहा था। उन्होंने शांति की सुंदरता पर एक नज़र नहीं डाली।

इसके बाद संती दूसरे कमरे में चली गई। उसने पूछा। "यह कमरा किसका है?

गोबर्धन ने जवाब दिया: "यह कमरा जीवानंद ठाकुर का है।

संती: कौन है ? यहां कोई क्यों नहीं है?

गोबर्धन: वह कहीं गया है। वह तुरंत लौट आएंगे।

संती: यह सबसे अच्छा कमरा है।

गोबर्धन: फिर भी, आप इस कमरे में कब्जा नहीं कर सकते।

संती: क्यों?

गोबर्धन: जीवानंद ठाकुर इस कमरे में रहते हैं।

संती: वह चाहे तो अपने लिए दूसरा कमरा ढूंढ सकता है।

गोबर्धन: यह संभव नहीं है। जो इस कमरे में रहता है उसे मठ का प्रमुख कहा जा सकता है। यहां सब कुछ उसकी इच्छा के अनुसार किया जाता है।

संती: ठीक है, तुम जा सकते हो। अगर मुझे कमरा नहीं मिला तो मैं पेड़ के नीचे रहूंगा।

यह कहकर और गोबर्धन को विदा करके संती उस कमरे में दाखिल हुए। उसमें प्रवेश करने के बाद उसने जीवनानंद की काली हिरण की खाल ली, उसे फर्श पर फैलाया, शंकु को चमकाया और जीवनानंद की पुस्तकों में से एक को लेकर उसे पढ़ना शुरू कर दिया।

कुछ समय बाद जीवानंद लौट आया। हालांकि संती एक आदमी के रूप में तैयार किया गया था, वह तुरंत उसे पहचान लिया और कहा, "यह क्या है, शांति?"

संति ने धीरे से किताब के पास रखा और जीवानंद के चेहरे की ओर देखते हुए बोला, "कौन है शांति, सर?"

जीवानंद को आश्चर्य हुआ। अंत में उसने कहा, "कौन है संती, सर? क्यों, तुम संती नहीं हो?"

संती ने तिरस्कार के साथ उत्तर दिया, "मैं नवीन गोस्वामी हूं। यह कहते हुए एक बार फिर उसने अपना ध्यान उस किताब की ओर लगाया जो वह पढ़ रही थी।

जीवानंद जोर से हंस पड़ा। उन्होंने कहा, "यह वास्तव में एक नया तमाशा है। खैर नवीनानंद, तुम यहाँ क्यों हो?"

संती ने उत्तर दिया: "सज्जनों के बीच यह प्रथा है, जब कोई नया परिचित होता है, तो एक-दूसरे को सम्मान के संदर्भ में संबोधित करते हैं और उन्हें 'सर' आदि के रूप में संबोधित करते हैं। मैं भी आपसे अनादर से बात नहीं कर रहा हूं। फिर आप मुझे परिचित रूप से क्यों संबोधित कर रहे हैं?

"जैसा आप चाहें, श्रीमान," यह कहकर जीवानंद ने उसके गले में कपड़ा डाल दिया और हाथ जोड़कर कहा, "बड़ी विनम्रता से आपका नौकर अब उसे यह बताने का अनुरोध करता है कि आप भरुईपुर से इस विनम्र घर में क्यों आए हैं।

संती ने बहुत गंभीरता से उत्तर दिया, "मुझे उपहास की भी कोई आवश्यकता नहीं दिखती। मैं भरुईपुर को नहीं जानता, मैं आज के दिन संतानों के धर्म को अपनाने आया हूं और मुझे दीक्षा दी गई है।

जीवनानंद : कैसा घोर दुर्भाग्य! क्या यह सच है?

संती: दुर्भाग्य क्यों? आप भी दीक्षा ले रहे हैं?

जीवनन्द: आप एक महिला हैं।

संती: वो कैसे? आप उस निष्कर्ष पर कैसे पहुंचे?

जीवनन्द: मुझे लगा कि मेरी पत्नी एक औरत है।

संती: क्या आपकी पत्नी है?

जीवनन्द: कम से कम मैं तो यही जानता था।

संती: क्या यह तुम्हारा विश्वास है कि मैं तुम्हारी पत्नी हूँ?

जीवानंद ने पुनः हाथ जोड़कर और गले में डोथ रखकर बड़ी विनम्रता से उत्तर दिया, "निश्चित रूप से, श्रीमान।

संती: अगर आपके मन में ऐसा मनोरंजक विचार आया है, तो आपका क्या कर्तव्य है, क्या आप मुझे बता सकते हैं?

जीवनन्द: मैं बलपूर्वक तुम्हारा ऊपरी वस्त्र उतार दूँ और तुम्हें चूम लूँ।

शांति: यह आपका बुरा विचार है या गंजिका के प्रति आपकी बहुत बड़ी भक्ति है। जब आप दीक्षा लेते थे तो कसम खाते थे कि आप एक महिला के साथ एक ही सीट पर नहीं बैठेंगे। अगर तुम मुझे स्त्री मानते हो—रस्सी को सांप समझने की इस तरह की गलती अक्सर होती है—तो तुम्हें किसी दूसरे आसन पर बैठना चाहिए। मुझसे बात करना भी आपके कर्तव्य के खिलाफ है।

इस प्रकार कहते हुए संती ने एक बार फिर अपना ध्यान अपनी पुस्तक पर लगाया। पराजित होकर जीवानंद ने अपने लिए एक अलग बिस्तर बनाया और लेट गया।

भाग III

अध्याय I

ईश्वर की कृपा से अशुभ बंगाली वर्ष 1276 समाप्त हो गया, बंगाल के लोगों के छह आना (तीन-आठवें) को यम की भूमि पर भेजने के बाद - कौन जाने कितने करोड़ - वह शापित वर्ष स्वयं समय के अंतराल के जबड़े में निगल गया था। वर्ष 1277 में भगवान दयालु थे। अच्छी बारिश हुई। प्रचुर फसलों के साथ पृथ्वी हरी हो गई, जो बच गए थे उन्होंने अपना पेट भर लिया। कई लोग पूर्ण या अर्ध-भुखमरी के कारण बीमार थे। वे बढ़े हुए भोजन को सहन नहीं कर सकते थे। इससे उनकी मौत हो गई। पृथ्वी वनस्पति से भरी हुई थी लेकिन मनुष्यों के बिना। सभी गांवों में निर्जन घर जानवरों का निवास स्थान बन गए और भूतों के भय का कारण बन गए। कई गांवों में सैकड़ों उपजाऊ खेत असिंचित और अनुपजाऊ बने रहे, या जंगल से भर गए। देश जंगलों से भर गया। जहां हँसते-हँसते मक्के के खेत देखने को मिलते थे, जहाँ असंख्य गाय-भैंसें चरती थीं, जहाँ गाँव के युवक-युवतियों के सुख-स्थल थे, वे धीरे-धीरे घने जंगल बन गए। एक, दो, फिर तीन साल बीत गए। जंगल बढ़ गए। जिन स्थानों पर मनुष्य सुखपूर्वक रहता था, अब मानव मांस के भूखे बाघ आकर हिरण और अन्य जानवरों का पीछा करते थे। उन जगहों पर जहां खूबसूरत युवतियों के बैंड अपने साथियों के साथ मजाक करते और हंसते हुए जाते थे, पायल के साथ मधुर संगीत बनाते थे, जो उनके चित्रित लाल पैरों को सजाते थे, भालू अब अपने छेद बनाते थे और अपने बच्चों को पालते थे। उन जगहों पर जहां बच्चे शाम को अपनी कोमल उम्र में ताजी खिली हुई जेसामीन की तरह खिलखिलाकर हंसते थे, जो दिल को सरासर उत्साह से संतुष्ट करती है, वहां आज बैंड में नशे में धुत हाथी पेड़ों की टहनियों को फाड़ते थे। जहां दुर्गा पूजा का त्योहार होता था, लोमड़ियों ने छेद बना दिए। डोल समारोह के लिए बनाए गए मंच पर उल्लुओं ने शरण ली। थिएटर के मैदान में जहरीले सांप भी जे के समय मेंढकों की तलाश में रहते थे। बंगाल में फसलें उगती थीं लेकिन उनका उपभोग करने के लिए लोग नहीं थे। बाजार की उपज बढ़ी, लेकिन उन्हें खरीदने वाला कोई नहीं था। किसान खेतों की जुताई करता था लेकिन बदले में उसे पैसे नहीं मिलते थे और वह जमींदार का किराया नहीं चुका पाता था। राज्य ने जमींदार की भूमि को जब्त कर लिया, जो इस प्रकार अपना सब कुछ खो चुके थे, गरीब होने लगे। पृथ्वी उपजाऊ हो गई, फिर भी मनुष्य अमीर नहीं बने। किसी के घर में पैसे नहीं थे। लोगों ने लूटपाट की और खाया। चोर और लुटेरे उग्र हो गए। भले लोग डर के मारे अपने घरों में छिप गए।

उधर सन्तान प्रतिदिन तुलसी के पौधे के पत्तों और चंदन-लेप से विष्णु जी के चरणों की पूजा करने लगे। अगर किसी के पास बंदूक या पिस्तौल होती तो वे उन्हें छीन लेते थे। भवानंद ने कहा था, "भाइयों, अगर हीरे, मूंगे और कीमती पत्थरों से भरे कमरे और टूटी हुई बंदूक के बीच कोई विकल्प है, तो हीरे, मूंगे और कीमती पत्थरों को छोड़ दो और टूटी हुई बंदूक ले आओ।

उसके बाद उन्होंने गांवों में जासूस भेजे। जासूस गांवों में गया और हर हिंदू को उन्होंने देखा, उन्होंने कहा, "भाइयों, क्या आप विष्णु की पूजा करेंगे?" इस प्रकार बीस या पच्चीस के बैंड इकट्ठा करके वे मुसलमानों

के गांवों में आए और उनके घरों को जला दिया। जब मुसलमान अपनी जान बचाने में व्यस्त होते थे तो संतान उनका सब कुछ लूटकर लूट को विष्णु की नई दीक्षाओं में बांट देते थे, फिर वे लूट से प्रसन्न ग्रामीणों को विष्णु के मंदिर में लाते थे और उन्हें संतान के रूप में दीक्षा देते थे। लोगों ने देखा कि संतन बनना लाभदायक है। विशेष रूप से लोग बुरी सरकार और अराजकता से घृणा करते थे जो मुस्लिम शासन के तहत प्रचलित थी। हिंदू धर्म के गायब होने के कारण, कई हिंदू हिंदू धर्म स्थापित करने के लिए उत्सुक थे। जैसे-जैसे दिन बीतते गए, सैकड़ों और हजारों लोग आए और जीवानंद और भवानंद के चरणों में प्रणाम किया और मुसलमानों को दंडित करने के लिए सभी पक्षों पर बैंड में चले गए। जहां भी वे सरकारी अधिकारियों की पकड़ में आते थे, वे उन्हें पीटते थे या उन्हें मार भी देते थे। जहां भी उन्हें राज्य का पैसा मिल सकता था, वे पैसे लूट लेते थे और इसे घर ले आते थे। जहाँ भी वे मुसलमानों के गाँवों में आते, वे उनमें आग लगा देते और उन्हें राख कर देते। संतानों को दंडित करने के लिए स्थानीय अधिकारियों ने बड़ी संख्या में सैनिकों को भेजना शुरू कर दिया। लेकिन अब संतानों को अच्छी तरह से संगठित, सशस्त्र और गर्व से उग्रवादी बनाया गया था। मुसलमान सैनिक अपने शक्तिशाली सरणी के खिलाफ आगे नहीं बढ़ सके। जहां उन्होंने आगे बढ़ने की कोशिश की, संतान बड़ी ताकत से उन पर गिर गए और उन्हें पूरी तरह से "हरिबोल" के जोर से रोने के लिए बिखेर दिया। यदि किसी भी समय मुसलमान सैनिकों ने संतानों के एक बैंड को पार कर लिया। तुरंत एक और बैंड उन पर गिर जाता, कोई नहीं जानता कि कहां से, और मुसलमानों के सिर काट दिए और चिल्लाते हुए चले गए, "हरि! हरि!" इस समय भारत में ब्रिटिश समुदाय का उगता सूरज वारेन हेस्टिंग्स गवर्नर-जनरल था। कलकत्ता में अपने निवास पर उन्होंने एक लोहे की जंजीर बनाई और मन ही मन सोचा। "इस श्रृंखला के साथ मैं भारत को उसके द्वीपों और समुद्रों के साथ बांधूंगा। किसी दिन अपने सिंहासन पर बैठे परमेश्वर ने निस्संदेह कहा था - "ऐसा ही हो," लेकिन वह दिन अभी भी दूर था। आज हरि की भयानक गूंज भरी चीखों ने वारेन हेस्टिंग्स को भी हिला दिया।

सबसे पहले हेस्टिंग्स ने फौजदार के सैनिकों द्वारा विद्रोह को दबाने की कोशिश की। लेकिन उनके सैनिक इतने हतोत्साहित थे कि अगर उन्होंने कभी हरि का नाम सुना तो वे उड़ जाएंगे। इसलिए सभी आशाओं को खोते हुए, हेस्टिंग्स ने विद्रोह को दबाने के लिए ईस्ट इंडिया कंपनी की एक रेजिमेंट के प्रमुख के रूप में कैप्टन थॉमस नामक एक चतुर सैनिक को भेजा।

कप्तान थॉमस ने उस स्थान पर पहुंचकर विद्रोह को दबाने के लिए उत्कृष्ट व्यवस्था शुरू कर दी। वह ईस्ट इंडिया कंपनी के अच्छी तरह से सशस्त्र और अच्छी तरह से प्रशिक्षित वास्तव में मजबूत सैनिकों, मुस्लिम राज्य से संबंधित सैनिकों और जमींदारों के साथ घुलमिल गया। फिर सैनिकों की इन मिश्रित कंपनियों को लेकर उसने उन्हें उपयुक्त बैंड में विभाजित किया और उनके ऊपर योग्य सेनापति नियुक्त किए। फिर उसने उनके बीच ग्रामीण पक्ष को विभाजित किया और प्रत्येक कमांडर से कहा कि उसे मछुआरे की तरह अपने जाल डालने चाहिए और देश को साफ करना चाहिए। "जहाँ भी आप चींटियों की तरह विद्रोहियों को देखते हैं, आपको उन्हें कुचल देना चाहिए। कंपनी के सैनिकों ने या तो रम या *गांजा* लिया , क्योंकि यह उन्हें प्रसन्न

करता था, अपनी बंदूकों पर संगीनों को ठीक करते हुए संतानों को मारने के लिए चला गया। लेकिन संतान अब असंख्य और अजेय थे। कैप्टन थॉमस के सैनिकों को किसानों की दराँतों से मकई की तरह काट दिया गया था। हरि के रोने से उसके कान बहरे हो गए! हरि!

अध्याय II

उस समय ईस्ट इंडिया कंपनी के पास कई रेशम कारखाने थे। शिवग्राम में इस तरह का कारखाना था। श्री डैनीवर्थ उस कारखाने के कारक या प्रमुख थे। उन दिनों इन कारखानों की सुरक्षा के लिए अच्छी व्यवस्था थी। इस प्रकार यह था कि श्री डैनीवर्थ किसी तरह अपनी जान बचा सकते थे। लेकिन उन्हें अपनी पत्नी और बेटियों को कलकत्ता भेजने के लिए मजबूर किया गया था और खुद को संतानों के उत्पीड़न का सामना करना पड़ा था। कैप्टन थॉमस सैनिकों के कुछ तीन या चार बैंड के साथ आया था और उस जिले में रह रहा था। अब संतानों के उत्साह को देखकर हरि, डोम, बागड़ी, बुनो जैसी कुछ निम्नतम जातियों के कुछ बदमाशों को दूसरों को लूटने के लिए प्रोत्साहित किया गया। उन्होंने कैप्टन थॉमस के खाद्य काफिले पर हमला किया। कैप्टन थॉमस की टुकड़ियों के लिए जाने वाले अच्छे आटे, स्पष्ट मक्खन, चावल और पक्षियों के गाड़ी-भार को देखकर, वे अपने लालच को नियंत्रित नहीं कर सके। उन्होंने गाड़ियों पर हमला किया लेकिन कैप्टन थॉमस के सैनिकों के हाथों में बंदूकों के बट सिरों से कुछ वार ने उन्हें वापस कर दिया। कैप्टन थॉमस ने तुरंत रिपोर्ट भेजी, "आज 157 सैनिकों के साथ 14730 विद्रोही हार गए थे। विद्रोहियों में से 2153 मारे गए, 1223 घायल हुए और सात को कैदी बना लिया गया। केवल अंतिम आइटम सच था। कैप्टन थॉमस, खुद को रॉसबैक के ब्लेनहेम की दूसरी लड़ाई का विजेता समझकर, अपनी मूंछों को घुमाते हुए और अपनी दाढ़ी को सहलाते हुए, निडर होकर एक जगह से दूसरी जगह गया और मिस्टर डैनीवर्थ को सलाह दी कि जैसा कि विद्रोह को दबा दिया गया था, वह कलकत्ता से अपनी पत्नी और बच्चों को ला सकता है। श्री डैनीवर्थ ने कहा, "मैं ऐसा करूंगा, केवल दस दिन यहां रहूंगा और जगह को थोड़ा शांत होने दूंगा। श्री डैनीवर्थ के घर में भोजन के लिए पाले गए अच्छे पक्षी और भेड़ें थीं। बहुत अच्छा पनीर था। उसकी मेज पर कई जंगली खेल पक्षी परोसे गए थे। उनकी दाढ़ी वाली रसोइया खाना पकाने में दूसरी द्रौपदी थी। इस प्रकार यह था कि बिना किसी आपत्ति के कैप्टन थॉमस अपने घर पर रहते चले गए।

उधर भवानंद अधीरता से झल्ला रहा था। वह सोच रहा था कि वह कब इस कैप्टन थॉमस का सिर काट सकता है और दूसरे सांबरारी का खिताब हासिल कर सकता है। उस समय संतानों को इस बात का एहसास नहीं था कि अंग्रेज भारत के उद्धार के लिए आए थे। वे इसे कैसे समझ सकते हैं? यहां तक कि अंग्रेज जो कैप्टन थॉमस के समकालीन थे, उन्हें भी यह नहीं पता था। यह विचार केवल ईश्वर के मन में था। भवानंद सोच रहा था - एक दिन मैं असुरों के इस झुंड को नष्ट कर दूंगा। उन्हें एक साथ इकट्ठा होने दो। उन्हें थोड़ा लापरवाह होने दो, अब हम थोड़ी दूरी पर रहें। इसलिए वे कुछ दूरी पर रहे। कैप्टन थॉमस, सैंटन्स से परेशान नहीं, जो उनके पक्ष में कांटों की तरह थे, श्री डैनीवर्थ के उत्कृष्ट रसोइया के गुणों पर अपना पूरा ध्यान लगाने में सक्षम थे।

कप्तान को शिकार का बहुत शौक था। कभी-कभी शिवग्राम के पास जंगल में वह शिकार करने चला जाता। एक दिन श्री डैनीवर्थ के साथ घोड़े की पीठ पर सवार होकर, और अपने साथ कुछ शिकारियों को

लेकर कैप्टन थॉमस शिकार के लिए निकले। सच बताऊं तो कैप्टन थॉमस बेहद साहसी थे। ताकत और कौशल में, यहां तक कि अंग्रेजों के बीच भी वह अप्रतिम था। उस जंगल की गहराई बाघों, भालुओं और जंगली भैंसों से भरी हुई थी। कुछ दूर आगे बढ़ने के बाद शिकारियों ने आगे जाने से मना कर दिया। उन्होंने कहा, "आगे जाने के लिए कोई सड़क नहीं है, हम नहीं जा सकते। श्री डैनीवर्थ भी एक बार उस जंगल में इतने भयानक बाघ से बच गए थे कि वह भी जाने के लिए तैयार नहीं थे। सभी ने वापस लौटने की इच्छा जताई। कप्तान थॉमस ने जवाब दिया। "आप वापस जा सकते हैं। मैं नहीं करूंगा। यह कहकर सरदार जंगल की गहराइयों में घुस गया।

वास्तव में उस जंगल में कोई रास्ता नहीं था। उसका घोड़ा प्रवेश नहीं कर सका। लेकिन कप्तान थॉमस, अपने घोड़े को अपने कंधे पर बंदूक के साथ पीछे छोड़कर, अकेले जंगल में प्रवेश किया। जंगल में प्रवेश करने के बाद उसने बाघों के लिए हर तरफ से खोज की, लेकिन कोई भी नहीं देख सका। उसने देखा कि फूलों की लताओं से घिरे एक बड़े पेड़ के नीचे कोई बैठा है। एक युवा संन्यासी अपनी सुंदरता के साथ जंगल को रोशन करने के लिए लग रहा था। ऐसा लग रहा था कि उस स्वर्गीय शरीर को छूते हुए फूल मधुर गंध में बढ़ गए हैं। कप्तान थॉमस चकित था। इसके तुरंत बाद वह बहुत क्रोधित हो गया। कैप्टन थॉमस देश की भाषा अच्छी तरह जानते थे। उसने पूछा। "तुम कौन हो?"

संन्यासी ने उत्तर दिया: "मैं संन्यासी हूँ।

कप्तान ने पूछा: "आप एक विद्रोही हैं?"

संन्यासी: "वह क्या है ?"

कप्तान: "मैं तुम्हें गोली मार दूंगा |"

संन्यासी: "गोली मार दो।

कैप्टन हिचकिचा रहा था कि उसे गोली चलानी चाहिए या नहीं। बिजली की तेज गति से तुरंत युवा संन्यासी उस पर गिर पड़ा और उसके हाथ से बंदूक छीन ली। फिर उसने अपनी छाती को छिपाते हुए हिरण की खाल को फेंक दिया। उसने अपने उलझे हुए ताले उतार दिए। कप्तान थॉमस ने एक अद्भुत सुंदर महिला को देखा। हँसते हुए स्त्री ने कहा; "साहब, मैं औरत हूँ। मैं किसी को चोट नहीं पहुंचाता। मैं आपसे केवल एक सवाल पूछता हूं – हिंदू और मुसलमान लड़ रहे हैं, आप हस्तक्षेप क्यों करते हैं? घर लौट जाओ।

कप्तान थॉमस: तुम कौन हो?

संती: तुम देख रही हूँ कि मैं संन्यासी हूँ। मैं उन लोगों में से एक की पत्नी हूँ जिनके साथ तुम लड़ने आए हो।

कैप्टन थॉमस: क्या आप मेरे घर में रहेंगे?

संती: कैसे? अपनी मालकिन के रूप में?

कैप्टन थॉमस: आप मेरी पत्नी के रूप में रह सकते हैं लेकिन कोई शादी नहीं होगी।

संती: मुझे भी एक अनुरोध करना है। हमारे घर में पालतू बंदर था। हाल ही में बंदर की मौत हो गई है। पिंजरा खाली है। मैं तुम्हारी कमर में जंजीर डाल दूंगा। क्या आप उस पिंजरे में रहेंगे? हमारे बगीचे में बहुत अच्छे केले हैं।

कैप्टन थॉमस: आप बहुत उत्साही महिला हैं, मैं आपके साहस से प्रसन्न हूं। मेरे घर आओ। लड़ाई में तुम्हारा पति मारा जाएगा। फिर तुम्हारा क्या होगा?

संती: तो फिर हम दोनों एक समझौता कर लें। मुकाबला तीन-चार दिन में होगा। यदि आप जीत गए तो मैं आपकी के रूप में रहूंगी। यदि आप अभी भी जीवित हैं तो मैं इससे सहमत हूं। और अगर हम जीत गए, तो आप हमारे पिंजरे में आएंगे और बंदर के रूप में तैयार होंगे और केले खाएंगे, है ना?

कैप्टन थॉमस: केले का स्वाद बहुत अच्छा होता है। क्या आपके पास अभी कुछ है?

संती: अपनी बंदूक ले लो। ऐसे बर्बर से बात करना संभव नहीं है।

संती ने बंदूक नीचे फेंक दी और हंसते हुए चला गया।

अध्याय III

सैंटी ने कैप्टन थॉमस को छोड़ दिया और एक हिरण के रूप में जंगल में प्रवेश किया। थोड़ी देर बाद कैप्टन थॉमस ने एक महिला के गाने की आवाज सुनी

"युवाओं की यह लहर कौन ज्वार कर सकता है?
हे हरि, राजमिस्त्री! हे राजमिस्त्री!

तभी कहीं सारंग की मधुर ध्वनि के साथ गीत बज रहा था -

"युवाओं की यह लहर कौन ज्वार कर सकता है?
हे हरि, राजमिस्त्री! हे राजमिस्त्री!

फिर उसके साथ एक आदमी की आवाज गूंजी-

"युवाओं की यह लहर कौन ज्वार कर सकता है?

हे हरि, हे राजमिस्त्री! हे हरि, हे राजमिस्त्री!"

तीनों आवाजें गीत में घुलमिल गईं और जंगल की लताएं उसके साथ कंपन करने लगीं। संती गाती चली गई -

"युवाओं की यह लहर कौन ज्वार कर सकता है?
हे हरि, और मुरारी! हरि, मुरारी!"
पानी में तेज हवा
मेरी नई नाव, यह आसानी से तैरती है;
देखो जिस नाव को पतवार पकड़ती है—
हरि, मुरारी! हरि, मुरारी!"
रेत का अवरोध टूट गया है भाई!
हमारी प्यारी आशाएं कौन गला घोंट सकता है?
नदी में उगता ज्वार है,
कौन इसे कभी रोक सकता है या रोक सकता है?
हे हरि, और मुरारी! हे हरि, और मुरारी!

और एक बार फिर सारंग पर खेला गया -

"नदी में उगता ज्वार है,

इसे कौन रोक सकता है या रोक सकता है?"

हे हरि, और मुरारी! हे हरि, और मुरारी!

जहाँ जंगल इतना गहरा हो गया था कि बाहर से यह देखना असंभव था कि भीतर क्या है, संती ने जंगल में प्रवेश किया। वहाँ शाखाओं और पत्तियों के बीच छिपी हुई एक छोटी सी झोपड़ी थी जो लट्ठों से बनी थी, पत्तियों से बनी थी, जिसमें एक तख़्त फर्श था जिसे मिट्टी के पेस्ट से सीमेंट किया गया था। संती झोपड़ी में घुसकर द्वार को ढकने वाली लताओं को उठा रहा था। कुटिया में जीवानंद सारंग पर बैठकर खेल रहे थे।

शांति को देखकर जीवानंद ने पूछा, "इतने दिनों बाद नदी में बढ़ता ज्वार आ रहा है?"

संती ने पूछा, "क्या नहरों और तालों के पानी में नदी-ज्वार बह सकता है?"

जीवानंद ने दुखी होकर कहा, "ठीक है शांति, मेरी प्रतिज्ञा तोड़ने के लिए जब मेरा जीवन पहले ही जब्त हो चुका है। जो भी पाप है उसका प्रायश्चित किया जाना चाहिए। मैं अब तक इसके लिए प्रायश्चित भी कर चुका होता, लेकिन आपके अनुरोध के लिए। लेकिन एक गंभीर लड़ाई में अब देरी नहीं की जा सकती है। उस युद्धक्षेत्र में मुझे वह तपस्या करनी चाहिए। इस जीवन का बलिदान होना चाहिए। मेरी मृत्यु का दिन - "

सैंटी ने उसे आगे बढ़ने की अनुमति दिए बिना कहा। "मैं तेरी पत्नी हूँ, तेरे साथ पवित्र विवाह में बंधी हुई हूँ; मैं आपका धार्मिक साथी हूं, धर्म में आपका समर्थन करता हूं। आपने एक अत्यंत कठिन धर्म को अपना लिया है। इसका अभ्यास करने में आपकी सहायता करने के लिए मैंने अपना घर छोड़ दिया है और जंगल में रह रहा हूं ताकि हम दोनों मिलकर अपने धर्म का पालन कर सकें। मैं तुम्हारे धर्म में तुम्हारी सहायता करूँगा। इसमें आपका साथी होने के नाते मैं आपको क्यों रोकूं? विवाह इस जीवन के लिए भी है और आने वाले जीवन के लिए भी। जो विवाह इस जीवन के लिए है, सोचो कि यह नहीं हुआ है। हमारी शादी आने वाले जीवन के लिए है। आने वाले जीवन में यह दोगुना फलदायी होगा। लेकिन प्रायश्चित की बात क्यों? तुमने कोई पाप नहीं किया है। आपका व्रत है कि आप एक महिला के साथ एक ही आसन पर नहीं बैठेंगे। क्यों, आपने ऐसा कभी नहीं किया। फिर प्रायश्चित की बात क्यों? हाय! मेरे प्रभु, आप मेरे गुरु हैं, क्या मैं आपको आपका धर्म सिखाऊं? आप एक नायक हैं, क्या मैं आपको वीरता और उसकी प्रतिज्ञा में सबक दूं?

जीवानंद ने खुशी से अभिभूत होकर कहा, "फिर भी आपने मुझे सिखाया है!" प्रसन्न मन से संती ने आगे कहा, "महाराज, इस जीवन में भी हमारा विवाह निष्फल नहीं है। तुम्हें मुझसे प्यार है। मैं तुमसे प्यार करता/ती हूँ। क्या इस जीवन में इससे बड़ा कोई वरदान है? गाओ - "बंदे मातरम्। फिर दोनों ने मिलकर "बंदे मातरम्" गाया।

अध्याय IV

भवानंद गोस्वामी एक दिन शहर गए। चौड़ी मुख्य सड़क से निकलकर वह एक संकरी गली में घुस गया। गली के दोनों ओर ऊँचे-ऊँचे घरों की कतारें थीं। केवल दोपहर में कभी-कभी सूरज इस गली में चमकता है। उसके बाद अंधेरा अधिक होता है। भवानंद ठाकुर गली के एक तरफ दो मंजिला घर में घुस गए। वह ग्राउंड फ्लोर के एक कमरे में गया जहां एक अधेड़ उम्र की महिला खाना बना रही थी। वह मध्यम आयु वर्ग की थी, मोटा, काला, नाक की अंगूठी पहने हुए, उसका माथा तना हुआ, उसके बाल उसके सिर के शीर्ष पर एक गाँठ में बंधे थे। वह चावल के बर्तन को जोर से हिला रही थी, महिला के साथ बर्तन पर प्रहार कर रही थी, उसके बालों के लड़खड़ाते सिरे हवा से हिल रहे थे, जबकि वह खुद से मुंह और सिर के झटकों के साथ बात कर रही थी, जिससे उसके सिर पर शीर्ष गाँठ सभी दिशाओं में चली गई। इतने में भवानंद महाप्रभु ने कमरे में प्रवेश किया और कहा, "बहन, मेरा प्रातःकालीन प्रणाम स्वीकार करो।

जब उस स्री ने भवानंद को देखा तो वह अपने अव्यवस्थित वस्त्रों को ठीक करने के लिए जल्दबाजी करने लगी। उसने अपने सिर पर लगी ऊपरी गाँठ को खोलने और अपने बालों को खोलने के बारे में सोचा, लेकिन वह चावल को हिलाने से अपने हाथों से अशुद्ध नहीं कर सकी। वह गीले और चमकते बाल, अफसोस! पूजा करते समय उसने उसमें एक बाक का फूल रखा था। उसने इसे अपने कपड़े के ऊपरी आधे हिस्से से छिपाने की कोशिश की, लेकिन कपड़ा इसे कवर करने में असमर्थ था क्योंकि महिला ने 21/2 गज की दूरी पर एक छोटा कपड़ा पहना था। केवल लंबाई में। 21/2 गज का वह कपड़ा। घाव होने के बाद उसका पर्याप्त घेरा लगभग समाप्त हो गया था। फिर भी उसने उसके भारी स्तनों के एक हिस्से को ढकने की कोशिश की थी। लेकिन कंधे तक पहुंचकर उसने नोटिस दिया था कि यह आगे कोई कार्य नहीं कर सकता। जब उसने उसे खींचा, तो उसके कानों तक पहुंचकर वह और नहीं पहुँच सका। अपरिहार्य विनम्र गौरी देवी ने अपने कानों के पास कपड़ा रखा और खुद को कसम खाई कि भविष्य में कम से कम 4 गज का कपड़ा खरीदें। अंत में कहा, "कौन है, गोस्वामी ठाकुर? आओ! आओ! लेकिन आप मुझे प्रणाम क्यों करते हैं, भाई?

भवानंद : क्योंकि तुम मेरे दादा हो।

गौरी: आप प्यार से ऐसा कहते हैं। लेकिन आप गोस्वामी हैं — देवता, आप जानते हैं। फिर भी, जब से आपने प्रणाम किया है, मुझे आपको लंबे जीवन का आशीर्वाद देने की अनुमति दें। इसके अलावा आप मुझे प्रणाम कर सकते हैं। आखिर मैं बूढ़ा हूं।

अब, भवानंद गौरी देवी से कम से कम 25 साल छोटी थी, लेकिन चतुर भवानंद ने जवाब दिया, "आप किस बारे में बात कर रहे हैं, ग्रैंड-डैम? क्योंकि आप हास्य की सराहना कर सकते हैं, मैं आपको अपना ग्रैंड-डैम कहता हूं। वरना जब हमने पिछली बार अपनी उम्र की तुलना की थी तो आप मुझसे छह साल छोटे पाए गए थे, क्या आपको याद नहीं है? जैसा कि आप जानते हैं, हम वैष्णवों के बीच सभी प्रकार की प्रथाएं हैं।

मेरी इच्छा है कि हम हमारे मठ के ब्रह्मचारी प्रमुख और आप में से बहुतों की अनुमति ले लूं। मैं आपको यह बताने आया हूं।

गौरी: फाई। क्या विचार है? आपको इसके बारे में कभी नहीं सोचना चाहिए। मैं एक विधवा हूँ।

भवानंद : फिर हम शादी नहीं कर सकते?

गौरी: तो ठीक है भाई, जैसा तुम ठीक समझो वैसा करो। तुम पंडित हो। हम केवल महिलाएं हैं। हम इन मामलों के बारे में क्या समझते हैं? फिर यह कब होगा?

भवानंद ने अपनी हँसी को नियंत्रित करने में कठिनाई के साथ कहा, "मुझे केवल ब्रह्मचारी साथी से मिलना है.......ठीक है! वह कैसी है?"

गौरी उदास हो गई। उसे शक होने लगा कि शादी का प्रस्ताव महज मजाक है। उसने कहा, "वह हमेशा की तरह और कैसे हो सकती है?"

भवानंद : कृपया एक बार जाकर देखें कि वह कैसी है और उससे कहो कि वह आई है और उसे देखेगी।

गौरी देवी ने जिस करछुल से चावल हिला रही थी उसे नीचे फेंक दिया और ऊंची खड़ी सीढ़ियाँ चढ़कर पहली मंजिल पर चली गईं। एक फटी चटाई पर एक अद्भुत सुंदर महिला बैठी थी। लेकिन उसकी सुंदरता पर एक गहरी छाया झूठ लग रहा था। यह एक छाया की तरह एक छाया थी जो चौड़ी गहरी नदी पर डाले गए काले बादल की तरह थी, जिसमें दोपहर की धूप में बाढ़ के किनारे चमक रहे थे। लहरें बीच धारा में उछल रही थीं, किनारों पर फूलों के पेड़ हवा के साथ लहरा रहे थे और अपने फूलों के बोझ के नीचे झुक रहे थे और घर भी सुरम्य दिख रहे थे। पानी को काटते हुए नावों की पंक्ति लहरों का निशान छोड़ गई? दोपहर का समय था, *फिर भी* उस काले बादल की छाया ने इस सारी सुंदरता पर एक उदासी डाल दी। यहाँ भी ऐसा ही था। वही सुन्दर चमकदार घने रेशमी बाल थे, शांत भरे हुए माथे पर वही अतुलनीय पेंसिल वाली धनुषाकार भौहें थीं, वही नम चमकती चमकीली काली बड़ी-बड़ी आँखें केवल वही ग्लैमरस निगाहों के बिना, बिना उसी सुस्त नज़र के, बस थोड़ी नीची थीं। लेकिन वही लाल होंठ थे, हर सांस के साथ कांपते हुए वही भरे हुए स्तन थे, वही नरम गोल भुजाएं थीं जिनसे जंगल की लताएं ईर्ष्या कर सकती थीं। लेकिन आज उस सुंदरता में वह चमक, वह चमक, वह झिलमिलाहट, वह आकर्षण नहीं था। कोई यह भी कह सकता है कि पहले जैसी युवावस्था नहीं थी। केवल वही सुंदरता और उसकी सहज मिठास थी। और इसमें एक नया गुण जोड़ा गया - एक रोगी गुरुत्वाकर्षण। पहले वह मनुष्यों की इस दुनिया में एक अतुलनीय सुंदर महिला प्रतीत होती थी, लेकिन अब वह देवताओं के निवास में एक शापित देवी प्रतीत होती थी। उसके बारे में बिखरी हुई दो या तीन पांडुलिपियां थीं। दीवार पर हरिनाम का उच्चारण करने वाली एक माला और यहां और वहां जगन्नाथ, बलराम और सुभद्रा के चित्र, राक्षस कालिया पर काबू पाने, नबनरिकुंज, कृष्ण द्वारा अपने स्नान पर गोपियों के कपड़े की चोरी, उनके हाथ पर कृष्ण द्वारा गोवर्धन की पहाड़ी और ब्रज लीला से संबंधित

101

अन्य चित्रों को चित्रित किया गया था, चित्रों के नीचे किसी ने लिखा था- "चित्र या चमत्कार?" भवानन्द ने उस कमरे में प्रवेश किया।

भवानंद ने पूछा: कल्याणी, क्या तुम ठीक हो?

कल्याणी: क्या आप मुझसे वही सवाल पूछना बंद नहीं करेंगे? मेरे शारीरिक कल्याण से आपके या मेरे लिए क्या अच्छा हो सकता है?

भवानंद : जो वृक्ष लगाता है, प्रतिदिन उसे सींचता है। यदि वृक्ष बढ़ता है तो वह प्रसन्न होता है। मैंने आपके मृत शरीर में जीवन और जीवन शक्ति बोई। वह जीवन शक्ति बढ़ रही है या नहीं, क्या मुझे यह नहीं पूछना चाहिए?

कल्याणी: क्या विष का वृक्ष कभी मुरझाता है?

भवानंद : क्या जीवन जहर है?

कल्याणी: नहीं तो मैंने इसमें अमृत डालकर इसे नष्ट करने की कोशिश क्यों की?

भवानंद : मैं बहुत दिनों से आपसे इसका कारण पूछना चाहता था, लेकिन पूछने का साहस नहीं हुआ। किसने आपके जीवन को जहरीला बना दिया?

कल्याणी ने काफी शांति से उत्तर दिया, "किसी ने भी मेरे जीवन को जहरीला नहीं बनाया। जीवन ही ऐसा है — मेरा जीवन, आपका जीवन, हमारा सारा जीवन।

भवानंद : सचमुच, कल्याणी, मेरा जीवन विषैला है। दिन के बाद से...... क्या आपने अपना संस्कृत व्याकरण पूरा कर लिया है?

कल्याणी: नहीं।

भवानंद : आपकी संस्कृत शब्द पुस्तक?

कल्याणी: मुझे यह पसंद नहीं है।

भवानंद : मैंने देखा कि आप अपनी पढ़ाई में कुछ रुचि लेते हैं। अब यह घृणा क्यों?

कल्याणी: जब आप जैसा विद्वान इतना बड़ा पापी है, तो बेहतर है कि पढ़ाई न करें। मेरे प्रभु, मेरे पति की क्या खबर?

भवानंद : आप बार-बार उसकी खबर क्यों मांगते हैं? तुम्हारे लिए वह मरे हुए के समान है।

कल्याणी: मैं उसके लिए मर चुकी हूँ, वह मेरे लिए नहीं।

भवानंद : तुम मर गए ताकि वह तुम्हारे लिए मर जाए। फिर उसी विषय पर वीणा क्यों, कल्याणी?

कल्याणी: अगर कोई मर जाता है, तो क्या सभी संबंध समाप्त हो जाते हैं? वह कैसा है?

भवानंद : वह ठीक है।

कल्याणी: वह कहाँ है? पदचिन्हा में?

भवानंद : हां, वह है।

कल्याणी: वह क्या कर रहा है?

भवानंद : वही काम जो वह कर रहे थे- किले का निर्माण और शस्त्र निर्माण। उन्होंने जिन हथियारों का निर्माण किया है, उनसे हजारों संतन सशस्त्र हो गए हैं। उसकी वजह से हम बंदूक, गोले, कारतूस, गन-पाउडर में नहीं चाहते हैं। संतानों में वह वास्तव में सबसे उत्कृष्ट है। उन्होंने हमारी बहुत बड़ी सेवा की है। वह हमारा दाहिना हाथ है।

कल्याणी: अगर मैं नहीं मरती, तो क्या यह सब होता? जिसके गले में कीचड़ से भरा बर्तन बंधा हो, क्या वह दुनिया के सागर में तैर सकता है? जिसके पैर जंजीर से बंधे हों, क्या वह दौड़ सकता है? मैंने इस व्यर्थ जीवन को क्यों बचाया, ओह! संन्यासी?

भवानंद : किसी की पत्नी उसके धर्म की साथी होती है, उसका आधार होती है।

कल्याणी: हाँ, छोटे धर्मों में। लेकिन महान धर्मों में वह एक कांटा है। विष के काँटे से मैंने अधर्म का यह काँटा निकाल लिया। आप पर फाई! हे पापी दुष्ट ब्रह्मचारीन! आपने इस जीवन को क्यों पुनर्जीवित किया?

भवानन्द: ठीक है। मैंने जो दिया है, वह मेरा ही रहने दो। वह जीवन जो मेरा उपहार था, क्या आप मुझे दे सकते हैं?

कल्याणी: क्या आप जानते हैं कि मेरी बच्ची सुकुमारी कैसी है?

भवानंद : बहुत दिनों से मुझे उसकी कोई खबर नहीं है, जीवानंद बहुत दिनों से उस तरफ नहीं गया है।

कल्याणी: क्या आप मुझे वह खबर ला सकते हैं? मैंने अपने पति को छोड़ दिया है। लेकिन जब मैं जिंदा हूं, तो मैं अपने बच्चे को क्यों छोड़ूं? अगर मुझे अभी सुकुमारी मिल सकती है, तो जीवन में थोड़ा आनंद मिलने की संभावना है। लेकिन आप मेरे लिए इतना क्यों कर रहे हैं?

भवानंद : मैं ऐसा ही करूंगी, कल्याणी। मैं तुम्हारे बच्चे को तुम्हारे पास ले आऊँगा। लेकिन उसके बाद?

कल्याणी: उसके बाद? क्या मतलब, ठाकुर?

भवानंद : आपके पति?

कल्याणी: स्वेच्छा से मैंने उसे छोड़ दिया है।

भवानंद : यदि उनकी मन्नत पूरी हो गई है?

कल्याणी: तब मैं उसकी हो जाऊंगी। क्या वह जानता है कि मैं जीवित हूं?

भावनंदा: नो!

कल्याणी: क्या आप उससे नहीं मिलते?

भवानन्द: मैं करता हूँ।

कल्याणी: क्या वह मेरे बारे में बात नहीं करता है?

भवानंद : नहीं, जो पत्नी मर चुकी है, पति का उससे क्या संबंध हो सकता है?

कल्याणी: आप किस बारे में बात कर रहे हैं?

भवानंद : तुम दूसरी शादी कर सकते हो। आपका पुनर्जन्म हुआ है।

कल्याणी: मेरे बच्चे को मेरे पास लाओ।

भवानंद : मैं ऐसा ही करूंगी। आप फिर से शादी कर सकते हैं।

कल्याणी: किसका? तुम?

भवानंद : शादी करोगे ?

कल्याणी: आप?

भवानंद : यदि ऐसा है ?

कल्याणी: तुम्हारा सतन धर्म कहाँ होगा?

भवानंद : अथाह जल में डूब जाएगा।

कल्याणी: आपका भावी जीवन?

भवानंद : वह भी अथाह जल में डूब जाएगा।

कल्याणी: यह महान व्रत?

भवानंद : यह भी अथाह जल में डूब जाएगा।

कल्याणी: आप इन सभी को अथाह पानी में क्या डूबने देंगे?

भवानंद : आपके लिए। हृदय नियंत्रण से रहित है, चाहे वह मनुष्य का हो, संत का हो—जिसने तृप्ति और मुक्ति प्राप्त कर ली है, या भले ही वह ईश्वर हो। सनातन का धर्म मेरा जीवन है। लेकिन आज मैं पहली बार तुमसे कह रहा हूं कि तुम मेरे लिए मेरे जीवन से अधिक प्रिय हो। जिस दिन से मैंने तुम्हें जीवन का उपहार दिया, उस दिन से मैंने खुद को तुम्हारे चरणों में एक गुलाम के रूप में बेच दिया। मुझे पहले नहीं पता था कि इस दुनिया में इतनी सुंदरता है। अगर मैंने ऐसी सुंदरता देखी होती तो मैं कभी भी संतानों के धर्म को नहीं अपनाता। तेरी सौन्दर्य की अग्नि में मेरा धर्म जलकर राख हो गया है। मेरा धर्म जला दिया गया है, मेरा जीवन अभी भी बना हुआ है। ये चार साल मेरी जिंदगी भी तेरी खूबसूरती की आग में जलती जा रही है। इसे अब और संरक्षित नहीं किया जा सकता है। यह एक जलती हुई आग है, कल्याणी, लेकिन जिस लकड़ी में आग लगनी है, वह चली गई है। मेरा जीवन क्षीण हो रहा है। चार साल से मैं इसे झेल रहा हूं। मैं इसे अब और सहन नहीं कर सकता। क्या तुम मेरे हो जाओगे?

कल्याणी: मैंने आपके ही मुख से सुना है कि सन्तों के धर्म के अनुसार जो वासना से पराजित हो जाता है, उसकी तपस्या मृत्यु है। क्या यह सच है?

भवानंद; यह सत्य है।

कल्याणी: आपकी तपस्या मृत्यु है।

भवानंद : मेरी एकमात्र तपस्या मृत्यु है।

कल्याणी: अगर मैं तुम्हारी इच्छा पूरी कर दूं तो क्या तुम मर जाओगे?

भवानंद : निश्चय ही मैं मर जाऊँगा।

कल्याणी: और अगर मैं आपकी इच्छा पूरी नहीं करती हूं?

भवानंद : फिर भी मृत्यु मेरी तपस्या है। क्योंकि मेरा हृदय मेरी इंद्रियों के अधीन हो गया है।

कल्याणी: मैं आपकी इच्छा पूरी नहीं करूंगी। तुम कब मरोगे?

भवानंद : अगली लड़ाई में।

कल्याणी: तो मुझे छोड़ दो। क्या आप मेरे बच्चे को मेरे पास भेजेंगे?

आँखों में आँसू लिए भवानंद ने कहा, "मैं ऐसा ही करूंगा। जब मैं मर जाऊंगा तो क्या तुम मुझे याद करोगे?

कल्याणी: मैं ऐसा करूंगी लेकिन प्रतिज्ञा तोड़ने वाले के रूप में।

भवानंद चला गया। कल्याणी पांडुलिपियों को पढ़ने के लिए बैठ गई।

भवानंद गहरे ध्यान में मठ की ओर चले गए। उसके पहुंचने में रात हो चुकी थी। वह. सड़क पर अकेला जा रहा था। वह अकेले ही जंगल में घुस गया। उसने देखा कि उसके सामने एक और व्यक्ति चल रहा है। भवानंद ने पूछा, "वहां कौन जाता है?"

" सामने जा रहे व्यक्ति ने कहा। "अगर ठीक से पूछा जाए तो मैं जवाब दे सकता हूं – मैं एक यात्री हूं।

भवानंद : रॉक!

सामने वाला व्यक्ति: "मातरम्!"

भवानंद : मैं भवानंद गोस्वामी हूं।

सामने वाला व्यक्ति: "मैं धीरानंद हूं।

भवानंद : धीरानंद तुम कहाँ थे?

धीरानंद : आपको खोजना।

भवानंद : क्यों?

धीरानंद : आपको कुछ बताने के लिए।

भवानंद : क्या?

धीरानंद : यह केवल एकांत जगह में ही बताया जा सकता है।

भवानंद : आप मुझे यहाँ बता सकते हैं। यह बहुत सुनसान जगह है।

धीरानंद : क्या आप शहर गए थे?

भवानंद : हाँ!

धीरानंद : गौरी देवी के घर तक?

भवानंद : क्या आप शहर भी गए थे?

धीरानंद : एक बहुत सुंदर स्त्री वहां रहती है?

भवानंद आंशिक रूप से चकित और आंशिक रूप से भयभीत था। वह: "यह क्या कह रहे हो?

धीरानंद : आप उनसे मिले?

भवानन्द: आगे क्या?

धीरानंद : आप उस स्त्री के प्रति बहुत आकर्षित हैं।

भवानंद ने कुछ सोचने के बाद कहा, "धीरानंद तुमने इतनी विस्तृत जानकारी क्यों ली? खैर, आपने जो कहा है वह सब सच है। आपके अलावा, कितने लोग इसे जानते हैं?

धीरानंद : और कोई नहीं।

भवानंद : तब यदि मैं तुम्हें मार सकूँ तो मैं सम्भावित भण्डार की लज्जा से मुक्त हो सकता हूँ।

धीरानंद : ऐसा ही है।

भवानन्द: तो आइए! इस सुनसान जगह में हम दोनों लड़ते हैं। या तो मैं तुम्हें मार डालूँगा और अपने आप को काँटे से छुटकारा दिलाऊँगा, या तुम मुझे मार डालोगे और मेरे सारे दर्द को ठीक कर दोगे। क्या आपके पास कोई हथियार है?

धीरानंद : मैं हथियारबंद हूं, कोई भी आपसे ये बातें निहत्थे कहने की हिम्मत नहीं करेगा। यदि आप लड़ने में जोर देते हैं तो मैं लड़ूंगा। संतानों के बीच विवाद वर्जित हैं; लेकिन आत्मरक्षा में लड़ना मना नहीं है। जिसे मैं तुम लोगों को बताने के लिए खोज रहा था, क्या लड़ने से पहले उसे सुनना बेहतर नहीं होगा?

भवानंद : कोई हर्ज नहीं है, बोलो!

भवानंद ने म्यान से तलवार निकालकर धीरानंद के कंधों पर रख दी, ताकि वह उड़ न जाए।

धीरानंद : मैं आपको सिर्फ यह बता रहा था — आप कल्याणी से शादी क्यों नहीं करते?

भवानंद : यह कल्याणी है, आप यह भी जानते हैं?

धीरानंद : उससे शादी क्यों नहीं कर लेते?

भवानंद : उसका पति है।

धीरानंद : वैष्णवों में ऐसे विवाह संभव हैं।

भवानंद : भिक्षुओं और मुंडा सिर वाले वैष्णवों के साथ ऐसा ही है, संतों के साथ नहीं। संतान शादी नहीं कर सकते।

धीरानंद : संतानों का धर्म त्याग दिया जाए। आपका जीवन दांव पर है। धिक! मेरे कंधे से खून बह रहा है। (सच में धीरानंद के कंधों से खून गिर रहा था)।

भवानंद : आप मुझे पाप मार्ग पर चलने के लिए मनाने आए हैं? निश्चित रूप से इसमें आपका कोई मकसद है।

धीरानंद : मैं भी यही कहना चाहता हूं। कृपया अपनी तलवार मेरे कंधे में न डालें। मुझे संतानों के इस धर्म से घृणा है। मैं इसे त्यागना चाहता हूं और अपनी पत्नी और बच्चों के चेहरे देखने और उनके साथ अपने दिन बिताने के लिए उत्सुक हूं। मैं संतानों के इस धर्म को त्याग दूंगा। लेकिन मेरे लिए अपने घर में रहना असंभव है। कई लोग मुझे विद्रोही जानते हैं। अगर मैं घर जाता हूं तो या तो राज्य के अधिकारी मेरा सिर काट देंगे या संतान मुझे देशद्रोही मानकर मार देंगे और चले जाएंगे। यही कारण है कि मैं आपको अपने सोचने के तरीके में बदलना चाहता हूं।

भावनंदा: वी मी?

धीरानंद : यही मुख्य बात है। संतन आपके आदेश के अधीन हैं। श्री केवी सत्यानंद यहां नहीं हैं। आप उनके नेता हैं। इन सैनिकों के साथ लड़ो। आप जीतेंगे, मैं पूरी तरह आश्वस्त हूं। जीत जाते ही अपने नाम से राज्य क्यों नहीं स्थापन करते? सेना आपकी कमान में है। राजा बनो। कल्याणी को अपनी मंदोदरी बनने दो। मैं आपका अनुयायी बनूंगा और अपने शेष दिन अपनी पत्नी और बच्चों के चेहरे को देखने और आपको आशीर्वाद देने में बिताऊंगा। सनातन धर्म गहरे समुद्र में डूब जाए।

भवानन्द ने धीरे-धीरे धीरानंद के कंधे से तलवार उतार दी। उन्होंने कहा, "धीरानंद ! लड़ो, मैं तुम्हें मार डालूंगा। मैं अपनी इंद्रियों के अधीन हो सकता हूं लेकिन मैं देशद्रोही नहीं हूं। आपने मुझे देशद्रोही होने की सलाह दी है। आप खुद देशद्रोही हैं। तुम्हें मारना ब्राह्मण की हत्या का पाप नहीं होगा। मैं तुम्हें मार दूंगा।

लेकिन इससे पहले कि भवानन्द अपनी बात पूरी करते, धीरानंद अपनी बात पूरी करने के लिए भागे। भवानंद ने उसका पीछा नहीं किया। कुछ देर के लिए भवानंद का मन गायब हो गया। जब उसने उसकी तलाश की तो वह नहीं मिला।

अध्याय VI

मठ में जाकर भवानंद ने वन की गहराइयों में प्रवेश किया। एक जगह एक खंडहर घर था। खंडहर और पत्थरों के ऊपर कांटे, झाड़ियाँ और लताएँ घनी विलासिता में उग आई थीं। वहां असंख्य सांपों ने अपना घर बना लिया था। खंडहर में इन कमरों में से एक कमोबेश पूरा और काफी साफ था। भवानंद वहीं जाकर बैठ गया। वहीं बैठा वह सोचने लगा।

रात घनी अंधेरी थी। इसके अलावा, वह जंगल बहुत बड़ा था, बिल्कुल निर्जन, बहुत घना, पेड़ और लताएं अभेद्य थीं, ताकि जंगली जानवर भी वहां मुश्किल से घुस सकें। यह एक विशाल जंगल था, निर्जन, अंधेरा, अभेद्य, चुप - और दूरी में बाघ की गर्जना या भूखे, भयभीत या धमकी देने वाले जंगली जानवरों की आवाज़ें सुनाई देती थीं। कभी किसी विशालकाय पक्षी के पंखों की फड़फड़ाहट तो कभी पीछा करने वाले या पीछा किए जा रहे जानवरों के उड़ते पैरों की आवाज सुनी जा सकती थी। खंडहर में बैठे उस एकांत अंधकार में अकेले भवानन्द थे। उसके लिए दुनिया अस्तित्वहीन थी या केवल सार में मौजूद थी। वह बैठा था, उसका सिर उसके हाथ पर टिका हुआ सोच रहा था, गतिहीन, निडर, लगभग ऐसा लग रहा था कि बिना सांस लिए वह गहरी सोच में डूबा रहा। वह अपने आप से कह रहा था - "जो किस्मत में है, वह होना चाहिए। जैसे एक छोटा हाथी शक्तिशाली गंगा की लहरों में गिर गया, मैं अपनी इंद्रियों की धारा में बह रहा हूं। यही मेरा दुख है। इस क्षण मेरा शरीर नष्ट हो सकता है। शरीर का विनाश इंद्रियों का विनाश है। मैं उन इंद्रियों का गुलाम बन गया हूं। बेहतर है कि मैं मर जाऊं। मैं अपने धर्म का गद्दार हूं। धिक! मैं मर जाऊँगा" तभी एक उल्लू ने जोर से हूट किया। इसके बाद भवानन्द ने जोर से बोलना शुरू किया। "यह शोर क्या है? यह ऐसा है जैसे मैं मृत्यु के परमेश्वर को मुझे बुलाते हुए सुनता हूँ। मुझे नहीं पता कि किसने शोर मचाया - मुझे किसने बुलाया? किसने दिया मुझे आदेश दिया? किसने मुझे मरने के लिए कहा? ओह धन्य अनंत! आप ध्वनि अवतार हैं, लेकिन मैं आपकी ध्वनि के आंतरिक अर्थ को नहीं समझता। मुझे मेरे धर्म के मार्ग पर ले चलो, मुझे पाप से दूर करो। हे मेरे गुरु! मेरे मन को धर्म के मार्ग पर ले जाने दो!

फिर, जंगल से एक अत्यंत प्यारी लेकिन गंभीर, एक अत्यंत कोमल छूने वाली मानव आवाज सुनाई दी। किसी ने कहा, "तुम्हारा मन धर्म के मार्ग पर ले जाए। मैं आपको आशीर्वाद देता हूं।

भवानन्द के बाल सिरे पर खड़े थे। वह क्या था! यह उनके गुरु का स्वर था। वह जोर से चिल्लाया, "महाराज, आप कहाँ हैं? तेरा दास तुझे इसी समय देख ले।

लेकिन किसी ने खुद को नहीं दिखाया। किसी ने जवाब नहीं दिया। भवानन्द ने बार-बार पुकारा। उसे कोई जवाब नहीं मिला। उसने चारों तरफ से तलाश की लेकिन वहां कोई नहीं था।

जब सुबह हुई और सूरज उगता है तो उस महान जंगल के ऊपर घने हरे पत्ते को रोशन करते हुए, भवानन्द मठ में लौट आए। वह किसी के जप को सुन सकता था। "हैरी मुरारे!" उन्होंने सत्यानंद की आवाज पहचानी। वह समझ गया कि सत्यानंद लौट आया है।

जब जीवानंद कुटिया से बाहर निकल गया, तो संति ने फिर से सारंग निकाला और धीरे-धीरे गाने लगा:

तूफानी सागरों में तूफ़ान तुम

नाव की तरह

तैरते हो

, वेद अपने आप में आराम करते

हैं, कितना प्रिय घेरा

।मछली की तरह आप

केशव स्वीट रूप लेते हैं!

जबकि, आपके चरणों में

विश्व के भगवान! आपकी प्रशंसा हम गाते हैं,

हरि की स्तुति के साथ दुनिया बजती है।

जब संगीत के स्वरों और लयबद्ध ताल के जादू से सजी शांति देवी की वाणी से गोस्वामी कवि द्वारा रचित स्तुति का मधुर भजन अंतहीन वन के अनंत मौन में प्रवेश कर गया और वसंत की हवाओं से प्रेरित नीले सागर की लहरों की लहरों की तरह आया जो किनारे पर लयबद्ध रूप से टूटता है, ध्वनि पूर्ण और मधुर हो गई; फिर उसने इस प्रकार गाया: -

फिर सभी प्राणियों के प्रति दयालु

बुद्ध महान के रूप में

आप रक्त के बलिदान संस्कारों से

घृणा करते हैं,

सृजन आपके प्यार से आप बाढ़ करते हैं।

संसार के स्वामी आपकी स्तुति हम गाते हैं,

हरि की स्तुति से संसार बजता है।

फिर बाहर से किसी ने गड़गड़ाहट के रोल के रूप में गहरी आवाज में गाया,

"कल्कि अवतार के रूप में तुम आते हो

बर्बर झुंड

अपनी तलवार के साथ

धूमकेतु के रूप में उज्ज्वल, ओह!

दुनिया को प्रकाश से मारने के लिए कितना उचित है।

संसार के स्वामी आपकी स्तुति हम गाते हैं,

हरि की स्तुति से संसार बजता है।

भक्ति से ओतप्रोत संती सत्यानंद के चरणों में गिर पड़े और उनके चरणों की धूल ले ली। उसने कहा, "मेरे प्रभु, किस सौभाग्य के लिए मेरा घर आपके चरणों की धूल से पवित्र हो गया है और मेरी आँखें आपको देखकर धन्य क्यों हैं? कृपया मुझे बताएं कि मुझे क्या करना है। यह कहते हुए एक बार फिर सारंग की डोरियों को धनुष से झाड़ते हुए उसने गाया:

प्रभु आपका आशीर्वाद अब और देरी नहीं,

जैसा कि आपके चरणों में

पवित्र मिठाई

हमारे कल्याण के लिए हम प्रार्थना करते हैं।

सत्यानंद ने कहा, "मेरी बेटी, सौभाग्य तुम्हारा होगा।

संती: यह कैसे हो सकता है जब मेरे लिए आपका आदेश विधवापन को गले लगाने का है।

सत्यानंद: मैं तब आपको नहीं जानता था - मेरी बेटी को रस्सी की ताकत का एहसास नहीं था जिसे मैंने बहुत जोर से खींचा था। तुम मुझसे ज्यादा समझदार हो, यह तुम्हें है कि तुम कोई रास्ता निकालो। जीवानंद को मत कहो कि मैं सब कुछ जानता हूं। आपकी खातिर वह अपने जीवन की रक्षा कर सकता है। वह अब तक ऐसा कर रहे हैं। तभी मेरा कार्य पूरा किया जा सकता है।

उन चमकती काली आँखों पर एक गुस्से में नज़र अंधेरे गर्मियों के बादलों में बिजली के रूप में खेला जाता है। संती ने कहा, "यह कैसे हो सकता है, महाराज! मेरे पति और मैं एक आत्मा हैं। तुम्हारे और मेरे बीच जो कुछ भी बीत चुका है, मैं उसे सब बता दूँगा। अगर उसे मरना है, तो वह मर जाएगा। यह मेरे लिए कोई नुकसान नहीं है। मैं भी उसके साथ मर जाऊंगा। यदि स्वर्ग उसका प्रतिफल है, तो क्या तुम समझते हो कि मैं भी स्वर्ग नहीं जाऊँगा?

ब्रह्मचारी ने कहा, "मैं कभी पराजित नहीं हुआ। आज मैं आपसे हार स्वीकार करता हूं। मेरी बेटी, मैं आपके बेटे की तरह हूं। अपने बच्चे पर दया करो। जीवानंद को बचाओ। अपनी जान बचाओ। मेरा काम पूरा करो।

शांति की मुस्कान बिजली की तरह चमक उठी। "मेरे पति का धर्म उनकी अपनी चिंता है। मैं कौन होता हूं उसे उसके धर्म के मार्ग से ले जाने वाला? इस जीवन में स्त्री के लिए उसका पति भगवान है लेकिन हम सबके लिए जो जीवन है उसमें हमारा धर्म ही हमारा ईश्वर है। मेरे लिए मेरा पति महान है, लेकिन मेरा धर्म बड़ा है, लेकिन उससे भी बड़ा मेरे पति का धर्म है। मैं जब चाहूं अपने धर्म का त्याग कर सकता हूं। लेकिन

क्या मैं अपने पति के धर्म का त्याग कर दूं? आपके आदेश पर अगर मेरे पति को मरना है तो उसे मरने दो। मैं उसे जीने के लिए नहीं कहूंगा।

ब्रह्मचारी ने गहरी सांस ली और कहा, "मेरी बेटी, इस भयानक व्रत में बलिदान आवश्यक है। हम सभी को खुद को बलिदान के रूप में पेश करना चाहिए। मैं मर जाऊँगा। जीवनान्द, भवानंद प्रत्येक को मरना है। शायद तुम भी मर जाओगे। लेकिन मेरी बेटी, हमें मृत्यु से पहले अपना काम पूरा करना चाहिए। अपना काम पूरा किए बिना मर जाना, क्या यह वांछनीय है? मैंने देश को सिर्फ अपनी मां कहा है। मैं किसी अन्य माँ को स्वीकार नहीं करता क्योंकि इस अच्छी तरह से सींची गई फलदायी मातृभूमि के अलावा हमारे पास कोई अन्य माँ नहीं है। मैं आपको अपनी मां के रूप में बुलाता हूं। मां बनें और अपने बच्चे का काम करें। वह करो जो हमारे काम को पूरा करे, जीवानंद के जीवन को बचाए, अपना जीवन बचाए। इन शब्दों को कहते हुए सत्यानंद ने "हे हरि! मुरारी!" मधु और कैटव का कातिल वहां से चला गया।

अध्याय VIII

धीरे-धीरे संतों में यह समाचार फैल गया कि सत्यानंद आए हैं और उन्होंने संतों से बात करने की इच्छा व्यक्त की है। उन्होंने उन्हें बुलाया था। फिर समूहों में संतानों ने इकट्ठा करना शुरू कर दिया। चांदनी रात थी। नदी के किनारे विशाल जंगल में आम, कटहल, ताड़, बरगद, इमली, बेल, बाटा और सालमाली के पेड़ों की छांव में दस हजार संतन एकत्रित हुए। तब सत्यानंद के आगमन के बारे में एक-दूसरे से सुनकर खुशी में हंगामा मच गया। वे नहीं जानते थे कि सत्यानंद कहां और किस उद्देश्य से गए थे। अफवाह यह थी कि वह संतानों के कल्याण के लिए तपस्या करने के लिए हिमालय गए थे। इस प्रकार आज सभी संतन आपस में कहने लगे, "हमारे गुरु अपने मिशन में सफल हो गए हैं। हम जीतेंगे, राज्य हमारा होगा। जल्द ही खूब शोर मचाने लगे। कुछ चिल्लाए, "मुसलमानों को मार डालो!" कुछ चिल्लाए, "हमारे गुरु की विजय" कुछ ने गाया - "बंदे मातरम्" और अन्य "अरे! O मुरारी" आदि। कुछ ने कहा, "भाई, क्या वह दिन आएगा जब हम केवल बंगाली होने के नाते युद्ध के मैदान में मर सकेंगे?" कुछ ने कहा, "भाई क्या जिस दिन मस्जिदों को नष्ट किया जाएगा, उस दिन हम वहां राधामाधव के मंदिरों की स्थापना कर पाएंगे?" कुछ ने कहा, "भाई, क्या वह दिन आएगा जब हम अपनी उपज और धन का आनंद ले सकेंगे?" पेड़ों की असंख्य पत्तियों की मीठी हवा में सरसराहट और समुद्र तटों के बीच बहने वाली नदी की लहरों की बड़बड़ाहट के साथ दस हजार मानवीय आवाज़ें घुलमिल गईं; जबकि चारों ओर हरी-भरी धरती, हरा-भरा जंगल, फूलों के पेड़ और नदी के किनारे और ऊपर की सफेद रेत, नीले आकाश में चाँद, तारे और ऊनी सफेद बादल थे। इन सबके बीच यदा-कदा वह सबसे सुंदर ध्वनियां फूट पड़ती हैं- 'बंदे मातरम्'।

सत्यानंद उस संतों की सभा के बीच आकर खड़े हो गए। फिर उन दस हजार संतों ने हरी जमीन पर अपना सिर झुका लिया - पत्तियों के अंतराल के माध्यम से आने वाले चांद-प्रकाश से रोशन सिर। अश्रुपूरित नेत्रों के साथ ऊँची आवाज़ में सत्यानंद ने कहा, "जो शंख, चक्र, क्लब और कमल को धारण करता है और धारण करता है, बनमाली, स्वर्ग का स्वामी, जिसने केसी, मधु, मुरा और नरक को नष्ट कर दिया, जो इस दुनिया का संरक्षक है, वह आपकी भलाई लाए, वह आपकी भुजाओं को शक्ति दे, आपके हृदय को भक्ति प्रदान करे और आपको धर्म के प्रति प्रेरित करे। आओ और सब उसकी महिमा गाओ। फिर उन हजार आवाजों में जोर से गाया गया, -

संसार के रब तेरी स्तुति हम गाते हैं,
हरि की स्तुति से संसार बजता है!
तूफानी सागर आंधी-टोस्ट में आप
एक नाव की तरह
तैरते हैं;
वेद अपने आप में सहज रूप से प्रस्तुत

करते हैं कि
मछली की तरह आप रूप लेते हैं।
केशव मीठा!
जब तक आपके चरणों
में रहते हुए, संसार के भगवान, हम गाते हैं-हरि
की स्तुति के साथ, दुनिया बजती है।

सत्यानंद ने पुनः उन्हें आशीर्वाद देते हुए कहा, "हे संतनों! आज मुझे तुमसे कुछ खास बात कहनी है। नाम से एक थॉमस, एक अधार्मिक और बुरे दिल वाले व्यक्ति ने कई संतों को नष्ट कर दिया है। आज रात हम उसे मार डालेंगे और उसकी सेना का सफाया कर देंगे। यह ईश्वर की इच्छा है - आप क्या कहते हैं?

"हरि हरि" की भयानक चिल्लाहट ने जंगल को भेद दिया। "हम उसे अभी मार डालेंगे। वे कहाँ हैं? आओ और हमें दिखाओ। मारना! हमारे दुश्मनों को मार डालो!" - यह रोना दूर पहाड़ी से वापस गूंज उठा। तब सत्यानंद ने कहा, "उसके लिए हमें अपनी आत्मा को थोड़ी देर के लिए धैर्य में रखना होगा शत्रु? बंदूकें रखना - बंदूकों के बिना उनके खिलाफ लड़ना शायद ही संभव है। इसके अलावा, वे नायकों की एक दौड़ हैं। पदाचिन्हा के किले से सत्रह तोपें लाई जा रही हैं, उनके आते ही हम अपने युद्ध-पथ पर चल पड़ेंगे। देखो, भोर हो रही है.... वह क्या है?"

तोपों की गड़गड़ाहट! अचानक उस विशाल आम-उपवन में बंदूकें फलफूल रही थीं। वे ब्रिटिश बंदूकें थीं। कैप्टन थॉमस ने जाल में फंसी मछली की तरह पूरे संतन शरीर को मारने के लिए उपवन को घेर लिया था।

अध्याय IX

गहरी गर्जन की आवाज के साथ अंग्रेज तोपें गरजीं। उस विशाल जंगल को हिलाते हुए, ध्वनि एक ताजा उछाल में गूंज गई। नदी के तटबंध के साथ आगे बढ़ते हुए इसे दूर क्षितिज से फिर से वापस फेंक दिया गया। नदी पार करते हुए और आगे के जंगल में घुसते हुए तोपों की बूम ने उन्हें फिर से बुलाया, सत्यानंद ने उन्हें आदेश दिया, "जाओ और पता लगाओ कि वे बंदूकें किसकी हैं। कुछ संतानों ने घोड़े पर सवार होकर टोह लेने के लिए दौड़ लगाई। लेकिन जैसे ही वे जंगल से निकलकर कुछ दूर आगे बढ़े, उन पर बारिश की तरह तोप के गोले बरसाए गए, वे सभी अपने घोड़ों के साथ घायल हो गए और मर गए। सत्यानंद ने इसे दूर से देखा। उसने कहा, "एक ऊँचे पेड़ पर चढ़ो और पता लगाओ कि वह क्या है। लेकिन इससे पहले कि वह कुछ कहता, जीवानंद एक पेड़ पर चढ़ गया था और सुबह के उजाले में उसे देख रहा था, वह पेड़ के ऊपर से चिल्लाया, "बंदूकें अंग्रेजों की हैं। सत्यानंद ने पूछा। "क्या ये घुड़सवार सेना या पैदल सेना हैं?"

जीवनन्द: दोनों हैं।

सत्यानंद: हाउ मानी?

जीवनानंद: मैं अनुमान नहीं लगा सकता क्योंकि वे अभी भी जंगल से निकल रहे हैं।

सत्यानंद: क्या ब्रिटिश सैनिक हैं, या केवल सिपाही हैं?

जीवनंद: ब्रिटिश सैनिक ठीक हैं।

सत्यानंद ने जीवानंद से कहा, तुम पेड़ से उतर जाओ। जीवानंद नीचे उतर गया। सत्यानंद ने कहा, "दस हजार संतान उपस्थित हैं। कोशिश करें और देखें कि आप उनके साथ क्या कर सकते हैं। आप आज जनरल हैं। जीवानंद ने खुद को अच्छी तरह से सशस्त्र किया और अपने घोड़े पर कूद गया। एक बार नबीनानंद की ओर देखा और उनके बीच कुछ ऐसा संकेत गुजरा जो किसी और को समझ में नहीं आया। नबीनानंद ने भी नज़र से जवाब दिया, जिसे भी कोई समझ नहीं सका। केवल उन दोनों को एहसास हुआ, कि, बहुत संभव है कि वे अच्छे के लिए बिदाई कर रहे थे। उस समय नाबिनन्दजी ने अपना दाहिना हाथ उठाकर सभी से कहा, "भाइयों, अब हम जगदीश हरे की सारी जय गाएं। तब उन दस हजार संतानों ने हाथ उठाकर एक स्वर में नदी, जंगल और आकाश के गीत गाए और उसमें तोपों की गड़गड़ाहट को डुबो दिया –

> संसार के रब, तेरी स्तुति हम गाते
> हैं, हरि की स्तुति से संसार बजता है।
> बर्बर भीड़
> तेरी तलवार से –
> ओह मारने के लिए!

तभी जंगल में संतानों पर अंग्रेज तोपों का गोला बरसने लगा। उनमें से कुछ गाते हुए नीचे गिर गए, कुछ हाथ से नहीं, दूसरों का दिल फट गया। इसके बाद भी किसी ने गाना बंद नहीं किया। सभी ने एक साथ गाया, "जगदीशा हरे की जय।

जब गीत समाप्त हुआ तो सब चुप थे।

वह घना जंगल, वह नदी का किनारा, वह अकेला क्षेत्र सब गहरी चुप्पी में डूबा हुआ था; केवल बंदूकों की दूर और भयानक गर्जना, ब्रिटिश सैनिकों के हथियारों की गड़गड़ाहट और उनके कदमों की आवाज़ सुनाई दे रही थी।

तब सत्यानंद ने उस शांति को तोड़ा और तेज आवाज में चिल्लाया, "ब्रह्मांड के भगवान हरि ने आप पर दया की है - बंदूकें कितनी दूर हैं?"

ऊपर से किसी ने उत्तर दिया, "इस जंगल के बहुत पास, एक छोटे से मैदान के दूसरी ओर।

सत्यानंद ने पूछा, "तुम कौन हो?"

ऊपर से उत्तर आया, "मैं नबिनानन्द हूँ।

तब सत्यानंद ने कहा, "तुम संतन संख्या में दस हजार हो, आज विजय अवश्य तुम्हारे पास आएगी, जाओ और बंदूक पकड़ लो। तब उनके सामने घोड़े पर सवार जीवानंद चिल्लाया, "चलो!"

वे दस हजार संतन - पैदल सेना और घुड़सवार दोनों ही तेजी से जीवानंद के पीछे-पीछे चल रहे थे। पैदल चलने वाले लड़ाकों ने अपनी बंदूकें अपने कंधों पर रखीं, कमर पर तलवार और हाथों में एक भाला। जैसे ही वे जंगल से बाहर निकले, तोप के गोलों की बौछार उन पर गिर गई और उन्हें तितर-बितर कर दिया। कई संतान लड़ने का मौका दिए बिना जमीन पर मृत पड़े थे। किसी ने जीवनानंद से कहा, "जीवनान्द, यह मानव जीवन की बर्बादी किस काम की?"

जीवानंद ने मुड़कर देखा कि वह व्यक्ति भवानन्द था। जीवानंद ने पूछा, "आप मुझे क्या करने की सलाह देते हैं?"

भवानंद : हम जंगल में ही रहें और वृक्षों की आड़ में अपनी जान बचाएं। खुले मैदान में, बंदूकों के सामने, और हमारी बंदूकों के समर्थन के बिना, यह संतन सेना एक पल के लिए खड़े होने की उम्मीद नहीं कर सकती। लेकिन झाड़ियों के पीछे हम लंबे समय तक लड़ाई कर सकते हैं।

जीवनन्द: आप जो कह रहे हैं वह सच है, लेकिन हमारे गुरु ने हमें बंदूक जब्त करने का आदेश दिया है, इसलिए हम इसे करने के लिए आगे बढ़ेंगे।

भवानंद : इसे कौन जब्त कर सकता है? लेकिन अगर किसी को ऐसा करना ही है, तो आप बाज आएं, मैं आगे बढ़ूंगा।

जीवनन्द: यह नहीं चलेगा, भवानंद। मुझे आज मर जाना है।

भवानंद : मैं भी आज मरने ही गया हूँ।

जीवनन्द: मुझे अपने पाप का प्रायश्चित करना है।

भवानंद : आप पाप से अछूते हैं, आपको प्रायश्चित की कोई आवश्यकता नहीं है। मेरा मन अशुद्ध है, मुझे मरना है। तुम पीछे रहो, मैं जाता हूं।

जीवनानंद : भवानंद, तुमने क्या पाप किया होगा, मैं नहीं जानता; लेकिन अगर आप रहते हैं, तो संतानों का उद्देश्य पूरा हो जाएगा। इसके बजाय मुझे जाने दो।

भवानंद ने कुछ समय के लिए चुप रहते हुए कहा, "अगर मरने का सवाल है तो हम आज मर सकते हैं, या किसी अन्य दिन भी अगर हमें ऐसा करने की आवश्यकता है। क्या हमें मरने के लिए शुभ मुहूर्त की तलाश करनी चाहिए?

जीवनन्द: तो फिर साथ आओ।

इसके बाद भवानंद ने खुद को सामने रखा। तभी तोपों और बौछारों में तोप के गोले संतन बल पर गिर रहे थे, उन्हें तोड़ रहे थे, उन्हें फाड़ रहे थे, उन्हें उछाल रहे थे; इसके अलावा, सिपाहियों की कस्तूरी अपने अचूक उद्देश्य के साथ संतानों के रैंक के बाद रैंक को नीचे गिरा रही थी। उसी क्षण भवानंद ने कहा, "हमें इस घातक धारा में कूदना है, भाइयों, आप में से किसकी हिम्मत है? अब आओ हम "बंदे मातरम्" गाएं! फिर तोपों की गड़गड़ाहट के साथ समय रखते हुए मेघा-मल्लार की धुन में पूरे गले के कोरस में संतन सेना ने गाया, "जय हो माँ!"

अध्याय X

वे दस हजार संतन हर समय "जय हो" गाते हुए अपने भाले उठाए आगे बढ़े और इस तरह एक पंक्ति में रखी बंदूकों पर गिर गए। उन्हें टुकड़ों में काट दिया गया, उनके कुछ शरीर फट गए, चारों ओर गिर गए, और वे सभी अव्यवस्थित हो गए, लेकिन इसके बावजूद संतन सैनिक वापस नहीं लौटेंगे। बस उसी समय, कैप्टन थॉमस द्वारा आदेश दिया गया, निश्चित संगीन के साथ सिपाहियों की एक पार्टी ने सैंटन्स के दाहिने हिस्से पर बड़ी ताकत से हमला किया। इस प्रकार दो ओर से आक्रमण करने वाले संतन उदास हो गए। हर मिनट उनमें से सैकड़ों मारे जा रहे थे। तब जीवानंद ने कहा, "भवानंद तुम ठीक कहते हो; वैष्णवों का यह विनाश जारी रखने की आवश्यकता नहीं है, हमें धीरे-धीरे वापस आना चाहिए।

भवानंद : अब तुम वापस कैसे लौट सकते हो? जो भी अब पीछे मुड़ने की कोशिश करेगा, वह जरूर मरेगा।

जीवनंदा: हमला सामने से भी आ रहा है और दाएं से भी। बाईं ओर कोई नहीं है, आओ, हम धीरे-धीरे बाईं ओर पहिया चलाते हैं और खिसक जाते हैं।

भवानंद : कहाँ फिसल जाओगे? उस तरफ नदी है - बारिश ने इसे बहुत अधिक प्रफुल्लित करने में मदद की है। आप अंग्रेजों की बंदूकों से दूर भागने और नदी में संतन सेना को डुबोने में मदद करने का प्रस्ताव रखते हैं?

जीवनन्द: मुझे याद है कि, नदी पर एक पुल है।

भवानंद : उस पुल पर दस हजार संतन सैनिकों को ले जाने का प्रयास करने के लिए इतनी भीड़ होगी कि, शायद एक बंदूक पूरी सेना को नष्ट करने के लिए पर्याप्त होगी।

जीवनन्द: एक काम करो, मुट्ठी भर सैनिकों को रखो और मोर्चा संभालो - इस लड़ाई में आपने जो साहस और कौशल दिखाया है, वह दिखाता है कि ऐसा कुछ भी नहीं है जो आप नहीं कर सकते। आप संतानों के उस छोटे से बैंड के साथ मोर्चा संभालते हैं। अपने सेनानियों की स्क्रीन के पीछे मुझे कोशिश करते हैं और पुल के पार संतन सेना के बाकी लेने के लिए. जो तुम्हारे साथ रह गए हैं, वे निश्चय मृत्यु से मिलेंगे, और जो मेरे साथ हैं, वे विनाश से बच निकलेंगे।

भवानंद : ठीक है, मैं वही कर रहा हूँ जो आप कहते हैं।

तब भवानंद ने दो हजार संतानों को अपने साथ लेकर "जय माता" का नारा लगाते हुए अंग्रेजों के बंदूकधारियों पर फिर से बड़ी ऊर्जा के साथ हमला किया। वहां एक बड़ा युद्ध छिड़ गया। लेकिन धधकती बंदूकों के सामने सैंटन्स का एक छोटा बैंड कब तक टिक सकता है? बंदूकधारियों ने उन्हें ऐसे काटना शुरू कर दिया जैसे धान ने दराँतों से काटा हो।

इस अवसर का लाभ उठाकर जीवानंद ने अपने शेष संतानों के अग्र भाग को थोड़ा मोड़कर वन के पीछे-पीछे बाईं ओर चक्कर लगाया। वह धीरे-धीरे पीछे हटने लगा।

कैप्टन थॉमस के साथी अधिकारी लेफ्टिनेंट वाटसन ने दूर से देखा, कि, संतन बल का एक हिस्सा डिग्री से भाग रहा था; उन्होंने फौजदारी सिपाहियों के एक बैंड और पुरगाना सिपाहियों के एक अन्य बैंड के साथ जीवानंद का पीछा किया।

इन सभी आंदोलनों को कैप्टन थॉमस ने देखा। यह देखकर कि मुख्य संतन बल भाग रहा था, उसने एक साथी अधिकारी कैप्टन हे से कहा, "तीन या चार सौ सैनिकों के साथ मैं इन टूटे हुए विद्रोहियों को काट रहा हूं, आप बाकी बल और बंदूकें लेते हैं और उनके पीछे भागते हैं। लेफ्टिनेंट वाटसन बाईं ओर से उनका पीछा कर रहा है, आप दाईं ओर से उनका पीछा करते हैं, और यहां देखें, आपको पुल में आउटलेट को बंद करने के लिए पहले वहां होना होगा, फिर हम उन्हें जाल में पकड़े गए पक्षियों की तरह मारने में सक्षम होंगे। वे तेज-तर्रार देशी सैनिक हैं, वे केवल भागने में बहुत माहिर हैं; तो आप उन्हें आसानी से पकड़ नहीं पाएंगे। आप घुड़सवार सेना को पुल के मुहाने के लिए लंबे सर्किट बनाने के लिए कवर के तहत आगे बढ़ने के लिए कहें और वहां स्थिति लें, तो हमारा उद्देश्य प्राप्त होगा। कैप्टन हे ने इसे अंजाम दिया।

अत्यधिक अभिमान लंका (रामायण में रावण की स्वर्ण नगरी) के विनाश का कारण था। कैप्टन थॉमस ने संतानों के लिए बहुत अवमानना की, भवानंदा के साथ अपनी लड़ाई के लिए केवल दो सौ पुरुषों को वापस रखा, बाकी को कप्तान हे के साथ भेज दिया। जब चतुर भवानंद ने देखा कि अंग्रेजों की सभी बंदूकें चली गई हैं, उनकी सेना का बड़ा हिस्सा भी चला गया है, पीछे रह गए मुट्ठी भर लोगों को नष्ट करना आसान था, तो उन्होंने संतों को उनके बारे में बुलाया जो नरसंहार से बच गए थे और कहा, "मुझे इन कुछ लोगों को मारने के बाद जीवानंद की मदद के लिए जाना होगा। एक बार फिर चिल्लाओ "जगदीशा हरे की जय!" फिर "जगदीशा हरे की जय" के युद्धघोष के साथ संतों का वह छोटा सा बैंड कैप्टन थॉमस और उसके आदमियों पर बाघों की तरह उछल पड़ा। मुट्ठी भर तैलंगी सिपाही उस उग्र हमले के सामने खड़े नहीं हो सके, उनका सफाया हो गया। इसके बाद भवानंद ने खुद जाकर कैप्टन थॉमस को बालों से पकड़ लिया। कैप्टन थॉमस आखिरी तक लड़ रहे थे। भवानंद ने कहा, "कैप्टन साहब, मैं आपको नहीं मारूंगा, अंग्रेज हमारे दुश्मन नहीं हैं। आप मुसलमानों की सहायता के लिए क्यों आए हैं? आओ, मैं तुम्हें तुम्हारा खोया हुआ जीवन लौटा देता हूं। वर्तमान में आप हमारे कैदी हैं। अंग्रेजों की विजय! हम आपके मित्र हैं।

इसके बाद कैप्टन थॉमस ने भवानंद को मारने के इरादे से संगीन लगाकर अपनी बंदूक उठाने की कोशिश की, लेकिन भवानंदा ने उसे बाघ की चपेट में पकड़ लिया था, इसलिए कैप्टन थॉमस हिल नहीं पा रहा था। तब भवानन्द ने अपने आदमियों को आदेश दिया, "इसे बाँध दो। दो से तीन संतानों ने आकर कैप्टन थॉमस को बांध दिया। भवानंद ने कहा, "उसे घोड़े पर बिठा दो, और आओ, हम जीवानंद गोस्वामी की मदद के लिए चलें।

121

फिर सैन्टन्स का वह छोटा सा शरीर कप्तान थॉमस को अपने साथ घोड़े पर हाथ और पैर बांधकर और "जय माँ" गाते हुए वाटसन के साथ अपने उद्देश्य के रूप में आगे बढ़ गया।

जीवानंद के अधीन हतोत्साहित संतन बल भागने वाला था। जीवानंद और धीरानंद ने किसी तरह उन्हें मनाया और उन्हें संयमित रखा, लेकिन सभी को रहने के लिए प्रेरित नहीं कर सके, उनमें से कुछ भाग गए और आम के उपवन में छिप गए। जीवानंद और धीरानंद बाकी लोगों को पुल के मुहाने तक ले गए। वहां हे और वॉटसन ने उन्हें दो तरफ से घेर लिया। उनकी स्थिति काफी निराशाजनक हो गई।

तभी कप्तान थॉमस की बंदूकें दक्षिण में दिखाई दीं। फिर संतानों को वास्तव में काटा जाने लगा, किसी के बचने की कोई उम्मीद नहीं बची थी। वे जहाँ भी भाग सकते थे, भागने लगे, जीवानंद और धीरानंद ने उन्हें रोकने और एक साथ रखने की पूरी कोशिश की, लेकिन बिल्कुल भी सफल नहीं हो सके। उसी समय एक जोरदार चीख सुनाई दी - "पुल पर जाओ, पुल की ओर पैंतरेबाज़ी करो!"

जीवानंद ने उस तरफ देखा और भवानंद को अपने सामने पाया। भवानंद ने कहा, "इन्हें पुल पर ले चलो, अब बचने की कोई उम्मीद नहीं है।

फिर धीरे-धीरे संतन बल पुल की दिशा में पीछे की ओर गिरने लगा। लेकिन जैसे ही पुल पर पहुँचते ही कई संतानों ने उस पार डालना शुरू कर दिया, ब्रिटिश तोपों ने इस अवसर का लाभ उठाते हुए सचमुच अपनी बंदूकों से पुल को साफ करना शुरू कर दिया। संतानों का सर्वनाश होने लगा। भवानंद, जीवानंद और धीरानंद एक साथ मिले। एक विशेष बंदूक बड़ी संख्या में संतानों के नुकसान का कारण थी। भवानंद ने कहा, "जीवानंद और धीरानंद ! चलो, अपनी तलवारों के झाड़ू से हम इस बंदूक को पकड़ लें। फिर तीनों ने अपनी तलवारें घुमाते हुए उसके पास के सभी बंदूकधारियों को काट डाला। अधिक से अधिक संतन उनकी मदद के लिए आए। बंदूक को भवानन्द ने पकड़ लिया, उसे अपने कब्जे में लेकर भवानंद उस पर खड़ा हो गया। उसने ताली बजाई और कहा, "गाओ - माँ की जय हो!" वे सभी गाते थे "जय हो माँ!" भवानंद ने कहा, "जीवनान्द, हम इस बन्दूक को उनके विरुद्ध घुमा दें और उन्हें गेहूं के आटे में पीस लें जो लूची तैयार करने के लिए पर्याप्त हो। संतानों ने बंदूक पकड़ ली और उसे उलट दिया। तब वैष्णवों के कान में हरि का नाम होने के कारण तोप गरजने लगी। इसकी मदद से कई सिपाही मारे जाने लगे। भवानंद ने बंदूक को आगे खींचा और पुल के मुहाने पर रखकर कहा, "तुम दोनों संतान सेना को एक पंक्ति में पुल के पार ले जाओ, मैं अकेले ही पुल के सिर की रक्षा करूंगा। बंदूक चलाने के लिए मेरे साथ कुछ बंदूकधारियों को छोड़ दो। बीस चुने हुए संतन भवानंद के पक्ष में रहे।

तब जीवानंद और धीरानंद की आज्ञा से असंख्य संतन एक अखंड पंक्ति में पुल को पार करते हुए नदी के दूसरी ओर पहुंचने लगे। उन बीस संतों की सहायता से अकेले ही भवानन्द ने उस पृथक बन्दूक की सहायता से कितने ही सैनिकों को नष्ट कर दिया। लेकिन वे *जवाना* भीड़ लहरों की लहर की तरह थीं। लहर के बाद लहर, लहर के बाद लहर - उन्होंने भवानंद को घेर लिया, उत्पीड़ित किया और लगभग उसे डुबो दिया। अथक, अजेय और निर्भीक भवानंद अपनी बंदूक के हर झटके में कई सैनिकों को मारता चला गया। तूफान से चलने वाली लहरों की तरह मुसलमानों की भीड़ उस पर हमला करती रही, लेकिन उन बीस संतानों ने अपनी बंदूक से पुल के सिर को सफलतापूर्वक सील कर दिया। उन्होंने मिटाने से इनकार कर दिया - मुसलमान पुल पर नहीं चढ़ सके। वे वीर अपराजेय थे, वे जीवन अमर थे। इस अवसर का लाभ उठाते हुए संतानों के बैंड के बाद बैंड विपरीत बैंक में पार हो गया। कुछ समय और इस प्रकार संरक्षित पुल को देखते हुए, सभी

संतान सुरक्षित रूप से पुल के पार जा सकते थे; बस उसी क्षण कहीं से नई बंदूकें बूम के बाद बूम भेजना शुरू कर दिया, गर्जना के बाद गर्जना। दोनों पक्षों ने कुछ समय के लिए लड़ाई बंद कर दी और इन तोपों के ठिकाने के लिए अपने बारे में देखा। उन्होंने देखा कि भारतीय बंदूकधारियों के नेतृत्व में कई बंदूकें जंगल से बाहर निकल रही थीं। जंगल से बाहर आकर, बंदूकों की इस विशाल कतार, उनके सत्रह थूथन से धुआं उगलते हुए, हे के सैनिकों पर आग बरसाने लगी। जंगल और पहाड़ियाँ उस भयभीत कोलाहल को वापस गूँज रही थीं। दिन भर की लड़ाई से थके हुए मुसलमान अपने जीवन के डर से कांपने लगे। उस ज्वाला की बौछार से पहले मुसलमान और हिंदुस्तानी भागने लगे। केवल अलग-थलग पड़े ब्रिटिश सैनिक ही अपनी जमीन पर खड़े रहे और मौके पर ही उनकी मौत हो गई।

भवानंद मस्ती देख रहा था। उसने कहा, "भाई, मुसलमान एड़ी चोटी का जोर लगा रहे हैं, आओ, हम उन पर हमला करें। फिर नई ऊर्जा के साथ, चींटियों के झुंड की तरह, संतानों ने पुल को फिर से पार कर लिया और मुसलमानों पर हमला करने के लिए दौड़ पड़े; वे अचानक उन पर गिर पड़े। मुसलमानों के पास लड़ने का शायद ही कोई अवसर या समय था, जिस तरह भागीरथी की धाराओं ने उस पहाड़ जैसे विशाल गर्वित पागल हाथी को बहा दिया था, उसी तरह संतों ने मुसलमानों को बहा दिया। मुसलमानों ने अपने पीछे भवानंद की पैदल सेना और सामने मोहेन्द्रा की बंदूकें पाईं। फिर हे साहब का कुल विनाश शुरू हो गया। कुछ भी उस कसौटी पर खरा नहीं उतरा; शक्ति, साहस, वीरता, रणनीति, प्रशिक्षण, अभिमान सभी किसी काम के नहीं थे। फौजदार, ब्रिटिश, भारतीय, काले और सफेद सभी सैनिक जमीन पर पड़े थे। हीथेंस के अधार्मिक बैंड भाग गए। रोने के साथ "मार डालो - मार डालो!" जीवनानंद धीरानंद ने अपवित्र भीड़ का पीछा किया। संतानों ने उनकी बंदूकें छीन लीं। कई ब्रिटिश और भारतीय सैनिक मारे गए। कुल विनाश की हर संभावना का सामना करते हुए कप्तान हे और वाटसन ने भवानंद को संदेश भेजा, "हम सभी आपके कैदी बनने के लिए तैयार हैं, अब मानव जीवन को नष्ट न करें। जीवानंद ने भवानंद की ओर देखा। भवानंद ने अपने आप से कहा, "यह नहीं चलेगा, मुझे आज मरना है। तब भवानंद ने हाथ उठाकर हरि का नाम लेते हुए ऊँची आवाज़ में पुकारा, "मार डालो! मार डालो!"

एक भी आदमी बच नहीं पाया। अंत में एक स्थान पर बीस-तीस अंग्रेज इकट्ठे हुए और खुद को छोड़ने का फैसला करते हुए हताश होकर लड़े। जीवानंद ने कहा, "भवानंद हम विजयी हो गए हैं, अब लड़ने का कोई फायदा नहीं है, इस मुट्ठी भर के अलावा कोई और जीवित नहीं है, उन्हें जाने दो और हमें वापस आने दो। भवानंद ने कहा, "जब तक एक भी आदमी जीवित है, भवानंद वापस नहीं आएगा। जीवनन्द, ईश्वर पर, मैं आपसे अनुरोध करता हूं कि आप एक तरफ खड़े रहें और मुझे इन अंग्रेजों को अकेले मारते हुए देखें।

कैप्टन थॉमस को घोड़े पर हाथ-पैर बांधे हुए थे। भवानंद ने आदेश दिया, "उस साथी को मेरे सामने रखो, पहले वह मर जाएगा, उसके बाद ही मेरी बारी आएगी।

कैप्टन थॉमस बंगाली समझते थे, जो कहा जाता था उसकी प्रवृत्ति को समझते हुए उन्होंने वहां मौजूद अंग्रेजी सैनिकों को पुकारा, "अंग्रेजों! मैं मृत के रूप में अच्छा हूँ। आपको पुराने इंग्लैंड के सम्मान को संरक्षित करना चाहिए। मसीह पर, मैं आपसे कहता हूं कि पहले मुझे मार दो और फिर इन विद्रोहियों को मार डालो।

एक गोली सीटी बजी, एक आयरिशमैन ने कैप्टन थॉमस को निशाना बनाया और फायर किया। उसके माथे पर चोट लगी कैप्टन थॉमस की मौत हो गई। तब भवानंद ने पुकारा, "मेरे अपराध का मुख्य हथियार विफल हो गया है। क्या भीम, नकुल और सहदेव जैसे वीर हैं जो मेरी रक्षा करेंगे? देखो, जैसे बाणों से घायल बाघ अंग्रेज सैनिक मुझ पर पलटवार कर रहे हैं। मैं मरने आया हूँ, क्या यहाँ कोई संतान है जो मेरे साथ मरने को तैयार है?"

पहले धीरानंद आगे आए, फिर जीवानंद के पीछे। फिर दस, पंद्रह, बीस, पचास संतन आए। धीरानंद को देखकर भवानंद ने पूछा, "तुम भी हमारे साथ मरने के लिए आते हो?"

धीरानंद : "क्यों, मरना क्या किसी का एकाधिकार है?" यह कहकर धीरानंद ने एक अंग्रेज सैनिक को घायल कर दिया।

भवानंद : ऐसी बात नहीं है। लेकिन अगर आप मर जाते हैं तो आप अपनी पत्नी और बच्चों के प्यारे चेहरों को देखने की उम्मीद नहीं कर सकते हैं और इसलिए अपने दिन खुशी में बिताएं!

धीरानंद आप कल की बात कर रहे हैं। क्या तुम अब तक समझ नहीं पाए हो?

धीरानंद ने घायल अंग्रेजों को मार डाला।

भवानंद ने कहा, "नहीं।

इस समय भवानंद का दाहिना हाथ एक अंग्रेज सैनिक ने काट दिया।

धीरानंद : मैं आपके सामने ऐसी बातें कैसे कह सकता हूं जो इतने शुद्ध हृदय के हैं। मैं सत्यानंद से एक जासूस के रूप में आपके पास गया था।

भवानंद : क्या? क्या महाराजा का मुझ पर से भरोसा उठ गया है?

भवानंद तब अपने बचे हुए हाथ से लड़ रहे थे। धीरानंद उसकी रक्षा करता चला गया और बोला, "उसने कल्याणी के साथ आपकी बातचीत अपने कानों से सुनी थी।

भावनंदा: हो?

धीरानंद : वे स्वयं वहां उपस्थित थे- ध्यान रखना! (एक अंग्रेज द्वारा घायल होने के बाद, भवानंद ने अपना झटका वापस कर दिया) - जब आप दिखाई दिए तो वह कल्याणी को गीता सिखा रहे थे। अपना ध्यान रखना! (भवानंद का बायां हाथ अलग हो गया था)।

भवानंद : कृपया उन्हें मेरी मृत्यु का समाचार दें। उसे बताओ, मैं बेवफा नहीं था।

धीरानंद हर समय लड़ते हुए अश्रुपूरित नेत्रों से बोला, "वह जानता है। कल रात कहे गये आषीर्वाद के षब्दों को स्मरण करो। इसके अलावा उन्होंने मुझसे कहा, "भवानन्द के पास रहो, वह आज मर जाएगा। उनकी मृत्यु के समय, उन्हें बताएं, मैं उन्हें आशीर्वाद दे रहा हूं। दूसरी दुनिया में वह स्वर्ग तक पहुंच जाएगा।

भवानंद ने कहा, "भाई, विजय संतानों को मिले। मेरी मृत्यु के समय 'जय हो माँ' गाओ!

तब धीरानंद ने आदेश दिया कि युद्ध की वासना से पागल सभी संतन बलपूर्वक गाए, "जय हो माँ!" इससे उनकी बाहों में ताकत दुगुनी हो गई। उस भयानक क्षण में सभी गोरे लोग मारे गए थे। युद्ध का मैदान शांत हो गया।

तभी होठों पर 'जय माता' लेकर और विष्णु के चरणों में ध्यान करते हुए भवानंद की मृत्यु हो गई।

धिक! सौंदर्य और आकर्षण, महिला की! आप इस दुनिया में शापित हैं।

युद्ध में जीत के बाद, अजॉय नदी के तट पर विजयी नायक विभिन्न उत्सवों में आनन्दित हुए। केवल सत्यानंद ने भवानंद के लिए शोक मनाया।

इतने लंबे समय तक वैष्णवों के पास शायद ही कोई युद्ध बैंड था, लेकिन उस समय कहीं से हजारों कारा, नागरा, देशी ढोल दिखाई दिए। कांसी, सनई, तुरी, बेरी, रामसिंगा और दमामा। जंगल, खेत और नदियाँ इस युद्ध-बैंड के साथ गूंजने और गूंजने लगीं, जो जीत को दर्शाती हैं। जब बहुत दिनों तक संतानों ने उत्सव में आनन्दित किया, तो सत्यानंद ने कहा, "आज आपको भगवान की कृपा मिली है, संतान धर्म को जीत का ताज पहनाया गया है; लेकिन कर्तव्य अभी भी अधूरा है। जो लोग आज हमारे साथ आनंदित नहीं हो सकते, जिन्होंने इस उत्सव को संभव बनाने के लिए अपने प्राणों की आहुति दी है, हमें उन्हें भूलना नहीं चाहिए। आइए हम जाएं और उन लोगों के लिए अंतिम संस्कार करें जो युद्ध के मैदान में मृत पड़े हैं। विशेष रूप से वह संत व्यक्ति भवानंद जिन्होंने हमारे निमित्त युद्ध में अपने प्राण न्यौछावर कर दिए हैं, आइए हम उनका अंतिम संस्कार बड़े धूमधाम और समारोह के साथ करें। फिर रोने के साथ - "जय हो माँ," संतन मृतकों के लिए इन संस्कारों को करने के लिए गए। बहुत से लोग इकट्ठे हुए और अपने होठों पर "हरि बोले" के साथ ढेर में चंदन की लकड़ी इकट्ठा करके उन्होंने भवानंद की चिता का निर्माण किया, उस पर भवानंद के शरीर को रखा और उसमें आग लगा दी, वे हर समय "ओ हरि, ए मुरारी" गाते हुए बार-बार उसके चारों ओर घूमते रहे। वे विष्णु के भक्त थे, वे वास्तव में वैष्णव संप्रदाय से संबंधित नहीं थे, इसलिए उनका रिवाज उनके शवों का अंतिम संस्कार करना था।

उसके बाद सत्यानंद, जीवनान्द, मोहेन्द्र, नबीनन्द और धीरानंद वन में एक साथ बैठ गए; वे गुप्त परामर्श में व्यस्त थे। सत्यानंद ने कहा, "जिस व्रत के लिए हमने इतने लंबे समय तक सभी व्यवसायों, सभी धर्मों, जीवन के सभी सुखों का त्याग कर दिया था, वह प्रतिज्ञा पूरी हो गई है; देश के इस हिस्से में कोई मुसलमान सैनिक नहीं बचा है, दुश्मन के पास क्या बचा है, वे इतने शक्तिशाली नहीं हैं कि एक घंटे तक हमारे खिलाफ खड़े हो सकें। अब आपका क्या सुझाव है?"

जीवानंद ने कहा, "आओ हम जाकर राजधानी पर कब्जा कर लें।

सत्यानंद: मेरी भी यही राय है।

धीरानंद : सैनिक कहां हैं?

जीवनन्द: क्यों, ये हमारे सैनिक हैं।

धीरानंद : आप जिन सैनिकों की बात कर रहे हैं, वे कहां हैं? आप यहाँ किसे पाते हैं?

जीवनानंद : वे इधर-उधर आराम कर रहे होंगे, अगर हम ढोल पीटेंगे तो वे ठीक हो जाएंगे।

धीरानंद : आपको उनमें से एक भी नहीं मिलेगा।

सत्यानंद: व्हाय?

धीरानंद : सभी लूट के उद्देश्य से निकले हैं। गांव अब असुरक्षित हैं। वे सभी मुसलमान गांवों और रेशम कारखानों को लूटने के बाद घर जाएंगे। अब आपको कोई नहीं मिलेगा, मैंने जाकर हर जगह खोज की है।

सत्यानंद उदास हो गया; उन्होंने कहा, जो भी हो, यह पूरा क्षेत्र अब हमारे कब्जे में है। यहां कोई भी ऐसा नहीं है जो हमारा प्रतियोगी बनने की ख्वाहिश रख सके। तो आप घूमते हैं और इस तथ्य की घोषणा करते हैं कि बरेंद्र भूमि में संतन राज्य स्थापित है, विषयों से बकाया एकत्र करें और राजधानी पर कब्जा करने के लिए सैनिकों को इकट्ठा करें और संगठित करें। अगर वे सुनेंगे कि हिंदुओं का अपना राज्य है, तो कितने भी सैनिक हमारा झंडा उठाएंगे।

तब जीवानंद और अन्य लोगों ने सत्यानंद को प्रणाम करते हुए कहा, "हे राजाओं के राजा, हम आपको नमन करते हैं! यदि आप आदेश दें तो हम इसी जंगल में आपका सिंहासन खड़ा कर सकते हैं।

सत्यानंद ने अपने जीवन में पहली बार क्रोध दिखाया। उसने कहा, "शर्म की बात है! तुम मुझे एक खाली बर्तन के लिए ले लो! हम में से कोई भी शासक नहीं हैं, हम सभी संन्यासी हैं। नहीं, स्वर्ग का राजा स्वयं हमारा शासक है। जब राजधानी पर कब्जा कर लिया जाता है, तो आप किसी के भी सिर पर मुकुट रख सकते हैं, लेकिन इतना निश्चित रूप से जान लें कि मैं ब्रह्मचारी के अलावा किसी अन्य जीवन को स्वीकार नहीं करूंगा। अब आप अपने व्यवसाय के बारे में जा सकते हैं।

तब उन चारों ने ब्रह्मचारी को प्रणाम किया; और उठ खड़ा हुआ। सत्यानंद ने अन्य लोगों द्वारा बिना देखे मोहेंद्र को हस्ताक्षर किए और उसे हिरासत में ले लिया। उनमें से तीन चले गए। मोहेंद्र पीछे रह गया। तब सत्यानंद ने मोहेन्द्र से कहा, "आप सभी ने विष्णु मंदिर में पवित्र शपथ लेकर संतान धर्म का व्रत लिया था। भवानंद और जीवानंद दोनों ने अपनी प्रतिज्ञा का उल्लंघन किया। भवानंद आज अपने सहमत प्रायश्चित से गुजर चुके हैं। मैं हमेशा इस भय के चंगुल में फंसा रहता हूं कि कहीं किसी दिन जीवानंद भी प्रायश्चित के लिए अपना शरीर त्याग न दें। लेकिन मेरे पास एक सांत्वना है, किसी गुप्त कारण से वह अभी मर नहीं पाएगा। आपने ही अपने व्रत का उल्लंघन किया है। अब संतानों का उद्देश्य प्राप्त हो गया है। यह तुम्हारी प्रतिज्ञा थी, कि जब तक संतानों का उद्देश्य पूरा नहीं होगा, तब तक तुम अपनी पत्नी और बेटी के चेहरे को नहीं देखोगे। सन्तों का उद्देश्य प्राप्त हो गया है, अब तुम पुनः अपने गृहस्थ के जीवन में वापस जा सकते हो।

मोहेन्द्र की आँखों से आँसू बहने लगे। मोहेन्द्र ने कहा, "महाराज, गृहस्थ के रूप में मैं अपना जीवन किसके साथ आरम्भ करूँ? मेरी पत्नी ने आत्महत्या कर ली और मुझे नहीं पता कि मेरी बेटी कहां है। मुझे उसका सुराग कहाँ से मिलेगा? आपने मुझे बताया है कि वह जीवित है, इतना मैं जानता हूं, मैं इससे आगे कुछ नहीं जानता।

तब सत्यानंद ने नबीनानंद को बुलाया और महेंद्र से कहा, "यह नबीनानंद गोस्वामी हैं, वे शुद्ध हृदय वाले हैं और मेरे सबसे प्रिय शिष्य हैं। वह आपको आपकी बेटी को आवश्यक सुराग देगा। यह कहकर सत्यानंद ने शांति को कुछ संकेत दिए। संकेत लेते हुए संती ने उसे प्रणाम किया और जाने की कगार पर था। तब मोहेन्द्र ने पूछा, "मैं तुमसे कहाँ मिलूँ?"

संती ने उत्तर दिया, "मेरे आश्रम में आओ। यह कहकर संती उससे पहले आ गई।

तब मोहेन्द्र ने ब्रह्मचारी को प्रणाम किया और शान्ति के पीछे-पीछे उसके आश्रम में चला गया। देर रात हो चुकी थी। फिर भी बिना चैन किए संती नगर के लिए चल पड़ा।

सब कुछ चले जाने के बाद, ब्रह्मचारी अब अकेले ही जमीन पर अपना सिर झुका लिया और भगवान का ध्यान करने लगे। भोर हो रही थी। तभी कोई आया और उसके सिर को छूकर बोला, "मैं आ गया।

ब्रह्मचारी उठ खड़ा हुआ और उत्सुकता से बोला, "क्या तुम आए हो? क्यों?"

जो आया था उसने कहा, "नियत समय पूरा हो गया है।

ब्रह्मचारी ने कहा, "हे मेरे प्रभु! आज मुझे माफ करना। माघ महीने में अगली पूर्णिमा के दिन मैं वही करूंगा जो आप मुझसे चाहते हैं।

भाग IV

अध्याय I

उस रात पूरा क्षेत्र "हरिहरि हरि!" के नारे से गूंज रहा था। संतन बैंड में घूमते थे, कुछ "जय माँ" गा रहे थे और कुछ "जगदीशा हरे। एक दल शत्रुओं के हथियार छीन लेता था, अन्य उनके कपड़े उतार देते थे। कुछ मृतकों के चेहरे पर लात मारते थे और अन्य कुछ शरारत करते थे। कुछ गाँव की ओर भागे, अन्य शहर की ओर; उन्होंने सड़कों पर पुरुषों और गृहस्थों को पकड़ लिया और कहा, "जय हो माँ, या हम तुम्हें मार डालें। उनमें से कुछ ने मिठाई की दुकानों को लूट लिया, कुछ ने दूधवालों के घरों में प्रवेश किया, दही के बर्तन उतार दिए और उन्हें पी लिया। कुछ ने कहा, "हम *ब्रज से गोप हैं, गोपिनी कहाँ हैं?*" उस एक ही रात में आसपास के सभी गांवों और कस्बों में हंगामा मच गया। सभी कहने लगे, "मुसलमान हार गए हैं, देश फिर से हिंदुओं का है, आइए हम सभी दिल से 'हरिहरि' का नारा लगाएं। ग्रामीणों ने मुसलमानों का पीछा करना शुरू कर दिया, जहां भी वे उनसे मिले। कुछ ने खुद को एक साथ बांध लिया, मुस्लिम क्वार्टरों में गए, अपनी झोपड़ियों में आग लगा दी और अपना सब कुछ लूट लिया। कई मुसलमान मारे गए, कई ने अपनी दाढ़ी काट ली, खुद को गंगा मिट्टी से ढक लिया और "हरिहरि" गाना शुरू कर दिया। पूछे जाने पर उन्होंने कहा, "मैं हिंदू हूं।

दहशत में आए मुसलमान भीड़ में शहर की ओर भागने लगे। सरकारी अधिकारी इधर-उधर भागे और शेष सिपाहियों ने खुद को सशस्त्र किया और शहर की रक्षा के लिए सीरीड रैंकों में खड़े हो गए। सभी निकास में शहर की प्राचीर पर संतरी ध्यान से दरवाजे की रखवाली खड़ा था। लोग पूरी रात चिंता में जागते रहे कि किसी भी क्षण क्या हो सकता है। हिंदू कहते रहे, "सन्यासियों को आने दो। मां दुर्गा की यही आज्ञा हो। हिंदुओं के लिए वह महान दिन आखिरकार भोर होने दें। मुसलमान बार-बार कहते रहे, "अल्ला-हो-अकबर! इतने लंबे समय के बाद कुरान की बातें शून्य हो गईं! हम जो दिन में पांच बार भगवान से प्रार्थना करते हैं, उन हिंदुओं को हरा नहीं सकते जो चंदन की लकड़ी के पेस्ट के साथ अपने माथे को चिपकाते हैं! दुनिया वास्तव में एक भ्रम है!

इस प्रकार कुछ रोते हुए, कुछ आनन्दित होते हुए, रात उत्सुकता से बीत गई।

कल्याणी ने यह सब बात सुनी। एक बच्चे से लेकर बूढ़े तक सभी जानते थे कि क्या हो रहा है। कल्याणी ने अपने आप से कहा, "हे भगवान, आपका काम आखिरकार पूरा हो गया। मैं आज से अपने पति से मिलना शुरू करूंगी। मधुसूदन! आज मेरी मदद के लिए आओ।

रात के अंत में कल्याणी ने अपने बिस्तर से निकलकर पीछे का दरवाजा खोला और उसके चारों ओर देखा। कहीं कोई न पाकर वह गौरी देवी के निवास स्थान से चुपचाप निकल गई और सड़क पर कदम रख दिया। उसने मन ही मन अपने भगवान से प्रार्थना की, "हे भगवान, नियुक्त करें ताकि मैं आज पदचिन्हा में उनसे मिल सकूं।

कल्याणी नगर के मुख्य द्वार पर पहुंची। संतरी ने पुकारा, "वहाँ कौन जाता है?" डरपोक आवाज में कल्याणी ने जवाब दिया, "मैं केवल एक महिला हूं। संतरी ने जवाब दिया, "किसी को भी बाहर जाने की अनुमति नहीं है। दफादार ने यह सुना और कहा, "बाहर जाने पर कोई रोक नहीं है। यह आदेश शहर में प्रवेश करने वाले किसी भी व्यक्ति के खिलाफ है। यह सुनकर संतरी बोला, "जाओ माँ, बाहर जाने का कोई आदेश नहीं है, लेकिन आज रात यह कहीं भी सुरक्षित नहीं है, पता नहीं तुम डकैतों के हाथ में पड़ोगी या खाई में। माँ, कृपया आज रात बाहर मत जाओ"

कल्याणी ने कहा, "मेरे बच्चे! मैं केवल एक भिखारी महिला हूं। मेरे साथ जरा भी दूर नहीं है। डकैत मुझे नहीं छुएंगे।

संतरी ने कहा, "तुम जवान हो माँ, तुममें जवानी है, वह वास्तव में धन है। यहां तक कि मैं भी इसके लिए एक डकैत बन सकता हूं।

कल्याणी ने देखा, यहाँ खतरा है, बिना कुछ बोले वह चुपचाप शहर के फाटक से खिसक गई। संतरी ने उसे अपने हास्य की सराहना न करते हुए अपने गांजे पर एक लंबा खींचा *और झिंझित खंबज धुन में एक टप्पा गीत गाना शुरू कर दिया* । कल्याणी चली गई।

उस रात, कुछ राहगीर चिल्ला रहे थे, "उन्हें मार डालो, उन्हें मार डालो," अन्य चिल्ला रहे थे, "भाग जाओ, भाग जाओ। कुछ रो रहे थे, कुछ हंस रहे थे। जो भी शरीर दूसरे से मिलता था, उसका पीछा करता था। कल्याणी बड़ी कठिनाइयों में थी। उसे रास्ता याद नहीं था, वह किसी से पूछ नहीं सकती थी, सभी उग्रवादी मूड में थे। उसे अंधेरे में छिपकर आगे बढ़ना पड़ा। इस प्रकार भी वह बहुत सारे भयंकर विद्रोहियों के हाथों में पड़ गई, वे जोर से चिल्लाए और उसे पकड़ने के लिए दौड़े। कल्याणी बहुत दौड़ी और घने जंगल में घुस गई। वहां भी एक-दो डकैत उसके पीछे-पीछे चल रहे थे। एक ने उसकी *साड़ी* पकड़ ली और बोली, "अब मेरा चाँद!" तभी अचानक वहां कोई आया और उसने तड़पने वाले को डंडे से मारा। वह वापस चोट लगने से गिर गया। यह बचावकर्ता एक संन्यासी की वेशभूषा में था, उसने अपनी छाती को एक गहरे हिरण-त्वचा से ढक दिया था। वह उम्र में काफी छोटा था। उसने कल्याणी से कहा। "डरो मत, आओ मेरे साथ। तुम कहाँ जाओगे?"

कल्याणी: यह पदचिह्न है।

अजनबी चौंका और आश्चर्यचकित था; उसने कहा, "क्या? - पदाचिन्हा को?" इतना कहकर अजनबी ने दोनों हाथ कल्याणी के कंधों पर रख दिए और उसके चेहरे को ध्यान से टटोलने लगा।

एक अजनबी आदमी के स्पर्श से कल्याणी चकित, भौंचक्की, भयभीत और अश्रुपूर्ण थी। वह मुश्किल से भाग सकती थी क्योंकि वह डर से असहाय थी। अपनी जांच समाप्त करके अजनबी ने कहा, "हे हरि! मुरारी! मैं तुम्हें पहचानता हूं, तुम कल्याणी हो, जला हुआ चेहरा!"

कल्याणी ने झिझकते हुए कहा, "तुम कौन हो।

अजनबी ने उत्तर दिया, "मैं तुम्हारे दास का दास हूँ। मेरी सुंदरी, आओ, मुझसे सहमत हो।

कल्याणी जल्दी से दूर चली गई और गुस्से में चिल्लाई, "क्या आपने मुझे केवल इस तरह अपमानित करने के लिए बचाया था? मैं आपको ब्रह्मचारी के वेश में पाता हूं, क्या ब्रह्मचारी से इस तरह के व्यवहार की उम्मीद की जाती है? आज मैं असहाय हूं या मैं आपके चेहरे पर लात मारता।

ब्रह्मचारी ने कहा, "मैं लंबे समय से उस सुंदर शरीर के स्पर्श के लिए तरस रहा हूं, मेरी मुस्कुराती हुई सुंदरता!" यह कहकर ब्रह्मचारी उसके पास दौड़े, उसे पकड़ लिया और उसे गले लगा लिया।

तब कल्याणी ने जोर से हंसते हुए कहा, "हे भगवान! तुमने मुझे पहले क्यों नहीं बताया कि तुम्हारी भी वही दुर्दशा है जो मेरी ही है?"

संती ने कहा; "मेरी बहन! तुम मोहेन्द्र को ढूँढ़ोगे?"

कल्याणी ने पूछा, "तुम कौन हो? ऐसा लगता है कि आप सब कुछ जानते हैं!

संती ने कहा, "मैं ब्रह्मचारी हूं। मैं संतानों का नेता हूं, एक महान नायक! मैं सब कुछ जानता हूं। आज संतानों और सिपाहियों के कारण सड़कें घिरी और असुरक्षित हैं। आप आज पदचिन्हा जाने की उम्मीद नहीं कर सकते।

कल्याणी रोने लगी।

संती ने आँखें मूँद लीं और बोला, "क्यों डरते हो? हम अपनी कामुक निगाहों के बाणों से हजार शत्रुओं को मारते हैं। आइए, पड़चिन्हा चलें।

कल्याणी ने ऐसी चतुर महिला की मदद लेना एक देवता समझा। उसने कहा, "तुम मुझे जहाँ भी ले जाओगे, मैं जाऊँगी।

संती फिर उसे ले गया और जंगल के रास्ते से आगे बढ़ गया।

जब संती रात के अंत में आश्रम से निकलकर नगर के लिए चल पड़ा, तो जीवानंद वहाँ उपस्थित था। संती ने जीवानंद से कहा, "मैं शहर जा रहा हूं। मैं मोहेन्द्र की पत्नी को ले आऊँगा। मोहेंद्र को इस बात से परिचित कराएं कि उनकी पत्नी जीवित है।

जीवानंद ने भवानंद से सुना था कि कैसे कल्याणी की जान बच गई थी और वह संति से कल्याणी के वर्तमान ठिकाने को जानता था जिसे हर जगह भटकने की आदत थी। वह मोहेन्द्र को हर बारीकी से परिचित कराने लगा।

पहले तो मोहेन्द्र को विश्वास नहीं हुआ। फिर वह खुशी से अभिभूत था और लगभग इसके साथ स्तब्ध था।

जब रात खत्म हो गई तो कल्याणी ने शांति की मदद से मोहेंद्र से मुलाकात की। जंगली पक्षियों और जानवरों के जागने से पहले घने घने साल के पेड़ों के नीचे खामोश जंगल में , दोनों एक साथ मिले। इस बैठक का एकमात्र गवाह नीले आकाश में मंद तारे और शांत और अंतहीन *साल* के पेड़ थे। दूर से पत्थरों और कंकड़ों के बीच बड़बड़ाती एक संकरी धारा की मीठी आवाज़ आ रही थी और पूरब में उगते सूरज के चमकीले मुकुट को देखकर खुशी के साथ अपने बगल में एक कोयल की खुशी की पुकार आ रही थी।

दोपहर के एक घंटे का समय था। संती वहीं थी। जीवानंद भी वहां आ गए। कल्याणी ने शांति से कहा, "आपने हमें अपने खरीदे हुए दासों के समान अच्छा बनाया है। हमें हमारी बेटी के ठिकाने के बारे में बताकर अपना अच्छा काम पूरा करें।

संती ने जीवानंद के चेहरे की ओर देखा और कहा, "अब मुझे सोना चाहिए। मैंने पिछले चौबीस घंटों से आराम नहीं किया है। मैं दो रातों से सोया नहीं हूं - मैं एक आदमी हूं, आखिरकार।

कल्याणी थोड़ा मुस्कराई। जीवानंद ने मोहेन्द्र के चेहरे की ओर देखते हुए कहा, "यह मुझ पर छोड़ दो। आप पड़चिन्हा के लिए आगे बढ़ें - आप अपनी बेटी को वहां ले आएंगे।

जीवानंद निमाई से बच्चे को लेने के लिए भरुईपुर गए - बात इतनी आसान नहीं थी, ऐसा लग रहा था।

निमाई पहले तो स्तब्ध रह गया; वह इधर-उधर देखती थी। उसके नथुने कांप रहे थे और उसके होंठ ऊपर उठ रहे थे। फिर वह फूट-फूटकर रोने लगी। उसने घोषणा की, "मैं आपको बच्चा नहीं होने दूंगी।

जब निमाई अपने कोमल गोल हाथ के पिछले हिस्से से अपने आँसू सुखा चुकी थी, तो जीवानंद ने कहा। "मेरी बहन, तुम क्यों रोती हो? यह सब के बाद इतना दूर नहीं है; आप समय-समय पर उनसे मिलने उनके घर जा सकते हैं और बच्चे को देख सकते हैं।

निमाई ने अपने होंठों को सहलाते हुए कहा, "यह तुम्हारी बच्ची है, मुझे उसकी परवाह है," यह कहकर वह सुकुमारी को ले आई, उसे वहीं फेंक दिया और जमीन पर बैठ गई और अपने पैरों को फैलाकर रोने लगी। इसलिए जीवानंद ने इस विषय में कुछ नहीं कहा बल्कि आकस्मिक विषयों पर बात करता चला गया। लेकिन निमाई का गुस्सा शांत नहीं हुआ। निमाई उठी, सुकुमारी के वस्त्रों की पोटली, गहनों का बक्सा, रिबन, खिलौने लाकर जीवनानंद के सामने फेंक दिया। सुकुमारी स्वयं उन्हें इकट्ठा करने और व्यवस्थित करने लगी। वह निमाई से पूछने लगी, "हे मम्मा! मैं कहाँ जाऊँ?" निमाई अब इसे और सहन नहीं कर सका। उसने बच्चे को उठाया और रोती हुई चली गई।

पदचिन्हा मोहेंद्र, कल्याणी, जीवनान्द, शांति, निमई, निमाई के पति और सुकुमारी सभी खुशी-खुशी एक साथ मिले, संति नबीनानंद के वेश में आई थी। जिस रात वह कल्याणी को अपनी कुटिया में लाई थी, उसने उसे अपने पति को इस तथ्य का खुलासा करने से मना किया कि नबीनानंद वास्तव में एक महिला थी। एक निश्चित दिन कल्याणी ने उसे बुलाया। नबीनानंद ने घर के भीतरी परिसर में प्रवेश किया। उसने नौकरों की बात नहीं सुनी।

संती कल्याणी के पास आया और पूछा, "तुमने मुझे क्यों बुलाया है?"

कल्याणी: कब तक तुम मर्द के भेष में रहोगे? मैं आपसे बात नहीं कर सकता - हम मुश्किल से मिल सकते हैं। तुम्हें अपनी पहचान मेरे पति को बतानी होगी।

नबीनानंद गहरे विचार में डूबे रहे, वे बहुत देर तक कुछ नहीं बोले। अंत में उन्होंने कहा, "कल्याणी, उसके रास्ते में कई कठिनाइयाँ हैं।

दोनों ही इस मामले को लेकर बात करने में व्यस्त थे। इस बीच जो नौकर नबीनानंद को घर के भीतरी परिसर में प्रवेश करने से रोकने में विफल रहे थे, उन्होंने जाकर महेंद्र को सूचना दी कि, नबीनानंद ने जबरदस्ती आंतरिक कक्षों में अपना रास्ता बना लिया और उनके विरोध को नहीं सुना। मोहेन्द्र जिज्ञासु हो गया और भीतरी अहाते में प्रवेश कर गया। कल्याणी के शयनकक्ष में जाकर उसने पाया कि नबीनानंद अंदर खड़ा है, कल्याणी उसके पास खड़ी थी, उसे छू रही थी और उसकी बाघ की खाल की गाँठ खोल रही थी। मोहेन्द्र को बहुत आश्चर्य हुआ और वास्तव में बहुत गुस्सा आया।

उसे देखकर नबीनानंद हंस पड़े और बोले। "कैसा है, गोसाई? दो संतानों के बीच इतना अविश्वास कैसे हो सकता है?

मोहेंद्र ने कहा, "क्या भवानंद ठाकुर भरोसेमंद थे?"

नबीनानंद ने आँखें मूँद लीं और कहा, "क्या कल्याणी ने कभी भवानंद को छुआ और उनकी बाघ-खाल को खोल दिया?" यह कहकर संती ने कल्याणी के हाथ पीछे खींच लिए, उसने उसे बाघ की खाल को खोलने नहीं दिया।

मोहेन्द्र: फिर क्या?

नबीनानंद : आप मुझ पर अविश्वास कर सकते हैं, आप कल्याणी में विश्वास कैसे खो सकते हैं?

मोहेन्द्र अब हतप्रभ महसूस कर रहा था। उसने पूछा, "क्यों? मैंने उस पर अविश्वास कैसे किया?

नबीनन्द: फिर तुम घर के भीतरी अहाते में इस तरह मेरे पीछे-पीछे क्यों आए?

मोहेंद्र: मुझे कल्याणी से कुछ कहना था, इसलिए मैं आ गया।

नबीनानंद : तो कृपया अब जाइए। मुझे भी कल्याणी से कुछ कहना है। तुम अभी बाहर जाओ, पहले मुझे बात करने दो। यह आपका अपना घर है, आप जब चाहें आने के लिए स्वतंत्र हैं, मैं बड़ी मुश्किल से एक बार आया हूं।

मोहेन्द्र अपनी बुद्धि के अंत में काफी खड़ा था। उसे कुछ समझ नहीं आ रहा था। वे बिल्कुल भी बात नहीं करते थे या अपराधियों की तरह नहीं दिखते थे। कल्याणी का व्यवहार भी अजीब था। वह भी एक बेवफा महिला की तरह नहीं भागी थी, न ही वह डरती या शर्मिंदा लगती थी, बल्कि वह मुस्कुराती हुई खड़ी थी। उसी कल्याणी के अलावा जो इतनी आसानी से उस पेड़ के नीचे जहर निगल सकती थी, क्या वह बेवफा हो सकती थी? मोहेन्द्र इसी तनाव में सोच रहा था कि दुर्भाग्यवश शान्ति ने मोहेन्द्र की दुर्दशा देखकर मुस्कुराते हुए कल्याणी की ओर एक धूमधाम से देखा। अचानक अंधेरा छंट गया। मोहेन्द्र स्पष्ट रूप से पहचान सकता था कि वह एक महिला की शक्ल है। हिम्मत जुटाकर उसने अपने दोनों हाथों से नबीनानंद की दाढ़ी खींची। झूठी दाढ़ी उतर गई। उस अवसर का लाभ उठाते हुए कल्याणी ने बाघ की खाल की गाँठ खोल दी, वह भी उतर गई और नीचे गिर गई। इस तरह पकड़े जाने पर सैंटी ने अपना सिर नीचे लटका लिया।

इसके बाद मोहेंद्र ने उससे पूछा। "तुम कौन हो?"

शांति: श्रीमान नबिनंद गोस्वामी।

मोहेन्द्र : यह सब झूठा खेल है। आप एक महिला हैं।

संती: अब जरूरी है।

मोहेंद्र: तो मैं आपसे एक सवाल पूछता हूं, एक महिला होने के नाते आप जीवानंद ठाकुर के साथ क्यों रहती हैं?

संती: मुझे आपको यह समझाने की जरूरत नहीं है।

मोहेंद्र: क्या जीवानंद ठाकुर को पता है कि आप एक महिला हैं?

संती: हाँ, वह अच्छी तरह जानता है।

यह सुनकर शुद्ध हृदय मोहेन्द्र उदास और उदास हो गया।

यह देखकर कल्याणी यह कहे बिना नहीं रह सकी, "वह जीवानंद गोस्वामी की विवाहित पत्नी शांति देवी है।

बस एक पल के लिए मोहेन्द्र का चेहरा साफ हो गया। फिर से बादल छा गए। कल्याणी ने सब कुछ समझ लिया और कहा, "वह एक ब्रह्मचारिणी है।

उत्तर बंगाल मुसलमानों के चंगुल से मुक्त हो गया; लेकिन मुसलमानों में से किसी ने भी इसे स्वीकार नहीं किया, उन्होंने खुद को भ्रमित किया और सार्वजनिक रूप से कहा, "कुछ डकैत वहां शरारत कर रहे हैं, हम उन्हें दंडित कर रहे हैं। कोई नहीं कह सकता कि यह स्थिति कब तक जारी रहेगी। लेकिन तभी प्रोविडेंस की कृपा से वारेन हेस्टिंग्स कलकत्ता में गवर्नर-जनरल बन गए। वह खुद को हुड-विंक करने और संतुष्ट रहने वाला आदमी नहीं था; अगर उनके चरित्र में यह विशेषता होती तो आज भारत में ब्रिटिश साम्राज्य कहां होता? इसलिए बिना किसी देरी के एक नया सैन्य नेता, मेजर एडवर्ड्स सैंटन्स के बैंड को जीतने के लिए एक नई सेना के साथ आया।

एडवर्ड्स ने अच्छी तरह से समझा, कि, यह यूरोपीय अर्थों में युद्ध नहीं था। दुश्मनों के पास कोई नियमित सेना नहीं थी, कोई शहर या अपनी राजधानी नहीं थी, कोई विशेष किला नहीं था, फिर भी सब कुछ वस्तुतः उनके अधीन था। जहां भी ब्रिटिश रेजिमेंट ने दिन के लिए डेरा डाला, देश का वह हिस्सा उस दिन के लिए उनके प्रभाव में आ गया। सीधे बल ने उनके तंबू पर प्रहार किया और दूर चले गए, "जय माता" हर जगह गाया जाने लगा। साहिब को पता नहीं चल सका कि चींटियों के झुंड की तरह संतन कहाँ से निकले, उस गाँव को जला दिया जो अंग्रेजों के अधीन हो गया था या जहाँ भी वे उनसे मिले ब्रिटिश सेना के छोटे दलों को काट दिया। निरंतर पूछताछ से उन्हें पता चला कि, इन लोगों ने पडाचिन्हा गांव में एक किला बनाया था और अब वहां अपने खजाने और शस्त्रागार की रखवाली कर रहे थे। इसलिए उसने इस किले पर कब्जा करना समीचीन समझा।

उन्होंने पडाचिन्हा में रहने वाले संतानों की सही संख्या के बारे में जानकारी एकत्र करना शुरू किया। सूचना मिलने के बाद उसने किले पर हमला करना बुद्धिमानी नहीं समझा। उन्होंने इस उद्देश्य के लिए एक अच्छी रणनीति तैयार की।

माघ मास की पूर्णिमा का पर्व निकट था। नदी के किनारे उनके शिविर के पास मेला लगना था। इस वर्ष विशेष रूप से मेला बड़े पैमाने पर होगा। आमतौर पर इस अवसर पर लाखों पुरुष यहां इकट्ठा होते हैं। चूंकि इस वर्ष वैष्णव भूमि के शासक बन गए थे, इसलिए उन्होंने अपने गौरव को दिखाने के लिए मेले में शामिल होने का फैसला किया। तो बस एक संभावना है कि पूर्णिमा के दिन उस मेले में सभी संतन एकत्रित होंगे। मेजर एडवर्ड्स ने सोचा कि पडाचिन्हा की रक्षा के लिए सौंपे गए गार्ड भी मेले का दौरा कर सकते हैं। फिर वह पदचिन्हा पर चढ़ाई करता और उस पर कब्जा कर लेता।

इस प्रकार निर्णय लेते हुए मेजर ने कहा कि वह मेले पर हमला करेगा; वह सभी वैष्णवों को एक स्थान पर एकत्रित करवाता था और इस तरह वह अपने सभी शत्रुओं का सफाया कर देता था, वह मेला आयोजित नहीं होने देता था।

इस खबर को गांव-गांव तक फैलने दिया गया। जो भी संतन संप्रदाय का था, वह कहीं भी हथियार उठा लेता था और मेले की रक्षा के लिए दौड़ पड़ता था। माघ मास की पूर्णिमा के दिन सभी संतान नदी के किनारे इकट्ठे हुए थे। मेजर ने जो कुछ भी सोचा था, वह अमल में आया। अंग्रेजों के लिए सौभाग्य से, मोहेंद्र ने भी इस जाल में कदम रखा। पडाचिन्हा की रखवाली के लिए मुट्ठी भर आदमियों को रखते हुए, मोहेंद्र ने लड़ाकों के थोक को अपने अधीन ले लिया।

यह सब होने से पहले ही संति और जीवानंद पदचिन्ह से बाहर जा चुके थे। तब लड़ने की बात नहीं थी, उसमें दिल नहीं था उन्होंने माघ महीने की पवित्र पूर्णिमा के दिन बहुत ही शुभ मुहूर्त में खुद को डुबोकर अपनी प्रतिज्ञा तोड़ने के पाप का प्रायश्चित करने का फैसला किया था। रास्ते में उन्होंने सुना कि मेले में इकट्ठे हुए अंग्रेजों और संतानों के बीच एक बड़ी लड़ाई होगी। जीवानंद ने कहा, "तो फिर हम युद्ध में मर जाएं, जल्दी चलें।

वे तेजी से आगे बढ़े। सड़क एक स्थान विशेष पर एक टीले के ऊपर से गुजरती थी। टीले पर चढ़ते हुए वीर युगल ने पाया कि अंग्रेज उनसे कुछ दूरी पर टकराए हुए हैं। संती ने कहा, "अब मरने की बात मत करो, चिल्लाओ, - "जय हो माँ!"

फिर दोनों ने फुसफुसाते हुए आपस में सलाह-मशविरा किया। परामर्श के बाद जीवानंद एक जंगल में छिप गए। संती एक अलग़ जंगल में प्रवेश किया और अजीब तरीके से व्यवहार करना शुरू कर दिया।

सैंटी मरने जा रही थी, उसने अपनी मृत्यु के समय स्त्री परिधान पहनने का फैसला किया था। मोहेन्द्र ने अपने आदमी की आड़ को झूठी चाल बताया था। झूठे रंग में मरने का कोई फायदा नहीं था। इसलिए वह अपने साथ स्त्रैण निक-नैक वाली टोकरी लाई थी। उसके सभी परिधान और सामान वहां थे। नबीनानंद ने अब अपनी टोकरी खोली और कपड़े बदलने लगी।

उसने अपने चेहरे को भौंहों के बीच एक सुंदर सीपिया स्पॉट डालते हुए चित्रित किया; उसने अपने चंद्रमा जैसे चेहरे को सुंदर कर्ल के साथ आधा कवर किया, जैसा कि उस समय फैशन था और फिर अपने हाथ में सारंग के साथ वैष्णबी की पोशाक में उसने ब्रिटिश शिविर में अपनी उपस्थिति दर्ज कराई। उसे देखकर जेट ब्लैक भौंरा के रंग की दाढ़ी वाले सिपाही मोहित और उत्साहित हो गए। किसी ने उसे टप्पा गीत गाने का आदेश दिया , किसी ने *गजल*, तीसरे ने काली के बारे में, चौथे ने कृष्ण के बारे में गीत गाया और सभी की इच्छाएं तृप्त हुई। किसी ने उसे चावल दिए, किसी ने दाल दी, किसी ने चीनी दी, और फिर भी एक और दाना या चार आना का टुकड़ा। जब वैष्णवी शिविर की स्थिति का ध्यानपूर्वक अध्ययन करने के बाद जाने के बिंदु पर थी, तो सिपाहियों ने उससे पूछा, "तुम फिर कब आ रही हो?" वैष्णवी ने कहा, "मुझे नहीं पता कि यह कब होगा। मेरा घर यहां से बहुत दूर है। सिपाहियों ने पूछा, "कितनी दूर?" वैष्णवी ने कहा, "मैं पदाचिन्ह में रहती हूँ। उसी दिन मेजर साहब पदचिन्ह के बारे में पूछताछ कर रहे थे; सिपाहियों में से एक यह जानता था। वह वैष्णवी को अधिपति के पास ले गया। वह उसे मेजर के पास ले गया। वैष्णवी मीठी मुस्कान बिखेरी, मेजर को एक भेदी ग्लैमरस नज़र से देखा, फिर अपने झांझ को एक साथ मारते हुए उसने गाया –

साहब ने उससे पूछा, "तुम कहाँ रहती हो *बीबी?*"

बीबी ने जवाब दिया, "मैं बीबी नहीं हूं , मैं वैष्णबी हूं। मेरा घर पड़चिन्हा में है।

साहिब: वह अदसिन पैडसिन कहाँ है? क्या वहां कोई *गार* (मतलब किला) है?

वैष्णबी: घर? O हाँ, घरों की संख्या (मतलब कमरे) हैं।

साहब: अरे नहीं, दर्द *नहीं*, बूट *गार।*

साहब: मैं समझता हूँ कि आप क्या कर रहे हैं। आपका मतलब एक किला है?

साहब: हाँ, एक *गार*, एक *गार* – यही मेरा मतलब है। वहाँ एक है?

संती: हाँ, एक किला है, वास्तव में एक बहुत बड़ा किला है।

साहब: उस किले में कितने आदमी हैं?

संती: कितने रहते हैं? बीस से पचास हजार।

साहब: बकवास! एक किले में दो से चार हजार ही हो सकते हैं। क्या वे सब वहाँ हैं? या वे चले गए?

संती: वे कहाँ जाएंगे?

साहिब: मेले के लिए? आपने जगह कब छोड़ी?

संती: मैं कल ही चला गया था, साहब।

साहब: हो सकता है कि वे इस समय तक किला छोड़ चुके हों।

संती मानसिक रूप से सोच रहा था, "अगर मैं आपकी दफन सेवा के लिए रात का खाना नहीं पकाता, तो मैं अपना चेहरा व्यर्थ में पेंट करता हूं। गीदड़ तुम्हारा सिर कब खाएंगे, और मुझे यह देखने का सौभाग्य मिलेगा?" उसने जोर से कहा, "साहब, यह वही हो सकता है जो आप कहते हैं; हो सकता है कि वे आज चले गए हों। मुझे इस तरह के विवरण की जानकारी नहीं है। मैं केवल एक वैष्णवी हूं और घर-घर जाकर गाकर अपना जीवन यापन करती हूं। मुझे ऐसे विवरणों को जानने की परवाह नहीं है। बात करते-करते मेरा गला दुखता है, आओ, मुझे टिप देकर जाने दो। टिप को लायक बनाओ, मैं परसों आकर जानकारी लेकर आऊंगा।

साहब ने एक रुपया नीचे फेंका और बोले, "बीबी, परसों नहीं।

शांति: शर्म की बात है, आपने माँ के बेटे को आशीर्वाद दिया! मुझे वैष्णबी कहो, बीबी नहीं ।

एडवर्ड्स: दिन के बाद नहीं, आज रात मुझे खबर होनी चाहिए।

संती: आप अपनी बंदूक की बट पर अपना सिर रखते हैं और अपने नथुने में सरसों का तेल लेकर सो जाते हैं। मैं बीस मील जाऊँगा और फिर बीस मील पैदल वापस आऊँगा! छुंचो-बेटा। (तुम चूहे के बेटे।

साहिब: छुंचो-बेटा क्या है?

शांति: इसका मतलब है एक नायक, एक बड़ा जनरल।

एडवर्ड्स: मैं क्लाइव की तरह एक महान जनरल बन सकता हूं। लेकिन मुझे आज जानकारी अवश्य मिलनी चाहिए। मैं तुम्हें सौ रुपये का इनाम दूंगा।

संती: आप मुझे सौ या एक हजार तक भी दे सकते हैं। लेकिन मेरे दो गरीब पैर चालीस मील की दूरी तय करने में सक्षम नहीं होंगे।

एडवर्ड्स: घोड़े की पीठ पर?

संती: अगर मुझे घोड़े की सवारी करनी आती है तो मैं सारंग के साथ आपके खेमे में आकर भीख क्यों मांगता?

एडवर्ड्स: आप मेरे साथ पीछे की सवारी करेंगे।

संती: मैं तुम्हारे साथ पीछे की सवारी करूंगा? क्या आपको लगता है कि मैं बेशर्म हूं?

एडवर्ड्स: क्या परेशानी है! मैं तुम्हें पांच सौ रुपये दूंगा।

साहब: कौन जाएगा, आप खुद?

साहब ने तब अपने सामने खड़े एक युवा पताका मिस्टर लिंडले की ओर इशारा किया और उनसे पूछा, "लिंडले, क्या आप जाएंगे?" संत की जवानी और सुंदरता से मोहित होकर उसने उत्तर दिया, "सबसे खुशी से।

एक बड़ा अरबी घोड़ा तैयार हो गया और लिंडले ने शुरू करने की तैयारी की। वह सैंटी को उठाकर घोड़े पर बिठाना चाहता था। संती ने प्रतिवाद किया, "शर्म के लिए! इतने सारे लोगों की उपस्थिति में? क्या आपको लगता है कि मुझे कोई शर्म नहीं है? हमें शिविर से बाहर निकलने दो।

लिंडले घोड़े पर चढ़ गया और धीमी गति से आगे बढ़ गया। संती पैदल ही उसके पीछे-पीछे चल पड़ी। इस तरह वे शिविर से बाहर चले गए।

ब्रिटिश शिविर के बाहर एक सुनसान मैदान में पहुंचकर, सैंटी ने लिंडले के पैर पर अपना पैर रखा और एक छलांग में घोड़े पर चढ़ गया। लिंडले ने हंसते हुए कहा, "आप एक प्रशिक्षित सवार लगते हैं।

संती ने कहा, "हम इतनी अच्छी तरह से प्रशिक्षित हैं कि मुझे आपके साथ सवारी करने में शर्म आती है। धिक! रकाब की मदद से सवारी करना मूर्खतापूर्ण है।

बस अपनी चतुराई दिखाने के लिए लिंडले ने रकाब से अपना पैर हटा दिया। तुरंत संती ने उसकी गर्दन पकड़ ली और मूर्ख अंग्रेज को नीचे फेंक दिया। फिर संती घोड़े की पीठ पर ठीक से बैठ गई, उसने घोड़े के किनारे को अपने टखनों से मारा और अरबी घोड़े को पूरी तरह से सरपट दौड़ाया। चार साल तक लगातार संतन सेना के साथ रहना और घूमना, संती ने वास्तव में बहुत अच्छी तरह से घुड़सवारी सीखी थी। क्या वह जीवानंद के साथ रह सकती थी जब तक कि वह यह सब न करे? लिंडले अपने पैरों के साथ वहां लेटा हुआ था। संती हवाओं की तरह दूर चला गया।

संती उस वन में गया जहाँ जीवानंद छिपा हुआ था और उसे इन सभी तथ्यों से परिचित कराया। जीवानंद ने कहा, "तो फिर मुझे जाने दो और महेंद्र को चेतावनी दो। आप मेले में जाकर सत्यानंद को सूचित करें। तुम

घोड़े पर सवार हो जाओ, ताकि हमारे स्वामी को शीघ्र ही समाचार मिल जाए। फिर दोनों अलग-अलग रास्तों से भागे। कहने की जरूरत नहीं है, संती ने फिर से नबीनानंद का वेश धारण कर लिया।

एडवर्ड्स एक चतुर साधन संपन्न अंग्रेज थे। उसने अपने आदमियों को हर चौकी पर तैनात कर दिया था। शीघ्र ही उसे यह समाचार मिला कि जिस वैष्णवी ने लिंडले को नीचे गिरा दिया है, वह घोड़े पर सवार होकर कहीं भाग गई है। यह सुनकर एडवर्ड्स ने कहा, "शैतान का एक छोटा सा हिस्सा! तंबू मारो।

फिर हर जगह खूंटे को क्लैटर और दीन के साथ मैलेट के साथ मारा जाने लगा। तंबुओं का शहर बादलों से बने स्वर्गीय शहर की तरह गायब हो गया। माल गाड़ियों पर लाद दिया जाता था और पुरुषों को घोड़े की पीठ पर या पैदल ही निपटाया जाता था। हिंदुओं, मुसलमानों, मदरसों और अंग्रेजों ने अपने कंधों पर बंदूकें लेकर मार्च किया। बंदूक गाड़ियां शोर से लुढ़क गईं।

उधर मोहेन्द्र संतन बल की अपनी भीड़ के साथ मेले के पास पहुंचा। उस शाम मोहेन्द्र ने सोचा, "दिन नज़दीक आ रहा है, चलो हम कहीं डेरा डालते हैं।

तब उपयुक्त स्थान पर डेरा डालना बुद्धिमानी समझी जाती थी। वैष्णबों का कोई तम्बू नहीं था। वे जमीन पर अपने बोने के टुकड़े फैलाकर पेड़ों के नीचे सोते थे। उन्होंने हरि के चरणों में चढ़ाया गया पानी पीकर रात बिताई। जो भूख बबून आ गई थी, वह स्वप्न में वैष्णबियों के मुख से अमृत पीकर तृप्त हो गई। मोहल्ले में एक जगह थी जो डेरा डालने के लिए आदर्श थी। यह आम, कटहल, *बबला* और इमली के पेड़ों से भरा एक बड़ा बगीचा था। मोहेन्द्र ने अपने आदमियों को आदेश दिया, "यहाँ डेरा डालो। इसके बगल में एक टीला था, जो चढ़ने के लिए उबड़-खाबड़ और बेखबर था। एक बार मोहेन्द्र के मन में यह विचार आया कि अच्छा होगा कि उस पहाड़ी की चोटी पर डेरा डाल दिया जाए। उन्होंने जाकर जांच करने का फैसला किया।

यह सोचकर मोहेन्द्र धीरे-धीरे घोड़े पर सवार होकर टीले पर चढ़ गया। जब वह रास्ते में ऊपर चला गया था, तो एक युवा वैष्णव सेनानियों के रैंकों में प्रवेश किया और कहा, "आओ, हम टीले पर चढ़ें। वे सभी आश्चर्यचकित थे और उन्होंने पूछा, "क्यों?"

युवा योद्धा पृथ्वी के एक छोटे से टीले पर खड़ा हो गया और चिल्लाया, "चलो! इस चांदनी रात में, नए वसंत के समय के फूलों की ताजा खुशबू को सांस लेते हुए, हमें अपने दुश्मनों से लड़ना होगा। सभी सैनिकों ने युवा योद्धा को अपना सेनापति जीवनानंद माना। फिर युद्धघोष करते हुए, "हे हरि! हे मुरारी!" सम्पूर्ण संतन सेना ने अपने भालों से सीधा खड़ा किया और जीवानंद की नकल करते हुए एक शरीर में सवार होकर पहाड़ी की चोटी की ओर दौड़ने लगी। कोई एक कापधारी घोड़ा जीवानंद के पास ले आया। मोहेन्द्र ने दूर से ही यह देख लिया और आश्चर्य से वहीं खड़ा हो गया। उसने सोचा, "यह क्या है? वे बिना आदेश के क्यों आ रहे हैं?

यह सोचकर मोहेन्द्र अपने घोड़े को धूल के बादल में नीचे भागने लगा। बल में सबसे आगे जीवानंद से मिलने के बाद उसने पूछा, "यह क्या है, आनंद?

जीवानंद ने हंसते हुए कहा, "आज बड़े आनंद का दिन है। एडवर्ईस टीले के दूसरी तरफ है। जो भी पहले शीर्ष पर चढ़ता है वह जीतता है।

तब जीवानंद ने संतानों को चिल्लाया, "तुम मुझे जानते हो? मैं जीवानंद गोस्वामी हूं। मैंने एक हजार दुश्मनों को मार डाला है।

खेतों और जंगल में बड़े शोरगुल के साथ वे जवाब में चिल्लाए, "हम आपको जानते हैं, आप जीवानंद गोस्वामी हैं।

जीवनन्द: से — "हे हरि! मुरारी!"

हजारों कंठों से उत्तर देने वाला रोना उठा - "हे हरि! ओ मुरारी!"

जीवनंद: दुश्मन पहाड़ी के दूसरी तरफ हैं। आज इस पहाड़ी पर संतान युद्ध में शामिल होंगे, जिसका गवाह ऊपर नीला गुंबद और नीचे रात होगी। आओ, जल्दी, जो भी शीर्ष पर पहुंचता है वह पहले जीत जाता है।

बोलो - "जय हो माँ!"

फिर खेत और जंगल दोनों ही गीत से गूंज उठे - "माँ की जय हो। धीरे-धीरे संतन सेना पहाड़ी पर चढ़ने लगी। लेकिन उन्होंने अचानक घबराहट में देखा कि मोहेन्द्र सिंघा सीटी बजाते हुए टीले से नीचे उतर रहा है। पहाड़ी की चोटी पर नीले आकाश के खिलाफ बहुत ही कम समय में, बंदूकधारियों के साथ ब्रिटिश बंदूकें दिखाई दे रही थीं। ऊँची आवाज़ में वैष्णव सेना ने गाया -

तू बुद्धि है, तू कानून है,
तू हृदय है - हमारी आत्मा - हमारी सांस,
 तू प्रेम दिव्य -
हमारे दिलों में भय जो मृत्यु पर विजय प्राप्त करता है।

लेकिन ब्रिटिश तोपों की जोरदार आवाज ने उस महान गीत को डुबो दिया। सैकड़ों संतन मृत होकर गिर पड़े और बाहें बांधकर टीले पर मर गए। फिर से हड्डियों का मजाक उड़ाते हुए *दधीचि,*[1] और समुद्र की लहरों को ताना मारते हुए ब्रिटिश तोपों की गड़गड़ाहट शुरू हो गई। संतन सेना पके धान की तरह टुकड़ों में कटकर गिरने लगी। व्यर्थ में जीवानंद ने कड़ी मेहनत की और मोहेन्द्र ने ऐसा कष्ट उठाया। पत्थरों की गिरती हुई बौछार की तरह संतन सेना मुड़ी और पहाड़ी से नीचे उतर गई। वे बेतरतीब ढंग से इधर-उधर भाग गए। फिर पूरी सेना का सफाया करने के लिए अंग्रेज सैनिक चिल्लाते हुए नीचे उतरने लगे - "हुर्रे! हुर्रे!" एक विशाल और ढीली पहाड़ी धार की तरह उठी हुई संगीनों के साथ, अनगिनत अजेय और भयंकर ब्रिटिश

सैनिकों ने भागते हुए संतानों का पीछा करना शुरू कर दिया। जीवानंद ने एक बार मोहेन्द्र से भेंट करते हुए कहा था, "आज सब कुछ समाप्त हो गया है। आओ, हम यहीं मर जाएं।

मोहेंद्र ने कहा, "अगर मरने का मतलब लड़ाई जीतना है तो मैं खुशी से मर जाऊंगा। व्यर्थ मरना नायक का धर्म नहीं है।

जीवनन्द: मैं व्यर्थ ही मर जाऊँगा, तब भी मुझे युद्ध में मरने की सांत्वना मिलेगी।

फिर पीछे मुड़कर जीवानंद जोर से चिल्लाया, "जो कोई भी अपने होंठों पर हरि का नाम लेकर मरना पसंद करता है, वह मेरे साथ आ जाए!"

कई आगे आए। जीवानंद ने कहा, "नहीं, ऐसा नहीं है। हरि के सामने शपथ ले लो कि तुम जीवित नहीं लौटेंगे।

जो आगे आए थे, वे पीछे हट गए। जीवानंद ने कहा, "ऐसा लगता है कोई नहीं आएगा। फिर मुझे अकेले ही आगे बढ़ने दो।

जीवानंद ने घोड़े पर सवार होकर बहुत पीछे रह रहे मोहेन्द्र को पुकारा, "भाई, नबीनानंद से कह दो कि मैं चला गया हूं, हम स्वर्ग में मिलेंगे।

फिर उस वीर आकृति ने अपने घोड़े को गोलियों की बौछार में धराशायी कर दिया, उसके बाएं हाथ में भाला, दाहिना हाथ बंदूक था, उसके होंठ रो रहे थे "हरे मुरारे! हरे मुरारे! हरे मुरारे!" लड़ाई की कोई संभावना नहीं थी। इस साहस का कोई अर्थ नहीं था। तब भी जीवानंद चिल्लाते हुए कहते हैं, "हरे मुरारे! हरे मुरारे!" शत्रु के सीरी-मेढ़े रैंकों में प्रवेश किया।

मोहेन्द्र ने भागते हुए संतानों को पुकारा—"एक बार मुड़कर जीवानंद गोसाईं को देखो। एक बार पीछे मुड़कर देखने का मतलब आपके लिए मौत नहीं होगा।

पीछे मुड़कर देखा तो उनमें से कुछ को जीवानंद का अलौकिक पराक्रम दिखाई दिया। पहले तो वे चकित हुए, फिर उन्होंने कहा, "केवल जीवानंद ही मरना जानते हैं, हम नहीं जानते? आइए, हम जीवानंद के पीछे-पीछे स्वर्ग चलें।

यह सुनकर कुछ संतन पीछे मुड़े; उनके उदाहरण ने दूसरों को बदल दिया, उनके फिर से दूसरों को। एक बड़ा हंगामा शुरू हो गया। जीवानंद पहले ही शत्रु की श्रेणी में प्रवेश कर चुका था। कोई भी उसे ढूंढ नहीं सका।

इस बीच पूरे युद्ध के मैदान से भागते हुए संतानों को पता चलने लगा कि संतानों की पार्टियां पीछे हट रही हैं। सभी इस निष्कर्ष पर पहुंचे कि संतान विजयी थे। वे दुश्मन का पीछा कर रहे थे। तब संतानों का पूरा शरीर चिल्लाया, "मार डालो! मार डालो!" और अंग्रेजों पर टूट पड़ा।

दूसरी तरफ ब्रिटिश सेना के बीच एक बड़ा भ्रम पैदा हो गया था। सिपाही लड़ाई की परवाह किए बिना दाएं-बाएं भाग रहे थे, गोरे सैनिक भी उठे हुए संगीनों के साथ अपने शिविर की ओर लौट रहे थे। गौर से इधर-उधर देखने पर मोहेन्द्र को पहाड़ी के रेंगने पर असंख्य संतन मिले। वे वीरतापूर्वक पहाड़ी से उतर रहे थे और ब्रिटिश सेना पर हमला कर रहे थे। फिर उसने अपने आदमियों को वापस बुलाया और कहा, "देखो! शीर्ष पर हमारे गुरु सत्यानंद का ध्वज दिखाई दे रहा है। आज कंस और केसी के संहारक मधु और कैतव का हत्यारा मुरारी खुद मैदान में उतरने के लिए उतर आया है। पहाड़ी पर एक लाख संतन हैं। कहो, "हरे मुरारे! हरे मुरारे!" मुसलामानों की पीठ और छाती पर चढ़ो और उनका गला घोंट दो। चट्टान पर एक लाख संतन हैं।

फिर "हरे मुरारे" का रोना पूरे मैदान और जंगल में गूंज उठा। संतानों का रोना, "कोई डर नहीं! कोई डर नहीं!" और हथियारों के टकराव के मधुर संगीत ने हर जीवित प्राणी को मंत्रमुग्ध कर दिया। मोहेन्द्र की सेना पराक्रम से भागने लगी। एक धारा की धारा की तरह वापस भेजा गया और एक पत्थर की बाधा के खिलाफ धराशायी हो गया, सरकारी सेना दंग रह गई और घबरा गई और पूरी तरह से टूट गई। ठीक उसी समय सत्यानंद ब्रह्मचारी अपने पच्चीस हजार सैनिकों के साथ पहाड़ी की चोटी से एक शक्तिशाली समुद्री लहर की तरह उन पर गिर पड़े। वहां एक बड़ी लड़ाई लड़ी गई थी।

जिस प्रकार दो बड़े पत्थरों के बीच एक छोटी मक्खी कुचली जाती है, उसी प्रकार विशाल सरकारी सेना को संतानों के दो शवों के बीच कुचल दिया गया।

वारेन हेस्टिंग्स तक खबर पहुंचाने वाला कोई जीवित नहीं बचा था।

---

[1] दधीचि मुख्य रूप से अपने जीवन का बलिदान करने के लिए जाना जाता है ताकि देवता उसकी हड्डियों से "वज्र" नामक हथियार बना सकें। सर्प राजा *वृत्र द्वारा स्वर्ग, या स्वर्ग* से बाहर निकाले जाने के बाद, देव ने स्वर्ग को पुनः प्राप्त करने के लिए अपने वज्र का उपयोग करके असुर को हरा दिया। वह अपने बलिदान के लिए अच्छी तरह से जाना जाता है, अपनी पत्नी के रोने के बावजूद उसने उसे यह कहते हुए मना लिया।

पूर्णिमा की रात थी। वह भयानक युद्ध-क्षेत्र शांत था। घोड़ों के खुरों की गड़गड़ाहट, कस्तूरी की खड़खड़ाहट, बंदूकों का उछाल और धुएं का वह फैलाव - सभी चले गए थे। अब कोई भी "हुर्रा" नहीं चिल्ला रहा था, कोई भी "हरि! हरि!" वहां जो भी शोर मचाया जा रहा था, वह गीदड़ों, कुत्तों और गिद्धों से आ रहा था। इन सबसे ऊपर घायलों का कराहना था। उनमें से कुछ के हाथ फटे हुए थे, कुछ के सिर टूटे हुए थे, कुछ के पैर टूटे हुए थे और अन्य की पसलियां छिदी हुई थीं। उनमें से कुछ चिल्ला रहे थे, "हे पिता! उनमें से कुछ ने पानी मांगा, कुछ मौत के माध्यम से दर्द से बचना चाहते थे। बंगाली, हिंदुस्तानी, अंग्रेज, मुसलमान सभी आपस में अलग-अलग पड़े थे। जीवित और मृत, पुरुष और घोड़े बारीकी से पैक किए गए थे, मिश्रित और एक साथ दबाए गए थे। माघ के महीने की उस भीषण सर्द पूर्णिमा की रात में युद्ध-क्षेत्र भयानक दिख रहा था। किसी में भी वहां जाने की हिम्मत नहीं थी।

हालांकि किसी की हिम्मत नहीं हुई, फिर भी उस रात एक महिला उस अगम्य युद्ध-क्षेत्र में घूम रही थी। जलती हुई मशाल लेकर वह शवों के बीच कुछ ढूंढ रही थी। वह हर लाश के पास आ रही थी और अपनी जलती हुई मशाल से उसके चेहरे को देख रही थी, और फिर एक समान काम पर दूसरी ओर बढ़ रही थी। एक स्थान पर एक मानव शरीर एक मृत घोड़े के नीचे ढका हुआ था, वहां युवती ने अपनी मशाल को जमीन पर रखकर घोड़े को अपने दोनों हाथों से हटाकर मृत घोड़े को बचाया। फिर जब उसने पाया कि वह व्यक्ति वह नहीं था जिसे वह ढूंढ रही थी, तो वह अपनी मशाल के साथ चली गई। इस प्रकार खोजती हुई युवती सभी खेतों से होकर गई, लेकिन उसे कहीं नहीं मिला; उसने क्या मांगा। फिर अपनी मशाल फेंककर वह मृतकों से भरी उस खूनी जमीन पर दुःख की पीड़ा में लोटने लगी और रोने लगी। वह संती जीवनानंद के शव की तलाश कर रही थी।

संती घोर निराशा में रोया। तभी एक बहुत ही मीठी और आवाज उसके कान में पड़ी। जैसे कोई कह रहा हो, "माँ, उठो; रोओ मत। संती ने ऊपर देखा और देखा कि उस चाँद की रोशनी में उसके सामने उलझे हुए ताले के साथ एक लंबा और अलौकिक व्यक्ति खड़ा था।

संती उठ खड़ी हुई। जो आया था, उसने उससे कहा, "माँ मत रोओ! मैं तुम्हारे लिए जीवानंद के शरीर का पता लगाऊंगा, मेरे साथ आओ।

तब वह संत संती को उस युद्ध-क्षेत्र के हृदय और केंद्र में ले गया। वहाँ असंख्य लाशें ढेर में पड़ी थीं। सैंटी उन सभी को एक तरफ ले जाने में सक्षम नहीं था। उन सभी शवों को हटाकर जो बड़े पैमाने पर और शक्तिशाली रूप से निर्मित व्यक्ति ने बाहर निकाला और एक निश्चित लाश को बरामद किया। संती उस शरीर को जीवानंद का शरीर पहचान सकती थी। यह घावों के साथ कवर किया गया था और खून से सना हुआ था। संती एक साधारण महिला की तरह जोर से रोने लगी।

संत ने फिर कहा, "रोओ मत, माँ! क्या जीवानंद वास्तव में मर चुका है? शांत रहें और उसके शरीर की जांच करें। पहले उसकी नब्ज को महसूस करो।

संती ने नब्ज महसूस की। वहां जरा भी हलचल नहीं थी। संत ने कहा, "अपने हाथ से उसकी छाती को महसूस करो।

सैंटी ने अपना हाथ वहां रखा जहां दिल था, जीवन का कोई संकेत नहीं था। काफी ठंड थी।

संत ने फिर कहा, "अपना हाथ उसकी नाक के पास रखो - क्या कोई सांस चल रही है?"

सैंटी ने निर्देशानुसार शरीर की जांच की, लेकिन किसी भी सांस का संकेत नहीं मिला।

उसने कहा, "फिर से कोशिश करो, अपनी उंगली से उसके मुंह के अंदर महसूस करो, कहीं वहां कोई गर्मी तो नहीं है।

संती ने अपनी उंगली से महसूस किया और कहा, "मैं कुछ भी महसूस नहीं कर सकता। आशा उसके अंदर शराब की तरह काम कर रही थी।

महान संत ने अपने बाएं हाथ से जीवानंद के शरीर को छुआ। उन्होंने कहा, "डर ने आपकी सारी आशा छीन ली है, इसलिए आप कुछ भी महसूस नहीं कर सकते।

शरीर में अभी भी थोड़ी गर्माहट बाकी है। फिर से महसूस करो।

संती ने फिर से नब्ज महसूस की, वहां कुछ धड़कन थी। आश्चर्यचकित, सैंटी ने उसके दिल पर हाथ रखा - यह थोड़ा धड़क रहा था। उसने अपनी उंगली नाक के सामने रखी, वाकई कुछ सांसें चल रही थीं। उसके मुंह में भी थोड़ी गर्मी महसूस हुई। चकित संती ने पूछा, "क्या वास्तव में उसमें जीवन था, या वह वापस आ गया है?"

संत ने कहा, "यह कैसे संभव हो सकता है, माँ? क्या आप उसे टैंक तक ले जा पाएंगे? मैं एक डॉक्टर हूं, मैं उसका इलाज करूंगा।

संती ने जीवानंद के शरीर को बड़ी सहजता से उठाया और उसे टैंक की ओर ले जाने लगा। डॉक्टर ने कहा, "तुम उसे तालाब पर ले जाओ और उसके घावों को धो दो। मैं जाकर दवा ले आता हूँ।

संती जीवानंद को टैंक के किनारे ले गया और उसके घावों को धोया। इसके तुरंत बाद डॉक्टर कुछ कुचल जंगली जड़ी बूटियों को लाया और उन्हें अपने सभी घावों पर लगाया। फिर उसने बार-बार जीवानंद के शरीर पर हाथ फेरा। गहरी साँस लेने के बाद जीवानंद उठ बैठा। उसने संती की ओर देखते हुए पूछा, "कौन सा पक्ष विजयी हुआ है?"

संती ने कहा, "तुमने जीत लिया है। इस महान संत को नमन करें।

तब दोनों ने पाया कि वहां कोई नहीं है। वह किसके सामने झुकने वाला था!

विजयी संतन सेना का कोलाहल पड़ोस से सुना जा सकता था। लेकिन न तो संति और न ही जीवानंद में हड़कंप मच गया। वे टैंक की उस चांदनी सीढ़ियों पर बैठे चले गए। बहुत ही कम समय में जीवानंद के घाव भर गए। उन्होंने कहा, "शांति, उस डॉक्टर की जड़ी-बूटियों में अद्भुत उपचार गुण हैं। मेरे शरीर में शायद ही कोई दर्द या परेशानी बची हो। आइए, अब हम जहाँ चाहें वहाँ चले जाएँ। संतानों की उल्लास की पुकार आती है।

" संती ने कहा। "हमें अब वहां जाने की जरूरत नहीं है। माँ का काम हो जाता है। यह देश संतानों का है। हमें इस सरकार में किसी भी हिस्से की लालसा नहीं है, फिर वहां जाने से कहां फायदा है?'

जीवनानंद : हमने जो बलपूर्वक लिया है, उसकी रक्षा हमारे हथियारों के कौशल से होनी चाहिए।

शांति: इसकी रक्षा के लिए मोहेन्द्रा है, सत्यानंद स्वयं है। संतान धर्म के निमित्त प्रायश्चित के रूप में आपने अपना शरीर त्याग दिया। इस कायाकल्प शरीर पर संतानों का कोई दावा नहीं है। जहां तक उनका संबंध है, हम मर चुके हैं। अब अगर वे हमें देखेंगे तो संतन कहेंगे, "जीवानन्द प्रायश्चित के भय से छिप गया था, अब संतों को विजयी पाकर वह नए जीते हुए राज्य का अपना हिस्सा लेने के लिए आगे आया है।

जीवनन्द: तुम्हारा क्या मतलब है, शांति? क्या मैं दोष के डर से अपने कर्तव्य से पल्ला झाड़ लूँ? मेरा कर्तव्य माता की सेवा है। दूसरे चाहे कुछ भी कहें, मुझे उसकी सेवा करते रहना चाहिए।

शान्ति: अब तुम्हें माता की सेवा करने का अधिकार नहीं है, क्योंकि उसकी सेवा में तुमने इस शरीर का त्याग कर दिया है। यदि आपको माँ की सेवा करने का एक नया अवसर मिलता है तो आपका प्रायश्चित कहाँ है? इस प्रायश्चित का मुख्य भाग उसकी सेवा करने के सुख से वंचित होना है। केवल अपने तुच्छ शरीर को छोड़ना न तो बहुत मुश्किल है और न ही उद्देश्य के लिए पर्याप्त है।

जीवनानंद : शांति, आपको हमेशा सही दृष्टिकोण मिलता है। मैं अपने प्रायश्चित को अधूरा नहीं छोड़ूंगा; मेरा मुख्य आनंद सतन धर्म में है। मैं स्वयं को इससे वंचित कर दूंगा। लेकिन मैं कहां जाऊं? माँ की सेवा छोड़कर मैं घर जाकर आनंद नहीं ले सकता।

संती: क्या मैं आपको ऐसा करने के लिए कह रहा हूं? अब हम गृहस्थ नहीं रहे। हम ऐसे ही संन्यासी बने रहेंगे - हम ब्रह्मचर्य का पालन करते रहेंगे। आइए, हम पूरे देश में तीर्थ यात्रा करें।

जीवनानंद : और फिर उसके बाद?

शांति: तब हम हिमालय पर एक कुटिया का निर्माण करेंगे और वहां भगवान की पूजा करेंगे — उनसे माता की पूर्ण भलाई का वरदान प्राप्त करेंगे।

फिर दोनों उठे, एक दूसरे का हाथ पकड़कर उस चांदनी रात में गायब हो गए।

माँ ! क्या तुम फिर आओगे? क्या तुम अपने गर्भ में जीवानंद की तरह पुत्र और शान्ति की तरह पुत्रियाँ धारण करोगे?

अध्याय VIII

सत्यानंद ठाकुर बिना किसी को बताए युद्धक्षेत्र छोड़कर आनंदमठ आ गए। वहाँ रात्रि के अंत में विष्णु मंदिर के प्रांगण में वह गहरे ध्यान में बैठा। तभी वह डॉक्टर वहां हाजिर हो गया। उन्हें देखकर सत्यानंद ने खड़े होकर उन्हें प्रणाम किया।

वैद्य ने कहा, "सत्यानंद, आज माघ मास की पूर्णिमा की रात है।

सत्यानंद: हमें जाने दो, मैं तैयार हूं। लेकिन O नेक दिल वाला! मेरे मन से एक निश्चित संदेह को दूर करने के लिए तैयार है। जिस क्षण मैं युद्ध के माध्यम से संतन धर्म को सुरक्षित बनाने में सफल हुआ हूं, उसी क्षण आप क्यों आकर मुझे याद करते हैं?

जो आया था, उसने कहा, "आपका काम पूरा हो गया है, मुसलमान राज्य नष्ट हो गया है। अब तुम्हारे पास और कोई काम नहीं है। आगे जीवित प्राणियों का वध बेकार है।

सत्यानंद: मुसलमानों का वर्चस्व खत्म हो गया है लेकिन अभी तक कोई हिंदू राज्य स्थापित नहीं हुआ है। अंग्रेज अब कलकत्ता में मजबूत हैं।

उन्होंने कहा, "हिंदू राज्य की स्थापना अभी तय नहीं हुई है। यहां आपकी उपस्थिति का मतलब मानव जीवन का बेकार नुकसान होगा। तो मेरे साथ चले आओ।

यह सुनकर सत्यानंद को बहुत दुःख हुआ। उसने कहा, "मेरे स्वामी! हिन्दू राज्य स्थापन नहीं होगा तो यहाँ पर कौन राज करेगा? क्या मुसलमान को फिर से ऊपरी हाथ मिलेगा?

उन्होंने कहा, "नहीं, अंग्रेज अब भारत पर शासन करेंगे।

सत्यानंद की आंखों से आंसू बहने लगे। ऊँची पर रखी भारत माता की छवि की ओर मुड़ते हुए वह थप्पड़ जोड़कर आँसू भरी आवाज़ में कहने लगा, "काश माँ! मैं तुम्हें बचाने में असफल रहा, तुम फिर म्लेच्छों के चंगुल में पड़ोगे । अपने बच्चे की असफलता को माफ करें। काश माँ! मैं आज युद्ध के मैदान में क्यों नहीं मरा?

डॉक्टर ने कहा, "सत्यानंद, टूटे दिल मत बनो। निर्णय की अपनी त्रुटि के कारण आपने डकैती के माध्यम से धन इकट्ठा किया और इस तरह युद्ध जीत लिया। पाप से शुद्ध उपलब्धि नहीं मिलती है। तो आप निश्चित रूप से अपने देश को बचाने में विफल रहेंगे। इसके अलावा, जो कुछ भी होगा वह अच्छे के लिए होगा। जब तक अंग्रेज इस भूमि पर शासन नहीं करते, तब तक सनातन धर्म के पुनर्जागरण की कोई संभावना नहीं है। धैर्यपूर्वक सुनें। मैं आपको समझाऊंगा क्योंकि यह प्राचीन ऋषियों द्वारा देखा और समझा गया है। तीन सौ तीस करोड़ देवताओं की पूजा सनातन धर्म नहीं है। यह एक हीन लोकप्रिय धर्म है। इसके प्रभाव में, सच्चा

धर्म, जैसा कि *म्लेच्छा* इसे कहते हैं, खो गया है। सच्चा हिन्दू धर्म ज्ञान पर आधारित है, कर्म पर नहीं। वह ज्ञान दो प्रकार का है; - धर्मनिरपेक्ष या बाहरी और आध्यात्मिक या आंतरिक। आंतरिक आध्यात्मिक ज्ञान सच्चे धर्म का मुख्य हिस्सा है। लेकिन जब तक बाहरी दुनिया के बारे में धर्मनिरपेक्ष ज्ञान नहीं आता है, तब तक आंतरिक दुनिया के बारे में अन्य ज्ञान विकसित नहीं हो सकता है। जब तक कोई यह नहीं जानता कि स्थूल क्या है, तब तक वह सूक्ष्म से संबंधित ज्ञान तक नहीं पहुंच सकता है। बहुत समय से यह गूढ़ ज्ञान इस देश में खो गया है—इसलिए सच्चा सनातन धर्म भी खो गया है। सनातन धर्म को पुनःस्थापित करने के लिए प्रारंभ में ही भौतिक संसार के ज्ञान का प्रचार करना होगा। देश में अब भौतिक ज्ञान ज्यादा नहीं है, कोई भी इसे सिखाने में सक्षम नहीं है। हम लोकप्रिय शिक्षा के प्रसार में माहिर नहीं हैं। इसलिए आवश्यक ज्ञान को अन्य देशों से लाना और शुरू करना होगा। भौतिक संसार से संबंधित ज्ञान में अंग्रेज पिछले स्वामी हैं। वे शिक्षण की कला में निपुण हैं। इसलिए हम अंग्रेजों को अपना शासक बनाएंगे। अंग्रेजी शिक्षा के माध्यम से भौतिक दुनिया का ज्ञान प्राप्त करने वाले हमारे लोगों को आंतरिक ज्ञान को समझने में भी सक्षम बनाया जाएगा। तब सच्चे सनातन धर्म के प्रचार में कोई बाधा नहीं होगी। सच्चा धर्म, परिस्थितियों में, अनायास बढ़ेगा। जब तक ऐसा नहीं होता, जब तक हिंदू बुद्धिमान, योग्य और मजबूत नहीं होते, ब्रिटिश शासन बना रहेगा। ब्रिटिश नियंत्रण में प्रजा खुश होगी। वे बिना किसी बाधा के अपने धार्मिक जीवन का अनुसरण करेंगे। तो, बुद्धिमान एक! अंग्रेजों से लड़ने से बाज आओ और मेरे पीछे हो लो।

सत्यानंद ने कहा, "हे नेक दिल! यदि हमारा उद्देश्य अंग्रेजों को हमारे शासकों के रूप में हम पर नियंत्रण में रखना था, अगर ब्रिटिश शासन को हमारे देश के लिए लाभकारी माना जाता था, तो आपने हमें इस बेरहम लड़ाई में क्यों शामिल किया?

संत ने कहा, "अंग्रेज अब व्यापारी हैं, वे पैसा कमाने में व्यस्त हैं, उन्हें सरकार की जिम्मेदारी लेने की परवाह नहीं है। इस संतन विद्रोह के दबाव में वे इस देश पर शासन करने की जिम्मेदारी उठाने के लिए मजबूर हो जाएंगे। क्योंकि इसके बिना देश के वित्तीय संसाधनों का पता नहीं लगाया जा सकता है। संतन विद्रोह केवल अंग्रेजों को गद्दी पर बिठाने के लिए आया है। अब मेरे साथ आओ, ज्ञान प्राप्त करने के बाद तुम स्वयं बातें समझोगे।

सत्यानंद : हे नेक हृदय! मैं ज्ञान के लिए तरसता नहीं हूं, मेरे पास इसका कोई उपयोग नहीं है। मैंने जो व्रत लिया है, उसे पूरा करूंगा। मुझे आशीर्वाद दें ताकि मेरी माँ के प्रति मेरी भक्ति अटल रहे।

ऋषि: आपकी प्रतिज्ञा पूरी हुई है - आपने अपनी माँ की भलाई हासिल की है - आपने ब्रिटिश शासन स्थापित करने में मदद की है। लड़ना छोड़ दो, लोग खेती में लग जाएं, धरती फसलों से फलदायी हो जाए, देश की जनता समृद्ध हो जाए। मानो सत्यानंद की आंखों से चिंगारियां उड़ रही हों। उसने कहा, "मैं धरती माता को शत्रु के खून से सराबोर कर दूंगा और इस तरह उसे फलदायी बनाऊंगा।

ऋषि: आपका दुश्मन कौन है? यहां शायद ही कोई दुश्मन है। अंग्रेज हमारे सहयोगी और मित्र शक्ति हैं। इसके अलावा, किसी के पास भी अंग्रेजों के खिलाफ युद्ध में लंबे समय तक विजयी होने के लिए अपेक्षित शक्ति नहीं है।

सत्यानंद: अगर हमें शक्ति नहीं मिली है, तो मैं अपनी मातृभूमि की इस छवि के सामने अपना शरीर छोड़ दूंगा।

ऋषि: आप अज्ञानता में मर जाएंगे? आओ, पहले ज्ञान प्राप्त करो। हिमालय की चोटी पर माता का मंदिर है, वहां से मैं प्रकट करूंगा और आपको उनका असली रूप दिखाऊंगा।

यह कहकर ऋषि ने सत्यानंद का हाथ पकड़ लिया। कितना उदात्त! उस शानदार विष्णु मंदिर में, मंद प्रकाश में विशाल चार-हाथ वाली छवि के सामने दो महान व्यक्तित्व खड़े थे - प्रतिभा और प्रतिभा अवतार - एक दूसरे का हाथ पकड़े हुए। किसने किसको जकड़ लिया है? ज्ञान भक्ति से जुड़ा हुआ है—धर्म ने कर्म या कर्म को अपना लिया है—त्याग को सफलता के साथ जोड़ा गया है—कल्याणी ने शांति का हाथ पकड़ लिया है। यह सत्यानंद शांति है; यह ऋषि कल्याणी है। सत्यानंद ही सफलता है और यह संत त्याग का प्रतीक है।

त्याग आया और सफलता छीन ली।

परिशिष्ट

ग्लीग
के संस्मरणों
में वारेन हेस्टिंग्स के पत्र से
संन्यासी विद्रोह का इतिहास

आप संन्यासियों या भटकते फकीरों द्वारा की गई बड़ी गड़बड़ी के बारे में सुनेंगे, जो सालाना प्रांतों को संक्रमित करते हैं, साल के इस समय के बारे में जगरनॉट की तीर्थयात्रा में, 1,000 और कभी-कभी 10,000 पुरुषों के शरीर में भी जाते हैं। प्रतिष्ठा के एक अधिकारी (कैप्टन थॉमस) ने इन दस्युओं की एक पार्टी पर एक असमान हमले में अपनी जान गंवा दी, उनमें से लगभग 3,000, पुर्गुन्नाह सिपाहियों की एक छोटी सी पार्टी के साथ रंगपुर के पास, जिसने उन्हें उनके लायक से अधिक चर्चा में बना दिया है। हालांकि, राजस्व ने उत्तरी जिलों में उनके कहर के प्रभाव को महसूस किया है। सिपाहियों की नई स्थापना जो अब कोर्ट ऑफ डायरेक्टर्स द्वारा नियुक्त योजना पर बन रही है और प्रांतों की आंतरिक सुरक्षा के लिए उनका वितरण किया गया है, मुझे उम्मीद है, इसके बाद उन्हें इन घुसपैठों से प्रभावी ढंग से सुरक्षित किया जाएगा।

(हेस्टिंग्स टू सर जॉर्ज कोलब्रुक

, 2 फरवरी 1773,

ग्लीग के संस्मरण, वॉल्यूम।

* * *

हमारे अपने प्रांत ने इस साल कुछ युद्ध जैसा पहना है, संन्यासियों के बैंड से पीड़ित हैं, जिन्होंने पुरगुन्नाह सिपाहियों (एक दुष्ट कोर) की दो छोटी पार्टियों को हराया है और उन दो अधिकारियों को काट दिया है जिन्होंने उन्हें कमान दी थी। एक कैप्टन थॉमस था जिसे आप जानते थे। ब्रिगेड सिपाहियों की चार बटालियन अब उनका पीछा कर रही हैं, लेकिन वे सगाई नहीं करेंगे और न तो कैम इक्विपेज होगा, न ही उनकी उड़ान को मंद करने के लिए कपड़े भी होंगे। फिर भी मुझे आशा है कि हम अभी भी उनमें से कुछ का एक उदाहरण बनाएंगे क्योंकि वे नदियों से बंद हैं जिन्हें वे बारीकी से पीछा करने पर पार नहीं कर सकते हैं।

इन लोगों का इतिहास उत्सुक है। वे काबुल से चीन तक तिब्बत की पहाड़ियों के दक्षिण में स्थित देश में निवास करते हैं या यों कहें कि उनके पास है। वे ज्यादातर नग्न जाते हैं, उनके पास न तो कस्बे, घर और न ही परिवार होते हैं, लेकिन वे लगातार जगह-जगह घूमते रहते हैं, सबसे स्वस्थ बच्चों के साथ अपनी संख्या की भर्ती करते हैं जो वे उन देशों में चोरी कर सकते हैं जिनके माध्यम से वे गुजरते हैं। इस प्रकार वे भारत में सबसे मजबूत और सबसे सक्रिय पुरुष हैं। कई व्यापारी हैं। वे सभी तीर्थयात्री हैं और सभी जातियों द्वारा महान सम्मान में जेंटोस की पकड़ में हैं। यह मोह हमें उनके खिलाफ देश से उनकी गति या सहायता की

कोई खुफिया जानकारी प्राप्त करने से रोकता है, इन उद्देश्यों के लिए प्रकाशित किए गए बहुत कठोर आदेशों के बावजूद, इतना कि वे अक्सर प्रांत के दिल में दिखाई देते हैं जैसे कि वे स्वर्ग से गिर गए हों। वे क्रेडिट को पार करने के लिए एक हद तक हार्डी, बोल्ड और उत्साही हैं। ऐसे हैं सन्यासी, हिन्दुस्थान के जिप्सी।

हमने अपनी सीमाओं पर ब्रिगेड सिपाहियों के सभी पुरगुन्ना सिपाहियों और निश्चित स्टेशनों को भंग कर दिया है, जिन्हें केवल प्रांतों की रक्षा में नियोजित किया जाना है, और हर तीन महीने में राहत दी जानी है। मुझे आशा है कि यह भविष्य की गड़बड़ियों के खिलाफ देश की शांति को सुरक्षित करेगा, और जैसा कि उन्हें अब संग्रह में नियोजित नहीं किया जाना है, लोग हमारे अपने लुटेरों के उत्पीड़न से मुक्त हो जाएंगे।

(हेस्टिंग्स टू जोसिस डू प्री
9 मार्च, 1773)

* * *

हम हाल ही में संन्यासी नामक असमान साहसी लोगों की भीड़ के साथ यहां बहुत परेशान हुए हैं, जिन्होंने बड़ी संख्या में प्रांत पर कब्जा कर लिया है और बड़ी लूट की है। इन गड़बड़ियों और उन्हें दूर करने के हमारे प्रयासों का ब्यौरा आप हमारे सामान्य पत्रों और परामर्शों में पाएंगे, जो सरकार को ऐसी आपदा से किसी भी हद तक दोष से बरी कर देंगे। इस समय हमारे पास उनका पीछा करने के लिए सिपाहियों की पांच बटालियन हैं, और मुझे अभी भी उम्मीद है कि उन्होंने हमारे द्वारा की गई शरारत के लिए पर्याप्त प्रतिशोध लिया है क्योंकि उन्हें हमारे ऊपर कोई फायदा नहीं है, लेकिन जिस गति से वे हमसे उड़ते हैं। इन कारनामों का एक मिनट का संबंध आपको खुश नहीं कर सकता है, न ही वास्तव में वे महान क्षण के हैं, जिस कारण से मुझे इस विषय को छोड़ने की अनुमति दें, और आपको एक ऐसे व्यक्ति की ओर ले जाएं जिसमें आप सबसे अधिक रुचि नहीं ले सकते, आदि।

(हेस्टिंग्स टू पर्लिंग
31 मार्च, 1772
ग्लीग के हेस्टिंग्स के संस्मरण - वॉल्यूम।

* * *

अपने आखिरी में मैंने उल्लेख किया था कि हमारे पास यह मानने का हर कारण था कि संन्यासी फकीरों ने कंपनी की संपत्ति को पूरी तरह से खाली कर दिया था। ऐसी सलाह मुझे तब मिली थी, और उनकी सामान्य प्रगति ने इसे अत्यधिक संभावित बना दिया। लेकिन ऐसा लगता है कि वे या तो बुरामपुत्र नदी पार करने में निराश थे, या उन्होंने इरादा बदल दिया, और लगभग 2,000 या 3,000 प्रत्येक के कई बैंड में लौट आए, जो रुंगपुर और दीनागपुर प्रांतों के विभिन्न हिस्सों में अप्रत्याशित रूप से दिखाई दिए। क्योंकि सख्त से सख्त आदेश जारी होने और संन्यासियों के दृष्टिकोण की खुफिया जानकारी देने में विफल रहने पर निवासियों

156

को गंभीर दंड की धमकी देने के बावजूद, वे अंधविश्वास से इतने प्रभावित होते हैं कि जानकारी देने में पिछड़े रहते हैं, ताकि दस्यु कभी-कभी हमारे प्रांत के बहुत दिल में उन्नत हो जाते हैं इससे पहले कि हम उनकी गति के बारे में कुछ भी जानते हैं; जैसे कि वे निवासियों को उनकी मूर्खता के लिए दंडित करने के लिए स्वर्ग से गिर गए। इन दलों में से एक कैप्टन एडवर्ड्स की कमान वाली एक छोटी टुकड़ी के साथ गिर गया, एक सगाई हुई जिसमें हमारे सिपाहियों ने रास्ता दिया। कैप्टन एडवर्ड्स ने एक नाला पार करने के प्रयास में अपनी जान गंवा दी। यह टुकड़ी हमारे पुरगुन्नाह सिपाहियों के सबसे बुरे से बनी थी, जो बहुत बीमार व्यवहार करते थे। इस सफलता ने संन्यासियों को उत्साहित किया, और मैंने उन जिलों में हर तिमाही से उनके उत्पीड़न के बारे में सुना। कैप्टन स्टीवर्ट, सिपाहियों की उन्नीसवीं बटालियन के साथ, जो पहले उनके खिलाफ कार्यरत थे, जहां भी वह उनके बारे में सुन सकते थे, पीछा करने में सतर्क थे, लेकिन कोई फायदा नहीं हुआ। इससे पहले कि वह उन स्थानों तक पहुँच पाता, जहाँ उसे निर्देशित किया गया था, वे चले गए थे। मैंने बुरामपुर से एक और बटालियन को कैप्टन स्टीवर्ट के साथ सहयोग करने के लिए तुरंत मार्च करने का आदेश दिया, लेकिन उनके साथ गिरने का बेहतर मौका देने के लिए अलग से कार्य करने के लिए। उसी समय मैंने एक और बटालियन को दीनापुर स्टेशन से टायरोट के माध्यम से और पूर्णिया प्रांत के उत्तरी सीमा से मार्च करने का आदेश दिया, उस ट्रैक का अनुसरण करते हुए, जिसे संन्यासी आमतौर पर लेते थे, ताकि वे उस तरह से मार्च करने के मामले में उन्हें रोक सकें। संन्यासियों के खिलाफ कार्रवाई करने के बाद इस बटालियन को, यदि अवसर की पेशकश की जाती है, तो कूच बहर के लिए अपने मार्च को आगे बढ़ाने का निर्देश दिया गया था, जहां उन्हें कैप्टन जोन्स में शामिल होना है और उस देश को कम करने में सहायता करनी है।

संन्यासियों के कई दलों ने पूर्णिया प्रांत में प्रवेश किया और वहां के कई गांवों को जला दिया और नष्ट कर दिया, कलेक्टर ने कैप्टन ब्रुक को आवेदन दिया, जो अभी-अभी राजमहल के पास पनिटी में पहुंचे थे, अपनी नई उठी हुई पैदल सेना के साथ। उस अधिकारी ने तुरंत नदी पार की और संन्यासियों के खिलाफ उपायों में प्रवेश किया और उनमें से एक दल के साथ बहुत करीब गिर गया, जैसे ही वे कोसा नदी पार कर रहे थे, उस प्रांत से बाहर निकलने के लिए। इससे पहले कि उनका पिछला हिस्सा पूरी तरह से पार हो जाता, वह विपरीत किनारे पर आ गया; लेकिन उनके बीच कोई भी निष्पादन करने में बहुत देर हो चुकी है। अब यह स्पष्ट है कि संन्यासी कंपनी की संपत्ति से जितनी जल्दी हो सके बच निकलने में प्रसन्न हैं, लेकिन मैं अभी भी आशाओं में हूं, कि अब उनके खिलाफ काम करने वाली कई टुकड़ियों में से कुछ अपने कुछ दलों के साथ गिर सकते हैं, और उन्हें उनके दुस्साहस के लिए अनुकरणीय रूप से दंडित कर सकते हैं।

यह असंभव है, लेकिन संन्यासियों ने जो विभिन्न अत्याचार किए हैं, उसके कारण, कंपनी के कुछ जिलों में राजस्व कम होना चाहिए और साथ ही वास्तविक नुकसान से भी। राजस्व बोर्ड, इस अंतिम विचार से अवगत, राजस्व में कमी के लिए कोई दलील स्वीकार करने के संकल्प पर आ गया है, लेकिन जैसे कि दोषसिद्धि की परिस्थितियों के साथ भाग लिया जाता है और इस माध्यम से वे अपनी शक्ति में, सरकार पर सभी थोपने को रोकने की उम्मीद करते हैं, और कंपनी को नुकसान को यथासंभव असंगत रूप से प्रस्तुत

करने के लिए। संन्यासी फकीरों या किसी अन्य घूमने वाले डाकुओं से भविष्य में किसी भी घुसपैठ को रोकने के लिए हमारी सीमा पर उचित चौकियों पर कुछ छोटी टुकड़ियों को तैनात करके प्रभावी साधनों का उपयोग किया जाएगा, एक उपाय जो केवल उनके अंतिम घुसपैठ के असाधारण दुस्साहस को प्रकट करता है। यह कई सैनिकों को तैनात किए बिना प्रभावी होगा, और मुझे आशा है कि भविष्य में किसी भी समय राजस्व फिर से इस कारण से पीड़ित नहीं होगा।

(हेस्टिंग्स से सर जॉर्ज कोलब्रुक
3 मार्च, 1773)

* * *

सन्यासियों ने हमें इस साल की शुरुआत से ही उसी गड़बड़ी की धमकी दी थी जैसा हमने उनसे पिछले बार अनुभव किया था। लेकिन उनका विरोध करने के लिए जल्दी प्रदान किया गया, और एक या दो गंभीर जांच जो उन्हें अपने पहले प्रयासों में प्राप्त हुई, हमने देश को उनसे दूर रखा है। घोड़े की एक पार्टी, जिसे हमने उनका पीछा करने में नियोजित किया था, ने मुख्य रूप से इन रैवेजर्स को डराने में योगदान दिया है, जो हमारे सिपाहियों को बहुत कम सम्मान देते थे, गति में उनका इतना लाभ था, जिस पर वे पूरी तरह से अपनी सुरक्षा के लिए भरोसा करते थे। मेरा इरादा है कि मैं उनके निश्चित आवासों से, जो उन्होंने प्रांत के उत्तर-पूर्वी हिस्से में स्थापित किए हैं, उन्हें निष्कासित करके, और जमींदारों के गंभीर उदाहरण देकर, जिन्होंने उन्हें सुरक्षा, या सहायता प्रदान की है, उनके खिलाफ अधिक प्रभावी ढंग से आगे बढ़ना है।

(हेस्टिंग्स से लॉरेंस सुलिवन
20 मार्च, 1774।

158

II
ग्रामीण बंगाल के इतिहास से
संन्यासी विद्रोह का इतिहास

"अराजक डाकुओं का एक समूह," परिषद ने 1773 में लिखा, "संन्यासियों या फकीरों के नाम से जाना जाता है, लंबे समय से इन देशों को पीड़ित किया है और धार्मिक तीर्थयात्रा के बहाने बंगाल के मुख्य भाग को पार करने, भीख मांगने, चोरी करने और लूटने के आदी रहे हैं, जहां भी वे जाते हैं, और जैसा कि यह उनकी सुविधा के लिए सबसे उपयुक्त है। अकाल के बाद के वर्षों में, भूखे किसानों की भीड़ से उनकी रैंक सूज गई थी, जिनके पास खेती शुरू करने के लिए न तो बीज था और न ही औजार, और 1772 के ठंडे मौसम ने उन्हें निचले बंगाल के फसल के खेतों में जला दिया, लूट लिया, 'पचास से हजार पुरुषों के शरीर में। कलेक्टरों ने सेना को बुलाया; लेकिन एक अस्थायी सफलता के बाद, हमारे सिपाही 'पूरी तरह से हार गए और कैप्टन थॉमस (उनके नेता) लगभग पूरी पार्टी के साथ कट गए। यह सर्दियों के करीब तक नहीं था कि परिषद कोर्ट ऑफ डायरेक्टर्स को रिपोर्ट कर सकती थी, कि एक अनुभवी कमांडर के तहत एक बटालियन ने उनके खिलाफ सफलतापूर्वक काम किया था; और एक महीने बाद हम पाते हैं कि यह सुस्त सूचना भी समय से पहले थी। 31 मार्च, 1773 को, वॉरेन हेस्टिंग्स ने स्पष्ट रूप से स्वीकार किया कि कैप्टन थॉमस के उत्तराधिकारी कमांडर का दुर्भाग्य से वही भाग्य हुआ; सेना की चार बटालियन तब सक्रिय रूप से दस्यु के खिलाफ लगी हुई थीं, लेकिन यह कि जमींदारों से बुलाए गए मिलिशिया लेवी के बावजूद उनका संयुक्त संचालन फलहीन था। राजस्व एकत्र नहीं किया जा सका, निवासियों ने लुटेरों के साथ सामान्य कारण बनाया और पूरे ग्रामीण प्रशासन को अनियंत्रित कर दिया गया। इस तरह की घुसपैठ वार्षिक एपिसोड थे, जिसे कुछ लोग बंगाल के स्थिर जीवन के रूप में प्रस्तुत करने की कृपा करते हैं।

(हंटर्स एनल्स ऑफ रूरल बंगाल- पृ. 70-2.)